DER TOD HINTER DER LÜGE

Von H.C. Scherf

AF236514

Thriller

Bibliografische Information der Deutschen Nationalbibliothek:
Die Deutsche Nationalbibliothek verzeichnet diese Publikation in der
Deutschen Nationalbibliografie; detaillierte bibliografische Daten sind im
Internet über http://dnb.dnb.de abrufbar.

DER TOD HINTER DER LÜGE

© 2020 H.C. Scherf
harald2066@gmx.de

Aktives Mitglied im Selfpublisher-Verband e.V.

Covergestaltung: VercoDesign, Unna
Bilder von: photobyphotoboy und TheWashingLine, alle shutterstock/
majdansky und dgool, alle www.clipdealer.com

Lektorat/Korrektorat: Heidemarie Rabe
rabe.heidemarie47@googlemail.com

Herstellung und Verlag:
BoD – Books on Demand, Norderstedt

ISBN: 978-3751901352

DER TOD HINTER DER LÜGE

Von H.C. Scherf

Die Eifersucht nährt sich von Zweifeln und sie wird zur Wut.

Oder sie endet, sobald sie von Zweifeln zur Gewissheit gelangt

François de La Rochefoucauld (1613 - 1680), François VI. de La Rochefoucauld, franz. Offizier, Diplomat und Schriftsteller

1

Träge wabernde Nebelschwaden umhüllten den Platz, der häufig als wilde Müllabladestelle genutzt wurde. Rainer Fielmann wusste, dass er dort häufig fündig wurde, wenn er auf der Suche nach Pfandflaschen und Dosen war. Vor Tagen hatte ihn der Fund einer abgelegten Luftmatratze überrascht, die er nun als Nachtlager nutzen konnte. Seine Kumpel, die teilweise auf Zeitungspapier liegen mussten, versuchten schon mehrfach, ihm die Unterlage zu stehlen. Wenn man *Platte schieben* musste, stellte eine solche Schlafhilfe in den kalten Nächten einen besonderen Komfort dar. Rainer hatte seit zwei Tagen nichts mehr gegessen und hoffte darauf, auch ein paar Essensreste vorzufinden, nachdem ihn der Marktleiter eines SB-Marktes vor einer halben Stunde wie einen Hund mit den Worten davongejagt hatte: »Geh arbeiten, du faules Schwein. Verdien dir dein Essen erst.«

Rainer kannte diese Beschimpfungen zu Genüge und reagierte mittlerweile gar nicht mehr darauf, winkte nur ab und verzog sich ohne weitere Erwiderung. Diese arroganten Ärsche wussten alle nicht, was ihn vor Jahren auf die Straße getrieben hatte und dass das Schicksal sie schnell selber in dieses Elend führen konnte. Ohne große Erwartung näherte er sich dem übel riechenden Dreckhaufen, der sich mittlerweile hoch auftürmte und dessen Konturen sich gegen das Licht der Laterne abzeichneten. Während er sich mit einer Hand die wenigen Haarsträhnen, die ihm noch geblieben waren, unter die Wollmütze steckte, suchte die andere nach brauchbaren Gegenständen. Heute war der eklige Geruch besonders intensiv, was sicherlich an dem feuchtkalten Wetter liegen durfte. Seine Stiefel schützten ihn weitestgehend vor dem Schlamm, in dem Rainer immer wieder fast katzengroße Ratten davonhuschen sah. Sie waren nur Konkurrenten bei der Suche nach Nahrung. Immer wieder zog er Abfallbeutel zur Seite, riss Säcke auf, in denen er Brauchbares vermutete und zuckte plötzlich zusammen, als er eine schwache Stimme vernahm. In dem diffusen Licht konnte er lediglich die Richtung ausmachen, aus der sie zu kommen schien. Als er alles schon als Hirngespinst abtun wollte, war sie wieder da – diese Stimme, die aus einem Jutesack zu kommen schien. Rainer wich einen Schritt zurück, fiel fast über einen Eimer, der mit Abfällen aus einer Wohnungsrenovierung gefüllt war. Im letzten Moment fand er sein Gleichgewicht und festen Halt wieder und starrte auf den Sack, der ihm einen Riesenschrecken eingejagt hatte.

Das ist nicht möglich, Rainer. Jetzt ist es endlich so weit – du spinnst komplett.

Seine Augen suchten die nähere Umgebung ab, um den Übeltäter zu finden, der ihn hier zum Narren halten wollte. Lediglich die umherirrenden Ratten und die Nebelschwaden waren in Bewegung und täuschten ihm Leben vor. Er schrak heftig zusammen, als er nun klar und deutlich die Worte vernehmen konnte: »Ist da jemand? Bitte, helft mir doch. Es tut so schrecklich weh.«

Nur sehr schwach war die Bewegung erkennbar, die Rainer anzeigte, dass sich etwas Lebendiges in dem Sack befinden musste. Er konnte seine Unsicherheit, seine Angst nicht vollends verbergen, als er sich dem Behältnis näherte, nach einem Verschluss suchte. Als er endlich die Schnur gefunden sah, die jemand um die Öffnung gebunden hatte, zitterten seine Finger dermaßen stark, dass er sie erst unter die Achselhöhlen presste, bevor er ein weiteres Mal versuchte, den Knoten zu lösen. Immer wieder dieses Wimmern, das ihm zeigte, wie schwer es der Person in dem Sack fallen musste, überhaupt einen Ton von sich zu geben. Verzweifelt riss er an dem Knoten, wobei er genau das Gegenteil erreichte. Er zog sich immer enger zusammen.

Das Taschenmesser. Ja, das wird helfen. Wo habe ich es denn ...?

Mit Erleichterung ertasteten seine Finger das Messer, das er sich vor Monaten zur Selbstverteidigung angeschafft hatte, in der Gesäßtasche. Es war nur noch ein Schnitt, der ihm allerdings den Atem raubte. Er musste wegsehen, als er in das Gesicht der Frau blicken musste, deren Augen nur noch aus leeren Höhlen bestanden.

»Hilf mir bitte. Ich halte das nicht mehr aus.«

2

Der Blick in den Badezimmerspiegel verdarb Hauptkommissar Gordon Rabe den verbliebenen Rest der guten Laune. Was er sah, konnte seiner Meinung nach nur eine Mutter wirklich lieben. Was war aus dem smarten Burschen geworden, der er einmal war? Sein einst schwarzer Bart, der sich um Mund und Wangen legte, war von breiten, weißen Strähnen durchzogen, die sich mittlerweile auch in seinem schulterlangen Kopfhaar fanden. Die Tränensäcke konnten auch die Teebeutel nicht mehr kaschieren, die er sich häufig auf die Augen legte. Obwohl er sich dessen bewusst war, dass man mit sechsundvierzig nicht mehr das jugendliche Aussehen eines Teenagers besitzen konnte, trieb ihn die Eitelkeit zu so manchem Hausmittelchen. Aber er tat es nicht, um der Damenwelt zu imponieren. Es war reine Gewohnheit, war die Ausrede, mit der er sich selbst belog. Mit dem Finger fuhr er zärtlich über das Foto, das er in die Ecke des beschlagenen Spiegels gesteckt hatte. Die Verzweiflung in seinen Augen wich für einen kurzen Moment einem Leuchten, das jedoch Sekunden später wieder der Hoffnungslosigkeit Platz einräumte.

Wie inhaltsreich und sinnvoll war dieses Leben gewesen, bevor Denise ihm Jonas nahm und das Haus verließ. Dass ihre Ehe nach seinen Saufeskapaden den Bach runterging, kam nicht überraschend, obwohl er Denise immer noch liebte. Er hatte nicht bemerkt, vielleicht auch nicht bemerken wollen, dass sie sich mit den Jahren auseinandergelebt hatten. Sein Beruf war zumeist der Grund dafür, dass eine Beziehung nicht auf Dauer hielt. Schon weit vorher schlossen die Kollegen Wetten darauf ab, wie lange es bei ihm noch dauern würde, bis sie seine Trennung besaufen könnten. Er hasste sie manchmal dafür.

Wie geht es dir, Kleiner? Mama wird bestimmt gut für dich sorgen.

Gordons Lippen bewegten sich, während er diese Gedanken formulierte. Er sah die Bilder des letzten gemeinsamen Urlaubs vor seinem geistigen Auge vorüberziehen, in dem sich Denise schon mit ihm bezüglich seiner Trunksucht gestritten hatte. Jonas zuliebe verzichteten sie auf allzu offene Debatten, da sie glaubten, dass er unter diesem Zustand doch leiden könnte. Wenn auch sein angeborener Autismus nur Eingeweihten gestattete, seine Verhaltensänderung zu erkennen, so war es bezeichnend, dass er sich noch weiter in sich zurückzog. Immer wieder hatte Gordon versucht, ihn bei Strandspaziergängen aufzumuntern. Sie spielten ihm sogar das funktionierende, intakte Eheleben vor mit dem Ergebnis, dass er sie beide nur verständnislos und schweigend anstarrte. Obwohl es schwierig war, seine wenigen Reaktionen, so es sie überhaupt gab, einzuordnen, schien er in ihre Seelen blicken zu können. Dann verabschiedete er sich in seine Welt und paukte eine neue Fremdsprache. Es fiel ihm unendlich leicht, nun schon neben Englisch, Französisch und Spanisch auch Russisch zu lernen. Eine

Gabe, die er unmöglich von seinen Eltern haben konnte. Man erlebte sie immer wieder besonders bei Autisten, die das Asperger-Syndrom aufwiesen. So war es auch bei Jonas der Fall.

Gordon zuckte zusammen, als das Smartphone auf der Ablage tanzte und der Gefangenchor aus Nabucco durch das Bad dröhnte. Fluchend griff er nach dem Störenfried und meldete sich mit mürrischer Stimme. Lange hörte er zu, bevor er die erste Frage stellte.

»Wo ist diese verfluchte Müllhalde denn nun genau? An der Heißener Straße reicht mir da nicht. Ich möchte das schon genau wissen.«

Wieder lauschte er und drehte den Wasserhahn auf.

»Moment, bin sofort wieder da.«

Mit beiden Händen fing er das Wasser auf und warf es sich ins Gesicht. Erst als er die erfrischende Wirkung spürte und sich wieder trocken gewischt hatte, nahm er das Telefon erneut auf.

»So, da bin ich wieder. Habt ihr der Spurensicherung schon die Adresse gegeben? Ich möchte sie und euch beiden vor Ort haben. Bin in zwanzig Minuten da.«

Hauptkommissar Rabe stützte beide Hände auf das Waschbecken und blickte an sich herunter. Das, was er zu sehen bekam, ließ den Entschluss in ihm reifen, bald wieder mit dem Fitnesstraining zu beginnen. Entschlossen eilte er ins Schlafzimmer und schlüpfte in den Jeansanzug, der zu seinem Markenzeichen im gesamten Präsidium geworden war. In der Szene hatte man ihm seit längerer Zeit den Beinamen »The Boss« gegeben, angelehnt an das äußere Erscheinungsbild eines Bruce Springsteen.

Große Scheinwerfer, die rund um die Fundstelle aufgestellt worden waren, wiesen Gordon Rabe den direkten Weg. Es war ein Bild, das ihm für einen kurzen Moment ein Grinsen auf die Lippen zauberte, bevor er sich dem Ernst der Lage bewusst wurde. Es wirkte zumindest auf ihn belustigend, dass Heerscharen von in weißen Schutzanzügen gekleideten Menschen durch einen Berg von Müll wuselten und dabei ständig die Blitze der Fotokameras die Szene für Momente aufhellten. Er wusste, wie mühselig es war, in diesem Dreck eine verwertbare Spur zu finden. Nachdem man ihm den Fundort nannte, war er sich bereits sicher, dass dies niemals der Tatort sein konnte. Man hatte wohl ein Opfer entsorgt, von dem man höchstwahrscheinlich überzeugt war, dass es tot war. Ansonsten ergab die Aktion für ihn keinen Sinn. Ein Polizeibeamter stellte sich ihm in den Weg, der jedoch den Finger an die Mütze legte, als er Gordons Dienstausweis sah. Mitten im Gewühl entdeckte er die imposante Figur von Kommissar Kai Wiesner, der ausgiebig mit Kommissarin Leonie Felten diskutierte. Gordon Rabe näherte sich von der Seite und unterbrach das Gespräch.

»Ich störe ja ungern eure Unterhaltung, aber es hört sich danach an, als wärt ihr unterschiedlicher Meinung. Worum geht es dabei?«

Leonie Felten reagierte bereits, bevor Kai Wiesner den ersten Ton von sich geben konnte.

»Es hat zehn Minuten gebraucht, bevor ich den Preisboxer hier aus den Federn geklingelt hatte. Kai wollte sogar noch duschen. Fast hätte ich den Sturkopf mit Waffengewalt ins Auto gezwungen. Und jetzt haben wir den Salat.«

»Moment mal, Leonie – du machst es dir ziemlich einfach. Ich trage keine Schuld daran, dass ...«

»Ruhe jetzt!«, fuhr Hauptkommissar Rabe dazwischen. »Kann mir mal jemand erklären, was das Theater soll? Ich verstehe nur Bahnhof.«

Wieder war es Leonie, die schneller reagierte als der etwas behäbig wirkende Kollege.

»Wäre der liebe Kollege etwas entscheidungsfreudiger und schneller gewesen, hätten wir das Opfer eventuell noch befragen können. Jetzt hat sie den Löffel abgegeben. Dr. Lieken ist der Meinung, dass der Tod erst vor weniger als zwanzig Minuten eingetreten sein muss. Das bestätigt auch die Aussage des Zeugen, der die Frau gefunden hat. Er behauptet nämlich, dass sie noch um Hilfe gebettelt hat.«

»Wo finde ich Dr. Lieken?«, wollte Rabe wissen und blickte sich um. Es war nicht schwer, diesen besonderen Mann aus den vielen weißen Gestalten herauszufiltern. Obwohl er die gerade einmal hundertsechzig Zentimeter nur knapp überschritt, war sein schulterlanges Haar ein klares Erkennungsmerkmal. Nur selten trugen Männer, die das Alter von fünfundsechzig erreicht hatten und einen akademischen Titel ihr Eigen nannten, diese Frisur der ehemaligen Blumenkinder. Der Mann jedoch machte sich wenig aus den abschätzenden Blicken anderer. Da stand dieser perfekt ausgebildete Rechtsmediziner drüber, zumal er sich durch die Einheirat in eine stinkreiche Familie eine gewisse Gelassenheit angeeignet hatte, die unterschiedlich ausgelegt wurde. Was viele für pure Arroganz hielten, war jedoch nur ein Schutzmantel für ihn. Gordon Rabe wusste durch eine lange Zusammenarbeit mit ihm, wie sensibel und innerlich zerrissen Lieken in Wirklichkeit war. Gordon kämpfte sich durch den Unrat und sah die Erleichterung in Liekens Augen, als der ihn erkannte.

»Zu spät.«

Resigniert hob der Mediziner die Schultern, bevor er seine Aussage erläuterte.

»Es wundert mich ehrlich gesagt, dass diese junge Frau überhaupt noch einen Hilferuf von sich geben konnte. Guck dir mal diese ekligen Wunden an. Das ist nicht mehr menschlich, was man ihr angetan hat. Einige von den Verletzungen sind für sich allein schon tödlich. In der Summe grenzt es wirklich an ein Wunder, dass sie überhaupt noch atmete.«

Dr. Lieken zog das Tuch vom Körper der Frau, die quasi in ihrem eigenen Blut badete. Gordon hatte in seinen langen Jahren bei der Mordkommission schon viele Opfer gesehen – das hier überstieg jedoch eine rote Linie. Er musste den Blick abwenden, um die Übelkeit zu unterdrücken.

»Wie hat diese Frau das denn geschafft? Das kann doch kein Mensch aushalten. Wo ist der Rest von der Frau? Gibt es noch weitere Funde hier?«

Die Lippen des Mediziners waren fest aufeinandergepresst, als er den Kopf schüttelte. Er griff nach einem Kugelschreiber und wies auf das Gesicht der Frau.

»Da muss eine gehörige Portion Hass beim Täter vorhanden gewesen sein, als er ihr die Augen herausriss. Ich kann keine eindeutigen Verletzungen, also Scharten an den Knochen erkennen, die darauf hinweisen, dass er dafür einen Gegenstand benutzt hat. Das Schwein muss ihr die Augäpfel mit bloßen Fingern herausgegraben haben. Wir könnten es wieder einmal mit einem Trophäensammler zu tun haben. Doch das ist nicht alles, Gordon. Siehst du das hier?«

Der Hauptkommissar zwang sich dazu, der Richtung zu folgen, die ihm der Kugelschreiber des Arztes vorgab. Die Gänsehaut konnte er nicht vermeiden, die sich augenblicklich bildete, als er die rechte Hand betrachtete, an der der Ringfinger fehlte. Weiter leitete ihn Dr. Lieken zum Unterleib der geschändeten Frau. Erst jetzt bemerkte Gordon, worauf der Freund hinauswollte. Der abgetrennte Ringfinger steckte noch sichtbar in der Vagina des Opfers. Gordon Rabe fehlten die Worte. Die Frage kam im gleichen Augenblick aus dem Mund von Leonie Felten, die sich unbemerkt von Gordon neben ihn gestellt hatte.

»Hat das eine Bedeutung, Dr. Lieken? Warum nimmt der Satan die Augen mit und lässt den Finger in der Scheide zurück? Das muss doch einen Grund haben.«

Der Arzt kam aus seiner Hockstellung hoch und verstaute seinen Schreiber wieder umständlich in der Jackeninnentasche. Während er den Kopf gesenkt hielt, kamen die Worte stockend über seine Lippen.

»Ich bin da nicht der richtige Ansprechpartner, liebe Kollegin Felten. Das wird Ihnen ein Psychologe besser erklären können. Aber wenn Sie mich schon einmal fragen«, hier machte Lieken eine bedeutungsvolle Pause. »Ich sehe in dem Ringfinger einen Hinweis. Warum gerade der und nicht der Daumen? Ich möchte wetten, dass wir daran auch einen Ehering finden werden. Den Beweis werde ich Ihnen später vielleicht nachreichen können, wenn ich die Dame auf dem Tisch hatte. Ich weiß, dass es weit hergeholt scheint, aber ich vermute, dass die Frau in den Augen des Täters untreu war

14

und er es damit symbolisieren will. Der Ring ist das Versprechen zur Treue – die Vagina die Wurzel allen Übels.«

»Was soll denn der Unsinn, Herr Doktor? Sie können doch nicht behaupten, dass ...«

Leonie Felten stemmte ihre Fäuste in die Hüften und betrachtete den Mediziner missbilligend. Gordon hielt sie zurück, bevor sie einen ihrer berüchtigten Wutanfälle bekam.

»Ruhig, Felten. Da hast du was in den falschen Hals bekommen. Ich denke, dass Dr. Lieken es ganz anders meinte, als du es aufgefasst hast. Er sieht in den Genitalien und dem Sexualtrieb beider Geschlechter einen gewichtigen Grund, warum Menschen ihr Versprechen zur Treue brechen und sich einem anderen möglicherweise aus reiner Wollust hingeben. Es wäre doch gut möglich, dass wir es mit einem betrogenen Ehemann zu tun haben, der an verknöcherten Treueschwüren festhält und so Rache geübt hat. Ist das denn so weit weg für dich? Komm mal wieder runter. Selbst du als überzeugte Single solltest dir das vorstellen können.«

Leonie schenkte dem Doktor noch einen letzten giftigen Blick, bevor sie sich wieder entspannte. Die gemurmelte Bemerkung konnte sie sich jedoch nicht verkneifen.

»Wenn das jetzt Mode macht, haben wir eine weitere Gottesplage auf Erden. Das dürfte allerdings kaum einer überleben und zur endgültigen Ausrottung der menschlichen Rasse führen. Halleluja. Und das mit dem überzeugten Single solltest du einmal etwas differenzierter sehen. Ich habe auch Beziehungen, lehne aber die feste Bindung ab. Bemerkst du den feinen Unterschied darin?«

Einige der Männer, die um sie herumstanden und der Diskussion gefolgt waren, konnten sich trotz der bedrückenden

Situation ein Grinsen nicht verkneifen. Dr. Lieken nutzte die Pause, um noch eine Bemerkung loszuwerden.

»Ich möchte Sie alle noch auf eine Kleinigkeit hinweisen, die allerdings von besonderer Bedeutung sein dürfte. Der Täter hat uns eine Nachricht hinterlassen.«

Demonstrativ hob er die Decke nun vollständig und drehte den Leichnam auf die Seite, sodass jeder die Wunden auf dem Rücken erkennen konnte. Jemand hatte der Frau die Worte in die Haut geschnitten:

Ich habe Gottes Gebot missachtet

»Wer das getan hat, Herrschaften, wollte ein Exempel statuieren. Wenn ihr mich nach der Bedeutung fragt, würde ich auf Untreue tippen. Das würde zu der anderen Verletzung passen. Ich hätte die Dame gerne zeitnah auf dem Tisch. Könntest du das veranlassen, Gordon?«

Der Mediziner wartete die Antwort des Freundes nicht ab und stapfte durch den Müll in Richtung seines Autos. Der Citroën 2CV tuckerte gefährlich schaukelnd davon und ließ vorerst ratlose Polizisten am Fundort der Leiche zurück.

3

»Nun noch einmal von vorne, Herr Fielmann. Jede Kleinigkeit kann für uns sehr wichtig sein. Sie suchten also nach etwas Essbarem und begaben sich zu dieser wilden Abladestelle. Ist Ihnen dabei wirklich niemand aufgefallen, der sich vielleicht vom Fundort des Opfers entfernte? Der Ort wird ja relativ gut von einer Straßenlaterne beleuchtet.«

Leonie Felten beugte sich über den Tisch und schob dem sichtlich nervösen Obdachlosen die Tasse mit dem heißen Kakao näher hin, die er bisher nicht angefasst hatte. Fast ängstlich um sich blickend legte der nun die schmutzigen Hände um die Tasse und nippte an dem Getränk.

»Da war wirklich keiner – glauben Sie mir. Das hätte ich bemerkt. Ich bin in dem Punkt sehr vorsichtig, da man mir früher mal aufgelauert und mir die Jacke angezündet hat. Da waren nur ein paar Ratten und dann diese Frau. Die hat sich noch bewegt und um Hilfe gerufen.«

»Hat sie laut gerufen oder nur so ganz leise? Was genau hat sie Ihnen gesagt?«

Kommissarin Felten versuchte, ihrer ansonsten festen, sogar rauen Stimme einen sanften Klang zu geben. Jeder, der dieser Frau zum ersten Mal begegnete, war beeindruckt von der etwas maskulinen Erscheinung im stets strengen Hosen-

17

anzug. Obwohl sie sich bemühte, sie durch ständige Rasuren unsichtbar zu halten, fiel die Oberlippenbehaarung immer wieder auf. Im krassen Gegensatz dazu stand der betörende, sehr feminine Duft von Chanel No 5, den sie sich hin und wieder zu stark auflegte.

Rainer Fielmann schien nun alle Scheu abzulegen. Er trank einen großen Schluck des wärmenden Kakaos und rieb sich mit dem Ärmel über den Bart, um letzte Tropfen zu beseitigen. Er überlegte nur Sekunden, bevor er seine Erstaussage wiederholte.

»Sie sagte, so glaube ich – nein, ich bin mir da sicher: Ist da jemand? Bitte helft mir doch. Es tut so schrecklich weh. Als ich den Sack aufgeschnitten hatte, kam dann noch: Hilf mir bitte. Ich halte das nicht mehr aus. Mehr kann ich nicht sagen, weil ich dann losgelaufen bin. Den Rest kennen Sie ja. Verdammt, wer macht so was nur? Derjenige muss total krank sein.«

Leonie Felten ließ die abschließende Aussage unkommentiert, zumal ihr in dem Augenblick der Kollege Wiesner ein Zeichen gab, dass er sie sprechen wollte.

»Für Ihre Aussage und dafür, dass Sie so umsichtig gehandelt haben, danken wir Ihnen. Wenn Sie bitte noch einen kleinen Moment draußen warten würden, bis die Kollegen die Aussage protokolliert haben. Sobald Sie unterschrieben haben, können Sie natürlich gehen. Hinterlassen Sie bitte noch eine Adresse, wo wir Sie erreichen können.«

Ohne eine Antwort abzuwarten, verschwand Leonie, um nach dem Grund der Störung zu fragen. Sie bekam die Bemerkung des Zeugen nicht mehr mit, der sich draußen auf die Bank setzte.

»Meine Adresse? Hat die Frau was geraucht? Ich wollte, ich hätte endlich eine.«

Er verfolgte noch einen Moment die Geschehnisse im Nebenraum, wo sich die Kommissarin mit einem riesigen Kerl unterhielt, der ihr Fotos zeigte. Dann schlief er auf der Bank im Flur ein. Nach kurzer Zeit klopfte ihm ein Beamter auf die Schulter und bat darum, ein Schriftstück zu unterzeichnen. Missmutig verließ Fielmann das Präsidium und machte sich auf den Weg zu seiner normalen Schlafstelle in der Kanalisation.

Leonie Felten besah sich die Fotos, die ihnen Dr. Lieken aus der Rechtsmedizin auf den Rechner geschickt hatte. Sie konnte immer noch nicht begreifen, warum man so was einem anderen Menschen antat.

»Jetzt, wo der Körper gewaschen wurde, kann man auch die vielen Prellungen und Blutergüsse erkennen. Da muss sich jemand im Zustand rasender Wut über die Frau hergemacht haben. Haben wir schon Hinweise auf die Identität? Das Gott sei Dank geschönte Bild vom Gesicht der Toten war doch in der Presse. Dann müssen wir nur noch zwei und zwei zusammenzählen. Es dürfte nicht schwer sein, herauszufinden, wo sich der Ehemann derzeit aufhält. Findest du nicht auch, dass dieses Gemetzel auf ihn hindeutet?«

Kai Wiesner, der seine Kollegin um mehr als einen Kopf überragte, legte den Kopf schräg und zog die Stirn in Falten.

»Auf den ersten Blick würde ich mit dir darin dacor gehen. Aber es besteht ja immer noch die Möglichkeit, dass es sich um einen Freund der Frau oder sogar um ein Zufallsopfer handelt. Die Kollegen suchen nach vermissten Personen und Fällen, die Ähnlichkeiten aufweisen. Dr. Lieken schreibt hier, dass er Spuren von Erde und Fremdblut unter den Fingernägeln der Frau gefunden und an das Labor geschickt hat. Die versuchen nun in der Datenbank die DNA abzugleichen. Vielleicht haben wir ja Glück und es handelt sich um einen alten Bekannten.«

Das Telefon auf Rabes Schreibtisch meldete sich. Leonie warf einen Blick auf das Display und zuckte im letzten Moment zurück, als sie den Anrufer anhand der Nummer ausmachen konnte.

»Warum gehst du nicht dran?«

Keiner von beiden hatte bemerkt, dass der Chef gerade in diesem Augenblick das Büro betreten hatte und fragend auf seine Kollegin blickte.

»Es war Denise. Ich wollte nicht ...«, stotterte Leonie und trat zur Seite.

»Was ist los mit dir? Du bist es nicht, die mit ihr in Scheidung lebt, sondern ich. Denise hätte dich schon nicht gefressen. Dafür bin ich da. Jetzt kann ich sie zurückrufen, verdammt. Gibt es was Neues über den gestrigen Fund? Gebt mir fünf Minuten, dann habe ich Zeit für euch. Jetzt werde ich zuerst das größere Problem angehen.«

Gordon Rabe ließ sich mit einem ergebenen Seufzer in seinen Drehstuhl fallen und griff nach dem Telefonhörer. Kaum hatte er die erste Ziffer gewählt, erklang wieder der Gefangenenchor in seiner Innentasche. Ergeben legte er wieder auf und griff nach seinem Smartphone.

»Na, noch nicht im Büro angekommen? Hat dich dein Kater wieder einmal aufgehalten? Nun ja, soll meine Sorge nicht mehr sein. Schmeiß dir eine Tablette rein und hör mir zu. Ich wollte etwas mit dir besprechen, was Jonas betrifft. Wann hat der Herr Hauptkommissar Zeit für wichtige familiäre Angelegenheiten? Noch muss ich mich ja mit dir abstimmen. Also, wann können wir uns sehen?«

Gordon verdrehte die Augen, als er schon zur Begrüßung mit dieser Boshaftigkeit überschüttet wurde. Er atmete zweimal kräftig durch, um sachlich antworten zu können.

»Geht es dir jetzt besser, nachdem du dein Gift versprüht hast? Komm zur Sache. Vielleicht erübrigt sich ja dann das ominöse Treffen. Ich denke, dass du sowieso nicht so scharf darauf bist. Was ist mit Jonas?«

Im Hintergrund konnte Gordon ein Tuscheln vernehmen, was ihm zeigte, dass Denise nicht alleine am Telefon war.

»Ist das Jonas, mit dem du sprichst? Gib ihn mir mal. Vielleicht kann er mir selbst mitteilen, was seine Mutter nur Auge in Auge klären kann.«

»Es ist nicht Jonas, du Feigling. Hast du nicht einmal mehr genug Arsch in der Hose, mir persönlich gegenüberzutreten? Was ist aus diesem Superbullen geworden, der du doch immer sein wolltest? Ich komm heute Abend mit unserem Sohn bei dir vorbei. Basta. Ich hoffe, dass du um zwanzig Uhr in der Wohnung bist – und nüchtern.«

Hauptkommissar Rabe blieb keine Gelegenheit, darauf zu antworten. Kopfschüttelnd starrte er auf sein Smartphone und steckte es schließlich zurück in die Jackentasche. Zwei Augenpaare richteten sich fragend auf ihn, als er sich zum Besprechungstisch bewegte.

»Ich will jetzt nichts darüber hören, Leonie!« Drohend wies sein Zeigefinger auf seine Mitarbeiterin, die gerade zu einer Frage ansetzen wollte.

»Ich wollte ja nur ...«, war alles, was sie noch herausbekam. »Aber über den Fall dürfen wir doch wohl reden, oder? Du wolltest wissen, was es an Neuigkeiten gibt. Nichts. Hilft dir das irgendwie weiter?«

Fast hätten die beiden losgelacht, als sie in das überraschte Gesicht ihres Chefs blickten. Im letzten Moment verkniffen sie sich das, da sie einschätzen konnten, dass der für Scherze derzeit nicht empfänglich sein durfte. Kai Wiesner beeilte sich deshalb, dem Vorgesetzten die Ausdrucke aus der Rechtsmedizin vorzulegen. Sie gaben Gordon Zeit, die Fakten zu registrieren. Schließlich gab auch er den ersten Kommentar zur Sache ab.

»Ich habe vorhin noch mit Dr. Lieken telefoniert. Er hat diverse Haare an der Leiche gefunden, die eindeutig nicht ihr selbst zuzuordnen sind. Die gleichen wir jetzt schnellstmöglich mit der DNA von unserem Zeugen Fielmann ab. Könnte ja sein, dass der die Frau angefasst oder sich über sie gebeugt hat. So ganz dürfen wir nicht aus den Augen verlieren, dass er sogar der Täter sein könnte und uns nur ein Theater vorspielt. Das klingt doch gut, wenn man die Geschichte mit dem Hilferuf auftischt. Kommt die Polizei, ist sie soeben verstorben. Er ist dann fein raus. Also werden wir Rainer Fielmann im Kreis der Verdächtigen belassen. Ich hoffe nur, dass wir bald den Namen der Toten haben. Das dürfte doch wohl nicht so schwer sein.«

»Mit Augen wäre es sicherlich einfacher«, konnte sich Kai Wiesner nicht verkneifen zu erwähnen.

4

Sie ist immer noch eine Schönheit, fuhr es ihm durch den Kopf, als Gordon an der Haustür zur Seite trat, um Denise und Jonas in die Wohnung eintreten zu lassen. Keiner der beiden gönnte dem Mann einen Gruß, der jeden Monat einen großen Teil seines Gehaltes an sie überwies. Bei Denise hatte er es auch nicht erwartet, aber der teilnahmslose, leere Blick seines Sohnes Jonas bereitete ihm Sorgen. Während Jonas sofort damit begann, das Bücherregal des Vaters zu inspizieren, setzte sich Denise an den Esstisch und entfaltete wortlos ein Schreiben auf dem Tisch. Gordon ließ sich dadurch nicht davon abhalten, sich seinem Sohn zu nähern, der scheinbar interessiert in dem Kompendium der Kriminalistik blätterte, das der diplomierte Kriminalist Dr. Lukaschewski als Nachschlagewerk für Kollegen und angehende Mediziner herausgebracht hatte. Er reagierte kaum, als sich die Hand seines Vaters auf seine Schulter legte.

»Möchtest du nach der Schule bei uns einsteigen? Wir können immer guten Nachwuchs brauchen. Du darfst dir das Buch gerne ausleihen.«

Als hätte Gordon gegen eine Wand gesprochen, stellte Jonas das Buch wieder in das Regal und setzte sich wortlos neben seine Mutter. Er begann damit, etwas in ein Notizbuch zu schreiben, das weder Denise noch Gordon einsehen durften. Schließlich steckte der Zwölfjährige das Büchlein zurück in die Tasche und sah weiterhin stumm auf einen imaginären Punkt an der Wand.

»Würdest du dir jetzt endlich das Schreiben ansehen und deine Unterschrift drunter setzen?«, giftete Denise los und tippte mit ihren dunkelrot lackierten Nägeln auf das amtliche Schreiben. »Ich muss das bis morgen zurückgeschickt haben.«

Nun endlich überlas Gordon, was er unterschreiben sollte. Adressiert war das Schreiben an die Schule, die Jonas bisher besucht hatte. Sie erwartete die Bestätigung beider Elternteile, dass Jonas zum Ende des Schuljahres die Schule verlassen würde, um auf eine andere zu wechseln, die ihm das Erreichen des Abiturs eher ermöglichen könnte. Man bescheinigte ihm ein überdurchschnittliches Wissen und Talent, wobei aber auch auf die Problematik seines angeborenen Autismus hingewiesen wurde. Die Lehrer empfahlen daher die besondere Förderung, die man ihm auf Grund fehlender Inklusionsmöglichkeiten derzeit auf der bisherigen Schule nicht garantieren konnte. Man empfahl eine gleichwertige Schule, die über mehr Lehrkörper verfügte, die entsprechend geschult waren. Inklusion war ein großes Wort, das durch die Schulen geisterte, wobei die Umsetzung in den wenigsten Fällen klappte.

»Ich verstehe das nicht. Jonas könnte doch sein Abitur auch dort machen. Das hat man uns doch zugesagt. Was sagt denn Jonas zum Wechsel?«

»Frag ihn doch selbst – dein Sohn sitzt doch direkt vor dir.«

Als hätte er nichts von der Diskussion mitbekommen, war der Blick von Jonas nun auf die Tischdecke gerichtet, auf der er mit einem Finger das abstrakte Muster nachzeichnete. Gordons Hand legte sich über die von Jonas, was lediglich dazu führte, dass er aufhörte, die Linien nachzuzeichnen, jedoch weiter auf eine Stelle starrte. Selbst als er die Worte des Vaters vernahm, reagierte er nur, indem er Denise fragend ansah.

»Jonas – bitte antworte mir«, drängte ihn Gordon nun energischer, »Ich möchte doch nur wissen, ob du das auch möchtest. Du hast doch bestimmt viele Freunde in der Schule, die du dann nicht mehr sehen würdest. Hast du dir das gut überlegt? Hat dich deine Mutter überhaupt gefragt?«

»Das ist doch wohl die Höhe. Was erlaubst du dir überhaupt uns gegenüber? Du säufst dir den Verstand weg und meinst jetzt, uns belehren zu müssen? Ich trage derzeit die Verantwortung für unseren Sohn – ich ganz allein. Verstehst du das? Unterschreibe und lass mich das erledigen, was für den Jungen das Beste ist.«

Sie riss Gordon das Schreiben aus der Hand und tippte wieder auf die Stelle, an der Gordon unterschreiben sollte. Ihr Gesicht hatte neben der Freundlichkeit auch die Züge verloren, die ihre natürliche Schönheit ausmachten. Gordon war erfahren genug, um jetzt nicht die Ruhe zu verlieren. Allerdings trieb genau diese abgeklärte Ruhe Denise immer wieder zur Weißglut. Sie hasste es, wenn sie durch ihre Aggressivität bei ihm keine Wirkung erzielen konnte.

»Komm mal wieder runter von deinem hohen Ross. Mein Verstand funktioniert noch recht gut. Und die Entziehung habe ich hinter mich gebracht. Ich habe mein Wort gehalten.

Du warst es, die trotz falscher Versprechungen, dass danach wieder alles gut wird, die Scheidung eingereicht hat. Wenn es nach mir gegangen wäre, könnte ich mich immer noch um den Jungen kümmern. Mach jetzt mal halblang.«

Ohne dass er es beeinflussen konnte, hatte Gordon ungewollt die Stimme erhoben. Denise hatte es durch ihre Art, schnell ausfallend zu werden, geschafft, dass auch er überreagierte. Beide stockten in ihren Reaktionen, als sie die Stimme von Jonas unterbrach.

»Mama, ich will gehen. Bitte.«

»Siehst du, du Wahnsinniger? Jetzt hast du erreicht, was du wolltest. Dein Sohn hat Angst vor dir. Unterschreib nun endlich den Wisch, sonst tue ich es selbst. Du kannst mich ja anschließend verklagen wegen Urkundenfälschung. Mach es jetzt endlich. Der Junge muss hier raus, bevor er wieder einen Anfall bekommt.«

Jonas wich dem bittenden Blick seines Vaters aus und konzentrierte sich wieder auf die Tischdecke.

Bitte, mein Junge, hör mir doch zu. Ich liebe dich und möchte doch nur, dass du glücklich bist.

Gordon versuchte, seine Gedanken auf seinen Sohn auszurichten, stellte aber verzweifelt fest, dass es ein wirkungsloser Versuch war, mit ihm Kontakt aufzunehmen. Er nahm schließlich zögernd den Kugelschreiber aus der Hand von Denise, die ihm den schon eine Weile entgegenhielt. Mit schwerem Herzen setzte er seine Unterschrift unter das Papier. Er beobachtete weiter den Jungen, der das Geschehen aus einer Welt mitverfolgte, die kein anderer außer ihm verstehen konnte. Denise faltete das Schreiben schnell zusammen, als befürchtete sie, Gordon könnte es sich überlegen. Sie zerrte Jonas vom Stuhl und verließ grußlos die Wohnung. Noch eine Weile starrte Gordon auf die Tür, die sich hinter denen schloss, die er über alles liebte.

5

»Wir haben den möglichen Namen der Toten. Es hat sich jemand aus Bredeney gemeldet, die glaubt, die Frau erkannt zu haben. Diese Frau Marken meint, dass es sich um ihre Nachbarin, eine Frau Heurath, handelt, die sie schon seit einigen Tagen nicht mehr gesehen hat. Der Ehemann ist angeblich auf Geschäftsreise. Wir sollten mal hinfahren. Hoffentlich ist das nicht wieder so eine Ente wie gestern.«

Kai Wiesner klärte die Kollegin Felten über den Anruf auf, den er vor wenigen Sekunden erhalten hatte. Seine Begeisterung hielt sich in Grenzen, als er sich die Jacke überwarf, die der sehr ähnelte, die einst Götz George in seiner Rolle als Kommissar Schimanski trug. Nur mit dem Unterschied, dass Kai die mindestens vier Nummern größer benötigte. Es war immer wieder ein belustigendes Bild, wenn Leonie neben dem mächtigen Körper des Kommissar Wiesner über den Gang marschierte. Sie mussten sich schon so manche Frotzelei diesbezüglich anhören.

Der Dienstpassat hielt nur wenige Meter von dem Haus entfernt, das ihnen als Wohnsitz der Familie Heurath genannt worden war. Auf dem gleichen Flur sollte die Zeugin Lisbeth Marken wohnen, deren Klingelknopf sie auch auf

Anhieb fanden. Leonie hatte kaum den Finger vom Knopf gelöst, als auch schon der Türöffner betätigt wurde. Die etwa vierzigjährige Frau in der Türöffnung kämmte sich in aller Eile die Locken aus, für die sie vermutlich erst kurz zuvor den Frisierstab benutzt hatte. Den hielt sie immer noch in der anderen Hand. Das Kabel zog sie hinter sich her, als sie dem Besuch ins Wohnzimmer folgte.

»Entschuldigen Sie bitte – aber ich hatte Sie so schnell nicht erwartet. Bin noch nicht ganz mit der Morgentoilette fertig. Wenn Sie noch einen kleinen Augenblick Geduld ...?«

Hier wurde sie von Leonie Felten unterbrochen.

»Das macht gar nichts, Frau Marken. Wir möchten Ihnen ja nur ein paar Fragen stellen. Bleiben Sie ruhig hier.«

»Aber machen Sie denn kein Foto für die Zeitung? Ich kann doch so nicht ...«

Kai Wiesner war anzumerken, was sich in ihm aufbaute, da er befürchtete, wieder einmal umsonst eine Fahrt unternommen zu haben. Er stellte sich neben die Zeugin und legte seinen mächtigen Arm um deren Schultern. Er schob sie vorsichtig in Richtung Sessel, in den Frau Marken mit enttäuschter Miene sank.

»Aber eine Belohnung gibt es doch bestimmt. Das kenne ich aus dem Fernsehen. Was möchten Sie denn genau wissen?«

Nur Leonie bemerkte, dass Kai in seiner Verzweiflung die Augen zur Decke drehte und sich neben sie auf die Couch setzte. Sie übernahm die erste Frage.

»Wir haben uns noch gar nicht vorstellen können, Frau Marken. Mein Name ist Kommissarin Felten und das ist mein Kollege Kommissar Wiesner. Sie erwähnten gegenüber

29

meinem Kollegen, dass Sie in dem Foto aus der Zeitung glauben, Ihre Nachbarin erkannt zu haben. Ist das so richtig?«

Statt einer Antwort, erhielten die beiden lediglich ein Kopfnicken und in Erwartung neuer Fragen sahen sie in weit aufgerissene Augen.

»Ich deute Ihr Nicken einmal als Zustimmung. Ist es richtig, dass es sich dabei um die Frau Heurath von nebenan handelt? Wir sahen das auf dem Klingelschild. Und bitte, Frau Marken – wir wären Ihnen sehr dankbar, wenn Sie uns mit einem deutlichen Ja oder Nein antworten würden.«

Lisbeth Marken hüstelte den Frosch weg, der ihr im Hals steckte und ließ ein krächzendes Ja hören. Allerdings begleitete sie diese Bemerkung wieder mit einem deutlichen Nicken. Kai Wiesner musste sprechen, um nicht an seiner Wut und Enttäuschung zu ersticken.

»Könnten Sie uns die kompletten Namen der Familie geben, damit wir Ihre Aussage überprüfen können? Ich denke, dass Frau Heurath verheiratet ist und möglicherweise sogar Kinder hat.«

Zum Erstaunen der beiden Ermittler schüttelte Lisbeth Marken jetzt energisch den Kopf.

»Sie kennen die Namen Ihrer direkten Nachbarn nicht?«

»Ich meine nur, dass die beiden keine Kinder haben. Die Frau heißt Martina und ihn spricht sie immer mit Karsten an. Ob die Herrschaften miteinander verheiratet sind – wer weiß? Man erlebt ja heutzutage die schlimmsten Sachen. Bevor Sie fragen, Herr Kommissar«, Frau Marken rutschte auf die Vorderkante ihres Sessels und beugte sich flüsternd vor, als würde sie ein Staatsgeheimnis weitertragen wollen:

»Er ist angeblich immer auf Geschäftsreise, sagt sie. Hier im Haus denkt man, dass der Kerl in irgendeinem Gefängnis seine Strafen absitzt. Den müssten Sie mal sehen. Der sieht schon aus wie einer von der schlimmsten Sorte. Der hat die arme Frau bestimmt ...« Hier machte Frau Marken mit dem Finger eine Bewegung, als würde sie den Hals durchschneiden. »Sie wissen schon, was ich meine.«

Spätestens jetzt wühlte der Zorn auch in Leonie Felten, die sich bemühte, trotzdem sachlich zu bleiben.

»Sie meinen also, dass die beiden sich häufig gestritten haben und er seine Frau abgemurkst hat? Das ist eine interessante These. Na, dann haben wir ja kaum noch was zu tun. Wir finden den Ganoven, sperren den ein und der Fall ist geklärt. Nun wäre da noch etwas, was uns erheblich weiterbringen würde. Können Sie uns diesen mutmaßlichen Verbrecher beschreiben?«

Beide Beamte blickten sich erstaunt an, als Frau Marken aus dem Sessel hochschnellte und überstürzt das Zimmer verließ. Zwei Minuten später erschien sie mit einer altmodischen Blechkiste unter dem Arm, ein breites Grinsen im Gesicht, das immer noch von unfertigen Locken umrahmt wurde.

»Ich habe den Kerl auf einem Foto. Bestimmt habe ich das. Der war im letzten Jahr nämlich dabei, als wir die Hausfete im Garten hinter dem Haus hatten. Warten Sie, ich habe das gleich.«

»Während Sie suchen, hätte ich da noch eine Frage, Frau Marken«, beeilte sich Leonie einzuwerfen, »Sie sind sich sicher, dass Sie die Frau Heurath am Dienstag zum letzten Mal sahen? Das ist wichtig für unsere Ermittlungen.«

Wenn Leonie vorher glaubte, eine klare Antwort erhalten zu können, wurde sie auch diesmal enttäuscht. Das Suchen in den verstaubten Fotos wurde lediglich vom mittlerweile bekannten Kopfnicken begleitet.

»Also ja, wenn ich mich nicht verguckt habe?«

»Sage ich doch, Frau Kommissarin!«, bekam sie als fast patzig zu bezeichnende Antwort. Plötzlich ein Jubelschrei.

»Hier ist es. Ich wusste es. Da sind sogar beide drauf. Sehen Sie hier.«

Frau Marken zeigte auf einen Mann, der mit verschlossenem Gesicht die Menschen am Tisch musterte, die scheinbar über einen Witz lachten.

»Gut, und wer ist seine Frau?«, wollte Kai wissen.

»Na die, die direkt neben ihm sitzt. Glauben Sie mal bloß nicht, dass der seine Frau auch nur einmal in den Arm genommen hat. Der saß den ganzen Abend muffelig am Tisch und hat kaum ein Wort gesagt. Ich hab dem auch kein Stück von meinem Kuchen angeboten. Der war wohl deshalb so stinkig. Aber ich finde, Strafe muss sein.«

»Dürfen wir das Bild mitnehmen? Sie bekommen das auf jeden Fall wieder. Aber wir müssen die Aufnahme vergrößern und mit dem Aussehen einer Person abgleichen. Und außerdem«, hier machte Leonie eine bedeutungsvolle Pause und kniff ein Auge zu, »können wir mit dem Foto besser nach dem Ehemann fahnden.«

Stolz reichte Lisbeth Marken das Bild rüber und drückte den Deckel wieder auf die Dose.

»Was war das denn? Wie alt muss ich eigentlich noch werden, um mich an solche Figuren zu gewöhnen? Die hatte doch nicht mehr alle Schweine im Rennen. Kannst du dir vorstellen, mit so einer Frau als Nachbarin leben zu müssen? Da würde ich schon nach wenigen Wochen auf die Fahndungsliste geraten. Die kannst du doch nur noch ...«

»Schluss damit, Kai. Du redest dich um Kopf und Kragen. Ich nehme dich besser schon jetzt in Haft, so rein prophylaktisch.« Leonie schlug dem Partner mit einem lauten Lachen die Hand auf die Schulter. »Aber mal Spaß beiseite. Die Frau Heurath besitzt wirklich eine Ähnlichkeit mit unserem Opfer und wenn die schon etliche Tage verschollen ist, sollten wir damit zum Staatsanwalt, damit die Tür geöffnet werden kann. Du fährst und ich telefoniere mit dem Chef. Der Ehemann muss noch gefunden werden. Der kann uns eventuell mehr sagen.«

6

»Das Bier ist von dem Herrn da drüben am Tisch neben der Toilette.«

Tobias folgte dem ausgestreckten Arm von Freddy, der schon seit mindestens fünfzehn Jahren diese Kneipe führte und eigentlich jeden seiner Gäste mit Namen kannte. Dass er jetzt von einem Herrn sprach, zeigte Tobias, dass es sich um einen Fremden handeln musste. Freddy grinste über alle vier Backen und schob die kleine Bemerkung nach: »Der hat wohl ein Auge auf dich geworfen. Pass bloß auf und nimm ein Gummi!«

Er sprang sofort lachend hinter der Theke zurück, um der Hand von Tobias zu entgehen, die nach ihm greifen wollte. Neugierig suchte Tobias dennoch nach dem edlen Spender und machte sich Gedanken darüber, woher ihn der Fremde wohl kennen könnte oder ob der Wirt recht hatte mit seiner Frotzelei. In dem Augenblick, in dem sich ihre Augen trafen, hob der Mann mit dem halblangen dunkelblonden Haar sein Glas und prostete Tobias zu. Obwohl sein Glas noch halb voll war, nahm er das volle und bedankte sich mit einem Nicken für das Bier. Als er schon glaubte, dass es damit getan war, schob sich der Fremde neben ihn auf den Hocker und hob wieder sein Glas.

»Keine Sorge, Herr Stähler, ich will Sie nicht anbaggern. Ich weiß, Sie kennen mich nicht – ich Sie aber schon. Und richtig kennenlernen sollten wir uns auf jeden Fall. Das könnte für Sie wichtig sein.«

Tobias musste seine Überraschung über den plötzlichen Besuch erst einmal verdauen. Aus den Augenwinkeln bemerkte er das Grinsen im Gesicht von Freddy, der sich am anderen Ende der Theke mit Holger Pfund unterhielt. Er spürte, dass er im Moment zum zentralen Thekengespräch wurde. Entsprechend verärgert reagierte er auf den Besucher.

»Ich finde das ja ganz toll, dass Sie mich kennen. Sind Sie so nett und klären mich auf? Und dann können Sie sich bitte wieder an Ihren Tisch setzen, damit hier kein falscher Verdacht über Ihre Absichten entsteht. Also, was bekomme ich zu hören?«

Das Lächeln schien wie eingebrannt auf dem fein geschnittenen Gesicht des Fremden. Auffällig war nur, dass die fast schwarzen Augen dabei kalt blieben, das Lachen nicht widerspiegelten. Die rechte Hand schob sich Tobias mit den Worten entgegen: »Mein Name ist Karsten. Dass Sie Tobias heißen, weiß ich schon. Lassen Sie uns auf ein Du anstoßen. Und keine Angst – ich bin genauso hetero wie Sie. Ich suche keinen Kerl für heute Nacht. Trotzdem ist es mir wichtig, dass wir uns endlich unterhalten können.«

Immer noch hielt Karsten die Hand ausgestreckt, bis sie Tobias endlich ergriff und drückte.

»Also gut, was soll's? Dann eben Du. Und jetzt raus mit Sprache. Was ist so wichtig daran, dass wir uns unbedingt kennenlernen müssen? Jetzt hast du mich ein wenig neugierig gemacht.«

»Wusste doch, dass du vernünftig bist. Allerdings auch ein wenig ahnungslos – oder sagt man nicht besser naiv?«

Mit dieser Gesprächseröffnung hatte Tobias nicht gerechnet. Seine Unsicherheit war nicht zu übersehen, als auch noch die Unterlippe herabsank. Er wandte sich fast angriffslustig seinem neuen Freund zu und öffnete bereits den Mund zu einer Frage, als ihn Karsten unterbrach.

»Nun werde nicht gleich sauer, Tobias. Ich bin ein Freund, glaube mir. Du hast es verdient, dass man offen zu dir ist und dir reinen Wein einschenkt.«

»Und das wirst du jetzt sicherlich bald tun, sonst kannst du dich sofort wieder an deinen Tisch verpissen. Ich mag das nicht, wenn man mit mir spielt. Verstehst du?«

Beschwichtigend hob Karsten beide Hände und hielt Tobias die Handflächen entgegen.

»Ruhig, Brauner. Rege dich nicht gleich auf, denn ich bin es ja nicht, der mit dir spielt. Da solltest du eher in deinem direkten Umfeld suchen. Es sind andere, die dir was vormachen. Verstehst du, worauf ich hinaus will?«

»Nein, das verstehe ich nicht. Du hast jetzt noch zehn Sekunden. Dann machst du den Abflug.«

Das Lächeln auf Karstens Gesicht verstärkte sich, denn er glaubte, Tobias genau dort zu haben, wo er ihn hinbewegen wollte. Die Worte schlugen bei Tobias ein wie Blitze.

»Deine Frau Sybille betrügt dich! Und das schon seit Monaten.«

Eine Bombe hätte nicht mehr Aufmerksamkeit bei Tobias erzeugen können als diese knappe Bemerkung. Er sprang vom Hocker und griff Karsten an den Hals, was der jedoch mit seinem bekannten Lächeln quittierte. Freddy verließ ebenfalls seinen Hocker, um den aufkeimenden Streit zu unterbinden. Karsten hob eine Hand und deutete dem Wirt an, dass er sich nicht in Gefahr sah und die Situation voll im Griff hatte. Freddy beobachtete trotzdem die Entwicklung und hörte die Worte des Bedrängten.

»Beruhige dich, Tobias. Es wird nicht mehr lange dauern mit dem anderen Kerl. Aber ich finde, du solltest es trotzdem wissen. Du musst stark sein und ihr zeigen, dass du sie trotzdem liebst. Alles wird wieder gut.«

Das Gesicht von Tobias verzerrte sich zu einer Fratze, als er den Druck verstärkte und keine Reaktion bei Karsten sah. Noch immer dieses unverschämte, überhebliche Lächeln, das Tobias fast den Verstand raubte. Wie durch einen Nebel hörte er die Aufforderung von Freddy, endlich loszulassen. Erst als sich die Hand des Wirtes um sein Handgelenk legte, lockerte er den Griff und sank in sich zusammen. Wie ein Film lief die Szene vor seinen Augen ab, in der sich Sybille lustvoll und völlig nackt unter den Bewegungen eines Mannes auf einem Teppich rekelte, dessen Gesicht sich nur verschwommen darstellte. Ihr Stöhnen drohte ihm den Verstand zu rauben. Tobias fuhr mit der Hand über das Gesicht, versuchte, diesen Wahnsinn fortzuwischen.

Was hat man mir in das Bier geschüttet? Wer war der Fremde wirklich, der ihm diesen Irrsinn einzutrichtern versuchte? Ich muss hier weg.

Mit einer Hand schob Tobias den Fremden von sich und suchte den Weg zur Toilette. Dort stützte er sich mit beiden Händen auf den Rand des Waschbeckens und betrachtete im Spiegel das Gesicht, das ihm plötzlich so fremd erschien. Dieser Mann, dem Tränen über das Gesicht liefen – das war nicht er. Sybille würde das niemals tun. Sie hatten sich die ewige Treue geschworen und sein Vertrauen in sie war grenzenlos.

Ich werde dir den Schädel einschlagen, du Mistkerl. Du willst einen Keil zwischen Sybille und mir treiben? Das werde ich nicht zulassen. Warte nur, ich werde dir zeigen, wozu ich fähig bin. Du wirst die Ehre dieser Frau nicht in den Dreck ziehen.

Tobias drehte den Wasserhahn auf und rieb sich immer wieder das erfrischende Wasser über das erhitzte Gesicht. Als er sich besser fühlte und abgetrocknet hatte, richtete er den Blick entschlossen auf die Tür und stürzte zurück in den Gastraum. Mit langen Schritten eilte er auf den Tresen zu und blieb wie angewurzelt stehen.

»Wo ist der Kerl hin? Der war doch gerade noch hier. Freddy, sag doch was.«

Kaum jemand nahm Notiz von ihm. Lediglich der angesprochene Wirt unterbrach für einen Moment sein Würfelspiel und antwortete knapp.

»Wenn du den Typen meinst, der dir das Bier spendiert hat – der hat sogar deinen Deckel mitbezahlt und ist raus. Lass es gut sein. Vergiss den Streit. Der kommt wohl nie wieder hier rein. Soll ich dir ein frisches Pils zapfen? Das alte dürfte mittlerweile schal sein.«

Der Puls raste, als Tobias zur Tür stürzte, den Windfang zur Seite riss und vor der Kneipe auf dem Bürgersteig stoppte. Seine Augen suchten die Straße ab, ohne eine Spur des Fremden zu entdecken.

Was war das gerade? Ist das tatsächlich passiert? Das habe ich nicht wirklich erlebt. Ich muss nach Hause.

7

»Du kommst früh, Schatz. War keiner von deinen Freunden da? Hättest du eventuell Lust, mit mir ins Kino zu gehen? Ich wollte eigentlich gleich starten.«

Tobias schlug die Wohnungstür zu und zuckte gleich darauf zusammen, als er die vertraute Stimme aus dem Bad hörte. Er blieb die Antwort schuldig und warf seine Jacke über den Stuhl im Essbereich. Als er sich in die Küche bewegte, erschien der Kopf von Sybille im Durchgang zur Diele.

»Hast du nicht zugehört? Ich habe dich gefragt, ob du mit mir ins Kino gehst. Oder willst du lieber allein daheim sitzen?«

»Ich ... ich habe noch was zu tun. Eine Auftragsbestätigung muss noch raus. Es ist besser, du gehst allein. Geht Marion nicht mit? Ihr unternehmt doch sonst auch alles zusammen.«

»Die hat keine Zeit. Der Kindergeburtstag steht doch morgen an. Du glaubst gar nicht, welche Arbeit die Gute damit verbindet. Da kann man nur froh sein, wenn man keine Kinder hat. Nun ja, dann erledige du deine Arbeit. Das ist sowieso nur ein Mädelsfilm mit Vampiren und so, in dem du dich langweilen würdest. Bin so gegen elf wieder da. Du musst nicht auf mich warten, sollte der Film möglicherweise länger laufen.«

Das, was Sybille ihm wieder aus dem Bad zurief, kam wie durch einen Nebel an. Jedes Wort lief durch einen Scanner, der das Gesagte penibel auf Wahrheitsgehalt überprüfte. Tobias griff sich mit beiden Händen an den Kopf und presste die Fäuste gegen die Schläfen.

Was ist los mit mir? Sie geht ins Kino, so wie fast jeden Mittwoch. Marion hat wirklich diesen Kindergeburtstag vor der Brust. Das weiß ich von Manfred. Kino ... Kino ... Kino.

Immer wieder fuhren die Worte durch seinen Kopf, hallten nach. Er lehnte seine Stirn gegen das kühle Glas und versuchte, die heiße Haut abzukühlen. Sein Körper versteifte sich, als sich zwei Hände von hinten um seine Brust schlangen und sich zur Bauchdecke vorarbeiteten. Die Stimme war nahe an seinem Ohr, die ihm äußerst lasziv die Worte zuflüsterte: »Sollte ich besser hierbleiben und dem Herrn die Zeit versüßen? Der Film wird noch ein paar Tage laufen.«

Was ist mit mir los? Will sie mich täuschen? Sie spielt doch nur mit mir.

Tobias bemühte sich, den Körper wieder zu entspannen, was ihm nur ungenügend gelang. Sybille schien es zu spüren, was ihre Frage deutlich untermauerte.

»Was ist mit dir? Habe ich etwas Falsches gesagt? Ich wollte doch nur nett zu dir sein.«

Sie zog ihre Hände wieder zurück und löste sich von Tobias. Er verfolgte im Spiegelbild der Terrassentür, wie sie sich sichtlich enttäuscht wieder ins Bad bewegen wollte. Ihr Körper, der lediglich durch einen dünnen Slip und einen fast durchsichtigen BH verdeckt wurde, erschien ihm plötzlich nicht mehr erotisch im bisherigen Sinn, sondern auffällig nuttig. Woher er plötzlich diese Definition holte, konnte er sich selbst nicht erklären. Die Vorstellung, dass sie diesen so wunderbaren Körper, der bisher nur ihm gehört hatte, einem anderen Mann schenken würde, brachte ihn fast um den Verstand. Seine Frage hielt Sybille auf.

»In welches Kino geht ihr eigentlich gewöhnlich? Ich meine, du und Marion. Da bekommt ihr bestimmt schon Mengenrabatt. Oder?«

Immer noch leicht irritiert wirkend, informierte ihn Sybille darüber, dass es meistens das Cinemaxx war, das sie aufsuchten. Sie verschwand wieder im Bad und zog die enge Jeans über den perfekten Körper. Als sie sich schließlich von Tobias verabschiedete, wurde sie zunehmend verunsichert, als er den Kopf beim Kussversuch zur Seite drehte.

Lange studierte Tobias das Kinoprogramm, wobei er sich letztendlich sicher war, dass Sybille einen dieser Vampirstreifen meinte, über die in der letzten Zeit häufig gesprochen und diskutiert wurde. Das Ende des Films schätze Tobias auf etwa 22:30 Uhr. Schon eine Viertelstunde vorher beobachtete er die breite Treppe, auf der Sybille das Kino Richtung Parkhaus verlassen müsste. Als sich die Glastüren öffneten, strömten meist junge Pärchen durch die Ausgänge und verteilten sich eifrig diskutierend vor dem Kino. Tobias' Augen suchten in dem Gewirr von Menschen nach Sybille. Immer wieder irrten seine Augen über die Menschenmenge, die sich allmählich auflöste, ohne dass er das Objekt der Begierde hatte ausmachen können.

Wo bist du? Habe ich dich tatsächlich übersehen oder warst du gar nicht ...? Verdammt – das kann, das darf nicht sein. Sie wird schon auf dem Weg sein und sich fragen, wo ich mich so spät rumtreibe.

Noch eine Weile verfolgte er das Geschehen, bis ein Angestellter damit begann, die Ausgänge zu verschließen. Zumindest heute schien es keine Spätvorstellung mehr zu geben. Der Platz vor dem Kino leerte sich.

Als Tobias die Wohnungstür öffnete, empfing ihn die totale Düsternis, die ihn einen Moment verharren ließ. In dem Augenblick, als er gerade die Tür schließen wollte, vernahm er das Brummen des Motors, das kurz darauf erstarb. Sybille war angekommen. Mit fliegenden Fingern entledigte er sich seiner Kleidung, warf sie in den Schrank und setzte sich vor den Computer.

»Arbeitest du noch? Ich bin müde und geh als Erste ins Bad. Kommst du, oder brauchst du noch lange?«

Tobias konnte die Veränderung spüren, die von den Zeremonien abwichen, die ansonsten nach dem Heimkommen angesagt waren. Kein Kuss, kein Scherz, keine Liebkosung. Noch nie zuvor war Sybille, ohne ihn zu begrüßen, nach Hause gekommen. In ihm rumorte es gewaltig. Keinen Gedanken verschwendete er daran, dass er selbst es war, der dieses Verhalten zuvor provoziert hatte.

»Wie war der Film?«, rief er ihr über die Schulter zu.

»Der hat aber lange gedauert. Warst du anschließend noch irgendwo?«

»Ich hatte noch Hunger und bin kurz bei McDoof rein. Jetzt ist mir leicht übel. War wohl doch kein so guter Gedanke. Hätte ich dir einen Burger mitbringen sollen?«

»Nein, nein. Hatte mich nur gewundert, warum du so lange für den Weg brauchst.«

Schon als Tobias glaubte, dass er darauf keine Antwort erhalten würde, zuckte er zusammen, als Sybille direkt neben ihm auftauchte und mit einem gewissen Unterton in der Stimme die Frage an ihn richtete: »Warum fragst du das? Du kannst doch gar nicht wissen, wann der Film zu Ende war. Das hört sich nach einer Kontrolle an. Du weißt, dass ich das nicht mag, Tobias.«

»Was ist daran so schlimm, wenn man nichts zu verbergen hat? Im Internet steht, dass der Film vor etwa fünfundvierzig Minuten zu Ende war. Vom Kino nach Hause dauert maximal zwanzig Minuten. Da darf man sich doch mal Sorgen machen, wenn du nach einer Stunde noch nicht eingetroffen bist.«

»Du hast tatsächlich nachgesehen, wann der Film ausläuft? Hast du einen Knall? Das hast du ja noch nie gemacht. Was soll das plötzlich?«

Tobias fühlte, dass sich zwischen ihnen etwas aufschaukelte, das es so bisher noch nie gab. Allerdings trieb ihn ein merkwürdiges Gefühl weiter. Nun wollte er Gewissheit.

»Entschuldige mal. Man wird sich doch wohl noch darüber informieren dürfen, was den Ehepartner jeden Mittwoch aus dem Haus treibt. Das ist ja nicht unbedingt normal, wenn das immer am gleichen Tag, zur selben Zeit passiert. Da macht man sich so seine Gedanken. Verstehst du das?«

»Nein – das verstehe ich nicht. Absolut nicht. Wir hatten von Anfang an besprochen, dass jeder seinen Freiraum bekommt. Du bist doch auch mittwochs in der Kneipe bei deinen Freunden. Das habe ich auch noch nie hinterfragt.

43

Wo führt das Ganze eigentlich hin? Du bist heute so ... so anders.«

Sybille schob sich näher an Tobias heran und strich über sein Haar. Ihr Gesicht legte sie dicht an seines und erstarrte im gleichen Augenblick, als sie die Frage vernahm, die keine Frau hören wollte.

»Warum tust du das? Habe ich dir nicht mehr genügt?«

»Was meinst du damit? Was tue ich, was ich bisher nicht tat? Möchte der Herr nicht mehr, dass ich ihn verführe?«

»Das meine ich nicht. Warum plötzlich der andere? Habe ich dir nicht alles gegeben? Was ist das für ein Supertyp, der den Vorzug vor deinem Mann erhält? Du zerstörst damit alles, was wir uns aufgebaut haben.«

Da stand sie. Eine wunderschöne Frau, deren welliges blondes Haar wie das einer Göttin über die wohlgeformten Schultern fiel. Sybille ließ die Arme am Körper heruntersinken, da sie das Gesagte erst einsortieren musste. Sie verstand den Sinn dieser Fragen nicht und starrte auf den Mann, dem ihre ganze Liebe bisher gehört hatte. Dieser Mann hatte sie gerade wirklich gefragt, warum sie mit einem anderen Mann schlief. Ihre Augen verloren den gewohnten Glanz und füllten sich mit Tränen, die zum einen aus Enttäuschung, zum anderen aus aufkeimender Wut entstanden. Das Zittern ihres Körpers konnte sie nicht verhindern, als sie versuchte zu antworten. Jedes Wort, das sie ihm entgegenschleudern wollte, blieb ungesagt im Hals stecken. Erst nach einer Weile schaffte sie es, die ersten Silben zu formulieren.

»Hast du mir ... ich meine, hast du mir gerade wirklich unterstellt, dass ich mich einem anderen Mann hingeben würde? Du besitzt die Frechheit, mich dessen zu bezichtigen? Ich fasse es nicht. Selbst wenn es ein Scherz war, kann ich nicht darüber lachen. Das ist doch einfach nicht wahr. Ich träume das gerade.«

Mittlerweile liefen ihr die Tränen in Strömen über das schöne Gesicht und hinterließen Streifen im Make-up. Die Mascara löste sich auf und verfärbte die Ränder der Augen. Nur noch verschwommen nahm sie Tobias wahr, der nun mit geballten Fäusten vor ihr stand und dessen Augen kalte, ihr bisher unbekannte Wut zeigten. Trotzdem versuchte Sybille, ihn mit einer Hand zu berühren. Sie wollte sicher sein, dass es sich nicht um eine Geistergestalt handelte, die ihr vorgaukelte, dass es ihr Tobias war, den sie über alles liebte. Ein harter Griff um ihr Handgelenk überzeugte sie endgültig davon, dass es sich nicht um einen bösen Traum handelte, den sie gerade in diesem Augenblick erleben musste. Der Schmerz durchfuhr sie bis in die Fußspitzen.

»Es wird ihm nicht gelingen, dich mir wegzunehmen«, war alles, was sie in dem Moment mitbekam, bevor der erste Schlag ihr Gesicht traf und sie zurückschleuderte. Sofort riss Tobias sie wieder an sich. Sie sah auf eine Zahnreihe, die die folgenden Worte herauspresste: »Niemals wird er dich ganz besitzen. Niemals wieder wird er seinen verdammten Schwanz in deinen Körper stecken. Verstehst du mich? Das wird nie wieder geschehen. Ihr habt den Fehler gemacht, dass man euch zusammen gesehen hat. Ich wollte es erst nicht glauben. Doch damit ist jetzt endgültig Schluss.«

Tobias konnte seine Wut kaum noch kontrollieren und schlug zu – immer wieder und wieder. Sybilles Schreien, ihr Bitten ging unter in dem Lärm, den umstürzende Möbelstücke verursachten. Gekrümmt lag sie auf dem Teppich und wimmerte, als Tobias immer wieder in sie hineintrat. Erst als sie stumm in ihrem Blut und Erbrochenen lag, beruhigte er sich und blieb schwer atmend vor ihr stehen. Noch immer waren seine Finger zu Fäusten geballt und seine Augen voller Hass. Das Klingeln des Telefons holte ihn wieder zurück in die Realität, ließ ihn erkennen, was soeben geschehen war. Wie ein ferngesteuerter Roboter stakste er zum Telefon und nahm den Hörer aus der Schale. Erst war da nur das Rauschen, was anzeigte, dass jemand in der Leitung war. Dann endlich hörte er die Stimme, die ihn lähmte: »Hallo, mein Freund. Ich spüre, du warst schon erfolgreich. Gute Arbeit, Tobias! Du wirst mich jetzt brauchen. Ich werde dir helfen.«

8

»Man hat Karsten Heurath gefunden. Die Kollegen der Schutzpolizei in Aachen haben ihn erkannt, als er mit seinem Wagen einen Auffahrunfall verursachte. Er wirkte total aggressiv, aber auch verwirrt. Da sie den Verdacht hatten, dass der Verursacher des Unfalls unter Drogeneinfluss stand, haben sie den mit zur Wache genommen und festgestellt, dass er zur Fahndung ausgeschrieben war. Der ist schon auf dem Weg hierher.«

Leonie Felten empfing Gordon mit dieser Nachricht, die der beim Eintreten in das Büro mit einem erhobenen Daumen quittierte. Jeder im Raum wusste im gleichen Augenblick, dass der Chef heute mit etwas zu kämpfen hatte, nach dem man besser nicht fragte.

»Wann wird der Kerl eintreffen? Ich möchte das Verhör gerne selber führen. Die Abwechslung wird mir guttun. Haben wir schon den Bericht aus der Rechtsmedizin? Dr. Lieken hat zugesagt, dass er den Fall vorziehen würde.«

Ohne begleitenden Kommentar legte Leonie die Mappe vor ihn auf den Schreibtisch und wartete. Gordon sah hoch.

»Ist was? Du stehst da, als ob du von mir eine bestimmte Reaktion erwartest. Ich lese mir das durch und rufe euch, wenn ich Fragen dazu habe. Danke.«

Achselzuckend wendete sich Leonie ab und murmelte etwas vor sich hin, in der Hoffnung, dass es ihr Chef nicht mitbekommen würde.

»Ich habe genau verstanden, was du da gerade vor dich hingebrabbelt hast«, rief ihr Gordon hinterher. »Du kannst beruhigt sein. Ich habe in aller Ruhe gefrühstückt. Und dabei ist mir nichts quer im Hals stecken geblieben. Man wird doch wohl noch mal schlechte Laune mitbringen dürfen. Du wirkst heute auch nicht gerade so, als wolltest du die Welt umarmen.«

»Ist schon gut, großer Meister. Es war mir nur gerade so ein Bedürfnis, das loszuwerden.«

Immer wieder schüttelte Gordon den Kopf, während er Liekens Bericht studierte. Obwohl er innerhalb seiner Tätigkeit im Morddezernat schon fast alles erleben musste, schockierten ihn die Berichte immer wieder aufs Neue. Dem Einfallsreichtum des Menschen schien keine Grenzen gesetzt, wenn es darum ging, immer wieder neue Perversitäten zu entwickeln. Gordon klopfte auf die Schreibtischplatte und winkte seine Kollegen an den Besprechungstisch.

»Der Bericht von Dr. Lieken macht mich nachdenklich. Grundsätzlich schließe ich mich dem Erstverdacht an, dass die Frau für Untreue bestraft worden sein könnte. Der Ringfinger in der Scheide und der Hinweis auf ein Gottesgebot dürften klare Hinweise sein. Es sieht nach einer Bestrafung aus. Worauf Lieken aber besonders hinweist, macht mich nachdenklich. Es liegen Verletzungen vor, die auf Schläge hinweisen, die scheinbar unkontrolliert ausgeführt wurden. Die Hämatome entstanden voraussichtlich nach Gewalteinwirkung durch einen stumpfen Gegenstand. Lieken tippt auf die bloße Faust. Er hat sogar Hautpartikel gefunden, die nicht dem Opfer zuzuordnen sind. Wir sollten beim Ehemann nachher die DNA feststellen. Es könnte sein, dass sich dieser Fall dann sehr schnell klärt. Doch jetzt kommt das Seltsame.«

Wiesner und Felten wussten bereits, worauf Gordon Rabe hinauswollte. Diesmal war es Kai Wiesner, der mutmaßte.

»Die nachträglichen Verletzungen, die dem Opfer angetan wurden, schienen von ruhiger und geübter Hand ausgeführt worden zu sein. Das passt nicht zu der Wut, mit der zuvor zugeschlagen wurde. Es wurden doch über zwanzig Blutergüsse gezählt. Warum reagiert der Täter anschließend dermaßen überlegt?«

Die drei Worte, die Leonie in den Raum warf, verwunderten keinen, da alle drei Ermittler zum gleichen Ergebnis gekommen waren.

»Es waren zwei!«

Gordon lehnte sich in seinem Stuhl zurück und fuhr mit beiden Händen durch das volle Haar. Mehr zu sich selbst formulierte er die Frage.

»Warum beteiligen sich zwei Menschen an dieser Bestrafung? Mit viel Fantasie könnte ich noch das Motiv bei dem gehörnten Ehemann sehen. Doch welches Interesse hat ein Zweiter an dieser Bestrafung? Die Familie des Mannes möglicherweise? Ihr kennt das aus der Blutrache im Islam. Doch es handelt sich hier eindeutig um ein Ehepaar, das im christlichen Glauben die Ehe schloss. Es sieht danach aus, als wären die Verletzungen an der Hand und auf dem Rücken erst später ausgeführt worden. Dr. Lieken bestätigt gleichzeitig, dass das Opfer zu diesem Zeitpunkt noch lebte. Das

beweisen die Blutungen, die post mortem nicht hätten statt-
finden können. Also hat der Zeuge Fielmann wahrscheinlich
die Wahrheit gesagt.«

»Der dürfte dann sowieso ganz rausfallen, da es als sehr
unwahrscheinlich anzusehen ist, dass er diese Schweinerei
selber anrichtet und anschließend die Polizei auf den Plan
ruft. Dann hätte der sich doch vom Acker gemacht«,
ergänzte Kai Wiesner.

Gordon Rabe fasste zusammen.

»Nehmen wir einmal an, der Ehemann erfährt, dass die
Frau ein Verhältnis mit einem anderen Typen hat. Der
schlägt sie halb tot und steht jetzt vor der Frage, wie er diese
Tat vertuscht. Vielleicht glaubt er sogar, dass er sie getötet
hat. Man würde ihn wegen Mordes, zumindest wegen Totschlags lange wegsperren. Er ist verzweifelt, da er das
eigentlich nicht geplant hatte und nun vor der Leiche seiner
eigenen Frau steht. Er muss die Tat vertuschen, die Leiche
beseitigen und sie möglicherweise als vermisst melden.
Doch wie macht er das ohne fremde Hilfe?«

»Wofür hat man Freunde?«, bemerkte Kai lakonisch.

»Ach komm, Kai. Dafür gibt sich doch kein normaler
Mensch hin. Außerdem hätte man bemerken müssen, dass
die Frau noch lebt. Da muss jemand noch nach der ersten Tat
ein perfides Spiel mit der noch lebenden Frau getrieben
haben. Der oder diejenige hat das Opfer nicht nur gequält,
sondern auch wie Abfall entsorgt. Man unterlag allerdings
dem Irrtum, dass die Frau bereits tot war, als man sie in dem
Sack auf dem Müll entsorgte. Das hätte fatal für die Mörder
enden können. Ich bin gespannt, welche Erkenntnisse uns
das Verhör vom Ehemann liefern wird.«

Kaum hatte Leonie diesen Einwand abgeschlossen, öffnete sich die Tür und zwei Uniformierte schoben einen Mann in den Raum, der den Blick auf den Boden gerichtet hatte. Seine Hände waren mit Handschellen auf dem Rücken zusammengebunden. Kai Wiesner nahm den Gefangenen in Empfang und bestätigte das mit seiner Unterschrift. Karsten Heurath schien das Geschehen um sich herum kaum zu berühren. Seine Augen fixierten die Wasserflasche, die auf dem Besprechungstisch stand.

»Ich habe Durst.«

Gordon Rabe nickte nur, als ihn Leonie fragend ansah. Er erhob sich und nahm dem Gast die Handschellen ab, was der mit einem dankbaren Blick quittierte. Nachdem er sich die Handgelenke gerieben hatte, griff er nach dem Glas, das ihm die Frau reichte, die sich später bei ihm als Kommissarin Felten vorstellte.

»Sie haben sich gegenüber den Beamten als Karsten Heurath zu erkennen gegeben. Ist das richtig?«

Gordon Rabe wollte sich nicht lange mit Vorreden aufhalten, sondern den Fall schnellstmöglich auflösen. Er überragte den Mann, als er sich vor ihm aufbaute, um mindestens eine Kopflänge. Er erhielt lediglich ein Schulterzucken, als er Heurath fragte, ob er ihm ein paar Fragen stellen dürfte.

Der Verhörraum besaß die heimelige Wärme einer Herrentoilette und enthielt lediglich einen am Boden verschraubten Tisch, vor dem drei Stühle standen. Das Mikrofon in der Tischmitte sowie die beiden Kameras in den Ecken der Decke schnitten jede Sekunde der Unterhaltung mit. Lange beobachtete Gordon den Mann, von dem er überzeugt war, dass er zumindest mitschuldig war am Tod der

Ehefrau. Karsten Heurath vermied es, den Blick des Kommissars zu erwidern. Er sprach erst wieder, als man ihm seine Rechte vorgepredigt hatte.

»Muss nicht ein Anwalt dabei sein, Herr Kommissar? Das steht mir doch zu, oder?«

»Sicher, Herr Heurath. Das Recht besitzen Sie tatsächlich. Brauchen Sie einen? Bisher sitzen Sie hier lediglich als Zeuge. Sie waren nur zur Fahndung ausgeschrieben, da wir herausfinden möchten, ob Sie mit dem Mord an Ihrer Frau in Verbindung gebracht werden können. Sie können selbstverständlich jederzeit einen Anwalt Ihrer Wahl hinzuziehen, sollten Sie das Gefühl haben, dass Sie sich durch Ihre Aussage selbst belasten könnten. Noch sehe ich dafür keinen Grund. Eine Frage hätte ich gerne an den Anfang gestellt, Herr Heurath. Wären Sie damit einverstanden, dass wir eine Speichelprobe nehmen dürfen? Damit könnten wir womöglich ausschließen, dass Sie an der Tat beteiligt waren.«

»Wollen Sie mich verarschen, Herr Kommissar? Meine DNA ist massenhaft in der Wohnung verteilt. Sie werden auch Spuren an meiner Frau finden. Bin ich deshalb der Mörder? Suchen Sie besser nach Spuren von fremden Personen. Warum sollte ich meine Frau umbringen? Wir führten eine gute Ehe, wenn Sie überhaupt wissen, was ich damit meinen könnte. Ihr Polizisten seid doch meistens ohne Familie – oder irre ich mich da?«

Gordon ignorierte diese bissige Bemerkung ohne jede Regung, obwohl sich in ihm eine Mauer aufbaute, die aus Ablehnung gegen diesen großkotzigen Kerl gebaut war. Er spürte instinktiv, dass er den Täter vor sich hatte. Und das wollte er beweisen.

»Wir halten fest, dass der Zeuge Karsten Heurath von seinem Recht Gebrauch machte, den Speicheltest zu verweigern. Sie haben recht, das werden wir in Ihrer Wohnung nachholen. Die Spurensicherung ist genau in diesem Augenblick dort und sichert Beweise. Ich möchte Ihnen einfache Fragen stellen, die Sie bitte mit einem klaren Ja oder Nein beantworten.

Erstens: Haben Sie Ihre Frau getötet?«

Zum ersten Mal bemerkte Gordon eine gewisse Unsicherheit bei Heurath, als der nach einer glaubhaften Antwort suchte. Die Zeit verstrich, ohne dass eine Reaktion kam.

»Ist das wirklich so schwer, eine Antwort auf diese geschlossene Frage zu finden? Die Möglichkeiten sind ja relativ überschaubar. Ja oder nein? Ein Vielleicht würde mich doch sehr irritieren.«

Gespannt warteten auch Leonie und Kai hinter der venezianischen Scheibe darauf, dass sich der Zeuge zu einer Äußerung hinreißen ließ. Verständnislos wechselten sie einen Blick, als Heurath weiterhin schwieg. Gordon fuhr unbeeindruckt fort.

»Sollte ich das so werten, dass Sie es nicht genau wissen? Das würde allerdings bedeuten, dass Sie zumindest an der Tat beteiligt gewesen sein könnten. Lassen Sie uns woanders weitermachen. Wo befanden Sie sich zur Tatzeit, die nach Meinung der Rechtsmedizin mindestens zwei Tage zurückliegt. Das ergibt die Untersuchung des ausgetretenen Wundblutes. Der Todeszeitpunkt steht auf die Minute genau fest.«

Woher auch immer Heurath die Selbstsicherheit herholte, konnte sich Gordon nicht erklären, aber er hob den Blick und sah dem Kommissar fest in die Augen.

»Ich habe einen Kunden besucht, in dessen Wochenendhaus ich auch übernachten durfte. Das wird man Ihnen
bestätigen.«

»Namen und Adresse des Kunden werden Sie mir sicherlich nennen können. Außerdem hätte ich noch gerne die
Adresse, wo Sie anschließend Ihr Haupt niederlegen durften.
Man wird uns sicherlich bestätigen können, dass Sie dort
wirklich genächtigt haben. Oder?«

Die Selbstsicherheit verschwand für einen Augenblick,
was Rabe an dem kurzen Zucken in Heuraths Augen feststellte. Genau hier musste er nachhaken. Doch wollte er
zuvor noch weitere Sperren bei dem Verdächtigen einreißen.
Ihm war aufgefallen, dass Heurath bemüht war, seine Hände
unter der Tischplatte zu verstecken.

»Haben Sie sich in den letzten Tagen verletzt? Das sind ja
üble Schürfwunden an Ihren Händen. Soll sich das mal unser
Arzt ansehen, bevor wir weitermachen?«

»Lassen Sie meine Hände aus dem Spiel. Das hat überhaupt nichts mit dem Tod meiner Frau zu tun. Ich werde das
Gefühl nicht los, dass Sie sich darauf festgelegt haben, in
mir den Täter gefunden zu haben. Sie sollten Ihre Kräfte
darauf verwenden, den wirklichen Täter zu ermitteln. Ich
habe ein wasserdichtes Alibi.«

»Das, lieber Herr Heurath, werden wir noch herausfinden.
Schreiben Sie mir bitte die Adresse hier auf, damit die
Kollegen das überprüfen können.«

Gordon Rabe schob einen Notizblock zum Zeugen hin-
über und reichte ihm einen Schreiber. Heurath kritzelte eine
Adresse darauf und ließ alles vor sich liegen. Wieder war sie
da, diese Unsicherheit, die in seinen Augen erschien, als Kai

Wiesner eintrat und den Zettel an sich nahm. Heuraths Augen flackerten ein wenig, als er den riesigen Mann mit Blicken verfolgte, der nun wieder die Tür hinter sich schloss. Keine Regung entging dem forschenden Blick des Hauptkommissars. Wie ein Geschoss wirkte die Frage auf Heurath, die sein Gerüst fast zum Einstürzen brachte.

»Wer hat Ihnen bei der Tat geholfen, Heurath? Musste es wirklich sein, Ihre Frau umzubringen?«

Als Gordon die Panik bei seinem Gegenüber spürte, legte er nach.

»Wir werden in kürzester Zeit feststellen – nein, wir werden es Ihnen beweisen, dass Sie Ihre Frau geschlagen haben. Wir werden die DNA Ihrer Frau auf Ihren Händen finden. Sie können sich hundertmal waschen – wir finden Spuren davon. Spuren werden auch Sie auf den vielen Wunden Ihrer Frau hinterlassen haben. Da können Sie sich sicher sein. Wir werden Beweise dafür finden, dass Sie gar nicht in diesem ominösen Wochenendhaus genächtigt haben, sondern in der Nacht von Hürth nach Essen gefahren sind. Irgendwo wurden Sie mit Sicherheit gesehen. Glauben Sie mir.«

»Ich war es nicht!«

Heurath war aufgesprungen und stierte auf den Mann, der gerade dabei war, ihm die Maske vom Gesicht zu reißen.

»Lassen Sie mich etwas klarstellen, Heurath. Wir wissen bereits, dass es zwei Täter gab. Meine Vermutung ist die, dass Sie aus welchen Gründen auch immer Ihre Frau geschlagen haben. Sie haben sie dermaßen zugerichtet, dass Sie vielleicht sogar der Meinung waren, dass sie bereits tot ist. War sie aber nicht. Bis dahin war es Totschlag. Verstehen

Sie mich? Es war Totschlag, kein Mord. Zum Mord wurde es erst, als Sie sich Hilfe holten, um Ihre Frau beseitigen zu lassen. Wen zum Teufel haben Sie sich da ins Haus geholt? Ihre Frau könnte noch leben, wenn Sie da aufgehört hätten. Was hat Ihnen Ihre Frau angetan, dass Sie derart unmenschlich bestraft werden musste?«

Heurath hatte sein Äußeres verändert. Gordon glaubte, Wahnsinn in seinen Augen erkennen zu können. Das Weiß der Augen leuchtete dem Kommissar entgegen, ein schnelles Atmen zeugte von innerer Erregung. Gordon blieb ruhig sitzen, als sich Heurath über den Tisch beugte und ihn anschrie.

»Sie war eine elende Hure. Dieses Miststück hat es mit anderen Kerlen getrieben, wenn ich unterwegs war. Sie hat mit jedem gefickt, der ihr über den Weg lief.«

Karsten Heurath lief Speichel aus den Mundwinkeln, als er in sich zusammenfiel und den Kopf auf die Tischplatte senkte, immer wieder mit der Stirn aufschlug. Gordon stand auf und legte dem Mann eine Hand auf die Schulter.

»Hören Sie auf damit, Heurath. Bleiben Sie vernünftig. Sie haben Ihre Frau geschlagen. Das geben Sie zu. Wir müssen wissen, was dann geschah. Sie lebte doch noch, wie wir wissen. Warum haben Sie das anschließend mit ihr gemacht? Das ist doch krank. Solche Verletzungen fügt man keinem Menschen zu, den man doch irgendwann geliebt hat. Das hat kein Mensch verdient. Warum haben Sie ihr die Augen entfernt und ...?«

»Was soll ich gemacht haben? Sind Sie irre? Ja, ich habe sie verprügelt, weil sie es verdient hat. Aber ich würde ihr das niemals angetan haben, was Sie da gerade ...«

Ungläubig starrte er auf das Foto, das ihm Gordon Rabe genau in diesem wichtigen Moment auf den Tisch legte. Mit zitternden Fingern tastete Heurath danach, hob es schließlich auf und wischte mit dem Ärmel darüber, um die Tränen abzuwischen, die immer wieder neu darauf tropften. Aufmerksam beobachtete Gordon jede Bewegung des Mannes. Auch Leonie, die noch immer die Szene von außen beobachtete, bemerkte an sich den steten Wechsel von Hass und Mitleid gegenüber diesem Mann. Sie war sich sicher, dass der da drin nicht die Absicht gehabt hatte, zu töten. Aus dem Lautsprecher hörte sie die ruhige Stimme ihres Vorgesetzten, der noch immer hinter Heurath stand.

»Wer hat das getan? Sie waren es doch nicht. Sie haben sich den Satan ins Haus geholt. Helfen Sie uns, den zu fangen, bevor er weiteres Leid bereitet. Ich möchte wissen, wer das Ihrer Frau angetan hat.«

Gordon Rabe musste sich wieder gedulden. Dabei nutzte er die Gelegenheit, um diesen knapp einen Meter siebzig großen Mann in dem billigen Anzug eines Vertreters zu mustern. Die strähnigen Haare, die schon einige freie Stellen auf der Kopfhaut durchschimmern ließen, waren Heurath in die Stirn gerutscht. Die fast schwarzen Pupillen fixierten das Mikrofon, dessen rote LED-Leuchte ständig blinkte und signalisierte, dass alles Gesagte aufgezeichnet worden war. Dieser Mann war innerlich zerbrochen, seine gespielte Selbstsicherheit völliger Verzweiflung und Selbstaufgabe gewichen.

»Er hat mir gesagt, dass er sich um Martina kümmern würde. Ich dachte doch, dass ich sie wirklich ... ich konnte doch nicht wissen, dass sie noch lebte. Ich habe ihn mit ihr alleine gelassen und bin vor seinem Eintreffen zurück nach Hürth gefahren. Ich habe den Mann niemals zu Gesicht bekommen. Wir hatten nur telefoniert.«

9

Noch lange saßen alle drei zusammen, um das Geschehen zu besprechen. Ein solcher Fall war bisher noch keinem von ihnen untergekommen. Leonie konnte einfach nicht glauben, was sie noch vor einer Stunde zu hören bekommen hatten.

»Ich fasse es einfach nicht, dass es Menschen gibt, die sich von irgendwelchen Außenstehenden einreden lassen, dass alles, woran sie bis dahin geglaubt haben, plötzlich falsch ist. Ihr Leben basierte auf einem Irrtum? Wie bescheuert muss dieser Mann sein, um von jetzt auf gleich nicht mehr an die Treue seiner Frau zu glauben?«

»Nun mal langsam, Leonie«, wandte Gordon ein. »So einfach darfst du dir das auch wieder nicht machen. Vielleicht erschwert dir dein Singledasein etwas die Sicht auf die Dinge. Eine Beziehung beruht zumeist auf einem Treueversprechen. So war es zumindest bisher. Dass sich in dem Punkt die Grenzen und Ansichten verschoben haben, mag so sein. Doch die Heuraths gehörten noch zu der alten Garde, denen der Treueschwur vor dem Altar heilig war. Er bedeutete ihnen noch etwas.«

»Mir übrigens auch«, schob Kai Wiesner dazwischen, von dem man wusste, dass die Familie in wenigen Monaten Zuwachs erwartete.

Leonie gab nicht auf und erwiderte: »Ja, ja, Kai. Ich glaube dir das jederzeit. Doch wärst du dazu fähig, deine Frau totzuschlagen, wenn sie sich mal in der Nachbarschaft umsieht? Andere Mütter haben auch schöne Söhne. Darauf kann doch unmöglich die Todesstrafe stehen. Wo leben wir denn? Das ist ja tiefste Steinzeit, Leute.«

»Du siehst das nur in Schwarz-Weiß, Leonie«, mischte sich nun wieder Gordon ein. »Obwohl du fest an die große Liebe und die Treue deines Partners glaubst, genügt nur der kleinste Hinweis, von wem auch immer, um zumindest Zweifel zu säen. Das ist ein schlimmer Virus, der sich in deinen Gedanken festsetzt, der sich immer weiter durch dein Hirn frisst. Du musst schon sehr stark in deiner Haltung sein, um diesen Zweifel zu ignorieren. Wenn auch nur der kleinste Vorbehalt entstanden ist, beweist jede noch so harmlose Geste des Partners gegenüber einem anderen, dass an der Vermutung doch etwas dran sein könnte. Eifersucht ist ein Unkraut, das seine Wurzeln überallhin verteilt. Sie entsteht entweder aus Liebe oder leider auch aus falschverstandenen Besitzansprüchen, verteilt jedoch langsam, aber stetig Gift. Irgendwann tötet es die Liebe und – wie wir aktuell sehen können – auch den Partner.«

Leonie ließ die Worte sacken, versuchte, sich in die Lage eines Menschen zu versetzen, der solche Besitzansprüche angemeldet hatte. Sie wusste genau in diesem Augenblick, dass ihre Entscheidung, Single zu sein, die bessere Option im Leben darstellte. Sie kam auf den Punkt zurück, warum sie noch hier saßen.

»Haltet ihr das denn wirklich für realistisch, dass Heurath von diesem Unbekannten angequatscht worden ist? Welchen

Grund sollte der Kerl dafür haben, diese Saat der Eifersucht zu streuen? Geilt der sich daran auf, wenn andere morden? Ich habe mich ja schon ein wenig mit den Motiven von Mördern und besonders von Serienmördern beschäftigt. Doch diese Perversität ist mir bisher noch nicht untergekommen.«

Kai unterbrach seine Kollegin an dieser Stelle.

»Moment, Leonie. Im Grunde genommen morden möglicherweise beide. Ich spreche von diesem Unbekannten. Er lässt sich die Opfer einfach frei Haus liefern. Wir drei wissen, dass die Anstiftung zum Mord genauso hart bestraft wird, wie der Mord selbst. Aber wie sieht es aus, wenn der Kerl nur die Opfer einsammelt und sozusagen verwertet? Im Fall der Fälle kann man ihm dann wenig anhaben. Der Mörder ist der Ehemann. Punkt. In unserem Fall liegt das Ganze etwas anders, da Frau Heurath wahrscheinlich noch zum Zeitpunkt der Abholung lebte. Dafür ziehen wir ihn vor den Kadi. Aber Heurath kann uns zu dem Mann im Hintergrund eigentlich nichts liefern.«

»Da hast du recht, Kai«, übernahm Gordon wieder. »Das Schwein ist sehr schlau. Ein Brief, ein Anruf zur rechten Zeit streut Zweifel bei Heurath. Die wachsen mit den Wochen und führen schließlich zum Eklat. Die Telefonnummer, die er dann anrufen sollte, stammt von einem Prepaid-Telefon. Die Karte wird derjenige längst gewechselt haben. Nun müssen wir zugeben, dass wir absolut nichts in der Hand haben. Stimmt die Geschichte überhaupt, die uns Heurath aufgetischt hat? Vom Gefühl her würde ich sagen, ja. So einen Wahnsinn erfindet man nicht mal einfach so. Und für so clever schätze ich den Heurath nicht ein. Wir müssen den Mann finden, bevor er das Spiel an anderer

Stelle fortsetzt. Dabei müssen wir berücksichtigen, dass er womöglich Augensammler ist und ein religiöses Motiv verfolgt. Das ist in der Geschichte von Serientätern nicht zum ersten Mal vorgekommen. Denkt nur an die vielen Morde in den Staaten, die von Sektenführern verübt wurden.«

Leonie war zusehends ruhiger geworden, dachte angestrengt über mögliche Tätermotive nach.

»Ich werde sofort morgen früh damit beginnen, ähnliche Vorkommnisse zu durchleuchten. Vielleicht ist Heurath nicht der Erste, der seine Frau umgebracht hat, weil er dazu angestiftet wurde. Wusste gar nicht, wie einfach es ist, euch Männer auf Rachefeldzüge zu schicken. Interessant jedenfalls.«

10

Der silberfarbene BMW Z4 rollte langsam aus und hielt schließlich vor dem schäbigen Mehrfamilienhaus, dessen Eingang sich in einem Innenhof befand. Lärmende Kinder hielten den Spielplatz besetzt, der von einem kleinen Bolzplatz in der Mitte beherrscht wurde. Beim Anblick der herumtollenden Jungen stahl sich ein Lächeln auf Gordons Gesicht, das jedoch kurz darauf von Traurigkeit abgelöst wurde. Wie gerne hätte er dort seinen Sohn Jonas gesehen, der nicht das geringste Interesse an solchen kindlichen Unternehmungen zeigte. Außerdem mied man diesen seltsamen Jungen gerne. Er zog sich immer stärker in eine Welt zurück, in die er niemanden blicken ließ. Enttäuscht wandte sich Gordon ab. Seine Augen suchten den Balkon, auf dem er sich das Gesicht des Jungen wünschte. Der Aufzug brachte Gordon in die sechste Etage, wobei ihm die seltsamen Quietschgeräusche gehörig auf die Nerven gingen. Nach einem kurzen Zögern fand sein Finger den Klingelknopf, unter dem das Namensschild entfernt worden war. Denise öffnete die Tür einen Spalt und entfernte sich sofort wieder, als sie den Besucher erkannte.

»Ich frage Jonas, ob er seine Meinung geändert hat. Du kannst im Wohnzimmer warten.«

Trotz des Hinweises, dass er ins Wohnzimmer abgeschoben werden sollte, folgte er Denise ins Kinderzimmer, in dem er Jonas vor dem Computer sitzen sah. Denise blickte sich verärgert nach ihm um, als sie feststellte, dass der Mann, den sie vor Monaten verlassen hatte, ihrem Wunsch nicht gefolgt war.

»Hallo Jonas. Papa ist da«, versuchte Gordon einen Einstieg bei dem Jungen, der den Besuch im Zimmer scheinbar nicht bemerkt hatte oder nicht bemerken wollte. »Heute ist unser Tag, Kleiner. Ich habe mir gedacht, dass wir gleich ...«

»Langsam, Gordon«, schaltete sich Denise dazwischen, »ich sagte dir schon an der Tür, dass ich Jonas fragen werde. Es geht nicht immer alles so, wie du dir das vorstellst. Der Junge hat gelernt, sich eine eigene Meinung zu bilden. Er möchte über sein Leben und mit wem er es verbringt, selber bestimmen. Noch beim Frühstück hat er mir gesagt, dass er weiter lernen möchte.«

»Was soll dieses Theater, Denise? Wir haben eine Vereinbarung, die besagt, dass ich den Jungen ein Wochenende im Monat bei mir habe. Das hast du unterschrieben. Ich lasse nicht zu, dass du mir mein Kind entfremdest. Ja, er soll seine Entscheidungen selber treffen. Aber du trainierst ihn immer mehr darauf, mich abzulehnen. Das ist schmutzig und unmenschlich. Ich werde den Jungen mitnehmen und dafür sorgen, dass das Bild seines Vaters nicht vollständig aus seiner Erinnerung gelöscht wird. Das ist es doch, was du willst, oder? Es wird dir nicht gelingen, das verspreche ich.«

Denise stellte sich Gordon in den Weg, als er zu Jonas wollte. Aus ihren braunen Pupillen schossen Blitze, die Gordon davon abhielten, sie einfach zur Seite zu schieben.

»Verdammt, du elender Ignorant, der Junge ist zwölf und darf nach meinem Empfinden selbst entscheiden, wohin er geht und was er tut. Dir scheint diese Tatsache entgangen zu sein. Du kannst mit uns nicht umspringen wie mit deinen kriminellen Kunden. Ich brauche das Kind übrigens nicht beeinflussen, so wie du es befürchtest. Wie kann dich diese Entfremdung überhaupt verwundern? Er hat dich in der Vergangenheit viel zu oft in geistiger Umnachtung erleben müssen. Glaubst du wirklich, dass er deine alkoholbedingten Ausfälle vergessen hat? Jetzt verlangst du von ihm, dass er das akzeptiert, was von seinem Vater übrig geblieben ist? Träum weiter. Muss ich dir wieder einmal erklären, wie feinfühlig das Kind ist? Jonas vergisst nichts von dem, was er bisher in den Jahren seiner Kindheit miterleben musste.«

Gordon stand immer noch vor der Frau, die er einst geliebt hatte und nun mit den Augen eines Mannes sehen musste, der sich nichts sehnlicher wünschte, als dass alles wieder so würde, wie es einmal war. Er drehte in der Hosentasche immer wieder den Autoschlüssel. Das tat er immer dann, wenn er seine Gedanken sortieren musste. Anstatt auszurasten, versuchte er diese Vorhaltungen zu verarbeiten. Niemand als er selbst wusste besser, was damals geschehen war, als er noch an der Flasche hing. Denise hatte irgendwann aufgegeben, den eigentlichen Grund dieser Trinkerei als Entschuldigung anzuerkennen. Sie wusste genau von den Vorkommnissen, als er das kleine Mädchen tödlich verletzt hatte, das den Querschläger mitten in die Brust bekam. Der Schuss galt einem flüchtenden Gewaltverbrecher, der bereits vier Menschen auf der Flucht getötet hatte. Jeder wünschte damals dem Mörder den Tod. Die Öffentlichkeit verurteilte jedoch ihn, Gordon, ebenfalls als Mörder. Obwohl die Eltern des Kindes seine Entschuldigung annahmen, wurde die Hetzjagd durch die Medien auf ihn weitergeführt. Es dauerte lange, bis etwas Gras über die Sache gewachsen war und er ein scheinbar normales Leben führen konnte. Normal? Nein. Immer wieder tauchte das Gesicht der kleinen Silke nachts vor seinem geistigen Auge auf. Der Alkohol war sein einziger Ausweg. Doch der führte ihn noch tiefer in das Elend, wie sich später herausstellte. Der Jo-Jo-Effekt, der ihn die Situation immer wieder nach dem Saufen erleben ließ, brachte ihn fast um.

Denise hatte ihm versprochen, dass alles wieder gut würde, wenn er aus der Therapie zurückkehrte. Sie hatte ihn angelogen. In der Zeit seiner Abwesenheit bereitete sie die Trennung penibel vor. Heute stand er vor dem Scherbenhaufen seiner Ehe. In Sekunden zogen die Ereignisse vorbei, bevor er Jonas über die Schulter seiner Partnerin ansprach.

»Jonas, bitte hör mir zu. Du darfst mir nicht böse sein, wenn ich dich nicht so oft besuche. Gerne würde ich dich ...«

»Hör auf damit, dem Kind Versprechungen zu machen, die du doch nicht einhalten wirst. Siehst du nicht, dass er keinerlei Interesse mehr an dir zeigt? Jonas weiß nicht mehr, wer du bist. Begreife das endlich, Gordon. Seine Welt ist nicht mehr deine Welt, zumindest nicht das, was du dir darunter vorstellst.«

»Was sagst du da? Bist du von Sinnen, Denise? Ich begreife sehr wohl, was an ihm anders ist. Doch sage nie wieder, dass er mich nicht als seinen Vater sieht. Er erkennt noch immer, wer ihn so liebt, wie er ist. Jonas ist nicht verrückt, du Wahnsinnige. Er nimmt die Welt nur aus einem anderen Blickwinkel wahr. Wenn du allerdings weiter dermaßen auf ihn einwirkst und ihn mir entfremdest, kommt es tatsächlich irgendwann dazu, dass er mich ausblendet. Doch so weit wird es niemals kommen. Das lasse ich nicht zu. Hast du mich verstanden?«

Nun hatte auch Gordon die Stimme erhoben. Selbst Denise wusste, dass es nun an der Zeit war, vorsichtiger zu agieren, denn der meist gelassen wirkende Mann vor ihr war auch für seine Wutausbrüche bekannt. Sie trat einen Schritt zur Seite und machte den Weg für Gordon frei. Der brauchte nur einen Schritt, um neben seinem Sohn zu stehen. Jonas sortierte auf dem Bildschirm kyrillische Buchstaben in eine Reihenfolge, die sich nur ihm erschloss. Fasziniert verfolgte Gordon schweigend sein Tun und zuckte zusammen, als er die Frage aus dem Mund des Jungen vernahm.

»Zu den Pferden?«

Nach einem kurzen Blickwechsel mit Denise, die nur mit den Schultern zuckte, konzentrierte sich Gordon wieder auf seinen Sohn.

»Woher wusstest du, dass ich dich mit in die Stallungen nach Gelsenkirchen nehmen wollte?«

»Versprochen. Du hast es mir am zwölften Oktober im letzten Jahr versprochen. Versprechen muss man halten.«

»Aber natürlich, Kleiner, da hast du recht. Hast du Lust, mit mir ...?«

Ohne jedes weitere Wort beendete Jonas das Programm im PC und versetzte das Gerät in den Ruhestand. Mit ausdrucksloser Miene öffnete er den Kleiderschrank, um sich eine Jeansjacke herauszugreifen und anzuziehen. Erst jetzt fiel Gordon auf, dass sein Sohn eine Kopie des Vaters darstellte. Wie er war er nun komplett in einen Jeansanzug gekleidet, was sogar durch Cowboystiefel komplettiert wurde. Fassungslos irrte Gordons Blick zu Denise, die ebenfalls ohne erkennbare Regung an der Kleidung des Jungen zupfte und ihn zur Wohnungstür schob. In der Diele griff Jonas nach einem Rucksack, in dem er immer seine Schlafutensilien aufbewahrte. Denise strich über das weiche Haar des Jungen und versuchte erst gar nicht, die Träne wegzuwischen, die sich über ihre Wange stahl. Sie vermied jeden weiteren Blickkontakt mit Gordon, der sich an der Tür ein letztes Mal umdrehte.

»Danke. Ich bringe ihn morgen zur gewohnten Zeit zurück.«

11

Hauptkommissar Gordon Rabe blieb noch einen Moment hinter dem Steuer sitzen, obwohl sich Jonas bereits aus dem tief liegenden Sportwagen bewegt hatte und scheinbar gelassen auf den Hauseingang zulief. Etliche Szenen gingen Gordon durch den Kopf, die ihm das Wesen des autistischen Jungen näher brachten. Ihm schienen die Begegnungen mit den Pferden auf der Trabrennbahn ein besonderes Erlebnis gewesen zu sein. Wegen guter Beziehungen zur Geschäftsführung des Trabrennvereins, war es den beiden möglich gemacht worden, dass sie auch die Stallungen besuchen durften. Eine Veränderung war unschwer festzustellen, als Jonas zum ersten Mal die Nüstern eines Pferdes an seiner Wange spürte. Gordon glaubte sogar, ein Lächeln auf dem ansonsten stets verschlossenen Gesicht seines Sohnes erkannt zu haben. Auch die Tiere verhielten sich ihm gegenüber sehr ruhig, obwohl sie vor dem Rennen normalerweise immer nervös und dadurch unberechenbar waren.

Jonas durfte ihre Hälse streicheln, ohne Gefahr zu laufen, gebissen oder gestoßen zu werden. Ganz im Gegenteil. Ein zufriedenes Schnauben forderte den Jungen auf, weiterzumachen. Gordon stand ungläubig daneben. Selbst der Trainer beobachtete die Szene und schüttelte den Kopf. Er flüsterte dem Hauptkommissar zu, dass er so etwas bisher noch nie bei den Tieren erlebt hatte und glaubte, dass die beiden sogar gedanklich miteinander kommunizierten, was natürlich Unsinn war. Nach dem Renngeschehen durfte Jonas sogar einige Runden im Trainingssulky mitfahren, was der Junge sichtlich genoss.

Als Gordon das Abendessen zubereitete und den Tisch deckte, bemerkte er seinen Sohn am Esstisch mit dem Rennprogramm vor der Nase. Es schien ihn nicht zu stören, dass sein Vater ihn dabei beobachtete, wie er nachträglich die Renneinläufe und Quoten aller Wetten eintrug.

»Was tust du da, Jonas? Es ist doch nicht möglich, dass du jetzt noch sämtliche Rennquoten kennst.«

Eine Antwort blieb ihm Jonas wieder einmal schuldig. Gordon nahm sich vor, später diese Einträge mit den Berichten in der Zeitung oder im Internet abzugleichen. Wortlos machte sich Jonas über das Essen her. Fasziniert verfolgte Gordon das Ritual, mit dem der Junge die Brotscheiben garnierte. Obwohl sich Gordon seit Jahren daran gewöhnt hatte, dass der Bursche alles vor sich Liegende in rechten Winkeln anordnete, irritierte ihn die Ruhe, mit der er es tat. Immer wieder korrigierte er den Stand der Kakaotasse, damit sie auch exakt in der Vertiefung der Untertasse ruhte. Ein Lächeln umspielte Gordons Mund, da er den Eindruck gewonnen hatte, dass sich sein Sohn im Moment sehr wohlfühlte. Das war zu seinem größten Bedauern nicht immer der Fall gewesen, wenn er ihn von Denise abholte. Sie verstand es, das Kind zu beeinflussen und Vorbehalte bei ihm zu schüren. Die Pferde hatten tatsächlich ein kleines Wunder vollbracht.

Für den weiteren Abend hatte Gordon bereits die Memorykarten bereitgelegt, da Jonas dieses Spiel liebte. Sein Vater wusste auch warum. Er besaß nicht den Hauch einer Chance, auch nur vier Pärchen zusammen zu bekommen, bevor Jonas sämtliche Lösungen gefunden hatte. Nur heute würden die Karten anders gemischt, denn er hatte neue Motive gekauft, die er dem cleveren Burschen servieren wollte.

»Hat dir der Nachmittag gefallen?«

Es überraschte Gordon nicht, dass Jonas keinerlei Reaktion zeigte, wenn man davon absah, dass er für einen Moment dabei innehielt, den Teller mit der Brotkruste blitzblank zu reiben. Dann steckte er das Reststück in den Mund und begann, den Tisch abzuräumen. Auch nicht eine Brotkrume blieb zurück. Als Gordon schon nicht mehr mit einer Antwort rechnete, kam eine Reaktion des Jungen, die sein Vater noch nie erleben durfte. Seine Arme legten sich um Gordons Hals, sodass die beiden Wange an Wange eine ganze Weile verharrten. Im ersten Moment hatte sich Gordons Körper versteift, was sich allerdings sofort legte. Er konnte nicht verhindern, dass sich Tränen in seinen Augen sammelten. Ein nie gekanntes Glücksgefühl durchströmte ihn – erst recht, als er den ersten kompletten Satz aus dem Mund seines Sohnes hörte.

»Machen wir das noch mal, Papa? Somaro ist mein Freund.«

»Wer ist Somaro?«

Statt einer Antwort löste sich Jonas von ihm und lief zum Tisch, wo er die aktuelle Traberzeitung aufschlug und auf einen Eintrag im vierten Rennen zeigte. Dort stand als

Sieger des Einlaufs der Name Somaro. Gordon erinnerte sich daran, dass es genau dieser Hengst war, der Jonas so auffällig begrüßt hatte. Er war zu keinem Wort fähig und bediente sich der Sprache, die Jonas gut zu verstehen schien. Er nickte nur und nahm dem Jungen gegenüber Platz.

Halb verschlafen schielte Gordon auf den Wecker, dessen grüne Digitalanzeige gerade einmal halb drei Uhr nachts anzeigte. Das schrille Klingeln des Smartphones, dem der Gefangenchor folgte, hatte ihn aus dem Schlaf gerissen. Er wusste aus Erfahrung, dass damit die Nachtruhe endgültig vorbei war. Sein knurriges *Hallo* beeindruckte die Bereitschaftsstelle der Wache nicht sonderlich.

»Ich soll Sie anrufen, Herr Hauptkommissar. An der Heißener Straße kurz hinter der engen Unterführung Richtung Frintrop hat man eine weibliche Leiche gefunden. Kommissar Wiesner ist schon vor Ort, die Spurensicherung auf dem Weg. Tut mir leid, dass ich Sie mitten in der Nacht stören muss.«

Gordon legte das Telefon zur Seite und überlegte, wie er nun seinem Sohn klarmachen sollte, dass ihr gemeinsames Wochenende schon jetzt ein Ende fand. Ein letztes Mal rieb er sich die Augen und schob die Beine aus dem Bett. Er schrak zusammen, als er den schmalen Schatten seines Sohnes in der Türfüllung auftauchen sah. Auch er rieb den Schlaf aus den Augen, drehte sich jedoch wortlos wieder um und verschwand in der Dunkelheit. Als Gordon das Zimmer betrat, das er für den Besuch des Jungen hergerichtet hatte, war der damit beschäftigt, seine Tasche zu packen. Er schien zu wissen, dass sein Vater nun anderen Aufgaben nachkommen musste. Es war ein seltsames Bild, als die beiden nebeneinander, nur mit der Jeanshose bekleidet, vor dem Waschbecken standen und die Zähne putzten. Denise würde sich wieder einmal damit abfinden müssen, dass Jonas vorzeitig zurückkam.

12

»Hier drüben, Chef!«

Kai Wiesner winkte bereits aus der Ferne, als er den Sportflitzer von Gordon erkannte, der in diesem Moment unter dem Absperrband der Polizei durchfuhr. Er verdeckte mit seinem beeindruckenden, sportlich durchtrainierten Körper den kleinen Dr. Lieken, der sich über etwas bückte, das inmitten eines aufgeschnittenen Müllsacks lag.

»Was haben wir?«

Kurz und knapp kam die Frage, die Gordon an seinen Mitarbeiter richtete. Doch statt Wiesner antwortete ihm Dr. Lieken, der jetzt aus der Hocke hochkam. Er wischte sich das Laub von der Hose, das sich beim Arbeiten am Boden an seiner Kleidung festgeklammert hatte. Überall um sie herum war der Boden mit Blattlaub bedeckt, das die Eichen schon früh im Jahr abgeworfen hatten. Selbst in dem schwachen Licht der in aller Eile aufgestellten Scheinwerfer konnte Gordon erkennen, dass man auch den Mediziner aus dem Bett geholt hatte. Seine Haare hingen noch wild in die Stirn. Gordon hätte sich nicht gewundert, wenn der Arzt wieder mit Schlafanzug aufgetaucht wäre, so wie er es schon einmal vor Jahren zum Spaß aller Beteiligten getan hatte. Damals hatte er sich lediglich einen Mantel übergeworfen und war zum Tatort geeilt. Im Präsidium sprach man noch heute davon.

»Ich glaube, ich erlebe gerade ein Déjà-vu. Sieh dir mal die Frau genau an. Fällt dir was auf, Gordon? Du wirst überrascht sein, wenn ich die Decke anhebe.«

Schon von Anfang an war dem erfahrenen Kriminalisten aufgefallen, dass die Frau mit leeren Augenhöhlen vor ihm lag.

»Lass mich raten. Der Ringfinger steckt in der Scheide und man hat ihr eine Nachricht in die Haut geritzt. Richtig?«

»Das ist noch nicht alles. Wir haben den Mörder direkt auf dem Tablett serviert bekommen«, mischte sich Kai Wiesner ein, »jemand hat die Leitstelle angerufen, um uns darauf hinzuweisen, dass es der Ehemann war. Die Stimme haben wir auf Band. Der Kollege war sehr reaktionsschnell und hat den Aufnahmeknopf gedrückt. Eine Streife ist auf dem Weg zur Wohnung und sucht nach dem Ehemann. Die sollten eigentlich jeden Augenblick da sein.«

Kaum hatte er das ausgesprochen, klingelte sein Telefon.

»Was? Habt ihr den Notarzt verständigt?« Nach einer Pause, in der sowohl Lieken als auch Rabe ihn anstarrten, fuhr Wiesner fort. »Na, Gott sei Dank. Sofort ins Krankenhaus mit ihm. Wir kommen später hin. Und bewacht mir den Kerl gut.«

Kai Wiesner war die Aufregung sehr gut anzumerken, als er das Telefon zurück in die Tasche steckte.

»Und? Lässt du uns an deinem enormen Wissen teilhaben, Wiesner? Wir sind ganz Ohr.«

Gordon versuchte, seine Neugierde im Zaum zu halten, und wartete geduldig ab.

»Das Schwein hat versucht, sich umzubringen. Dabei hat er sich allerdings etwas bescheuert angestellt. Der glaubte, dass der Lampenhaken an der Decke ausreichen würde, um sich aufzuknüpfen. Er lag röchelnd und mit der Wäscheleine um seinen beschissenen Hals in der Küche, als die Kollegen die Wohnungstür aufbrachen. Er soll Verletzungen am Kehlkopf haben, weil ihm der nach innen gedrückt wurde. Hoffentlich ist der noch in der Lage, das Geständnis zu diktieren.«

Rabe und Lieken wechselten einen Blick und wussten sofort, dass sie dieser These über einen möglichen Täter nicht uneingeschränkt folgen würden. Gordon schüttelte den Kopf.

»Nee, Kai, das wäre zu einfach. Verrate mir mal, warum sich der Ehemann die Mühe machen sollte, die eigene Frau umzubringen, ihr die Augen zu entfernen, ihr den Ringfinger in die Scheide zu stecken und sie anschließend noch mit einem Messer zu verunstalten, wenn er sowieso vorhat, sich aufzuhängen? Das passt nicht zusammen. Und welche Rolle spielt da dieser anonyme Anrufer? Ich möchte wetten, dass der Anruf wieder vom Prepaid-Telefon oder aus einer öffentlichen Telefonzelle kam. Das ist nicht der Mörder, der da im Krankenhaus liegt.«

»Ich muss Ihrem Chef recht geben, Wiesner«, mischte sich Lieken ein, »Die Vorgehensweise und die Wunden am Opfer erinnern doch sehr stark an den Heurath-Fall. Ich möchte schon jetzt einen hohen Betrag in eine Wette investieren, dass dem Ehemann mitgeteilt wurde, dass ihm seine Frau Hörner aufgesetzt hat. Halten Sie die Wette, Wiesner?«

76

»Jetzt, wo Sie das sagen, muss ich zugeben ... Aber warum ruft uns dieser Unbekannte dann an? Er könnte doch abwarten, bis man die Leiche findet und anschließend den toten Ehepartner.«

Hier schaltete sich Gordon Rabe wieder ein.

»Da unterschätzt du aber gewaltig diese Dreckschweine, die genau diese Aufmerksamkeit in der Öffentlichkeit suchen. Jeder soll wissen, dass es eigentlich nicht der Ehepartner war. Die Angst soll bei allen umgehen, die schon einmal einen Seitensprung hinter sich gebracht haben. Dieser Typ im Hintergrund sendet ein Signal des Schreckens an all die Frauen aus, die einmal im fremden Garten graben ließen. Gleichzeitig verbreitet er den Virus bei allen anderen, um Zweifel zu säen an der Treue des Partners. Ich tippe mal darauf, dass genau dieser Killer, denn nichts anderes ist er, den Seitensprung seiner Frau erleben musste und ewige Rache an diesen Frauen schwört. Ein perfider Plan, dem er folgt und dabei mit Leichtigkeit die Opfer findet. Er muss nur herausfinden, welche Männer zum Jähzorn oder zur krankhaften Eifersucht neigen.«

»Das würde aber bedeuten, dass er zuvor diese Personen ausspionieren musste.« Keiner hatte bemerkt, dass sich Leonie Felten genähert und die letzten Worte mitbekommen hatte. »Mit wem war Heurath und jetzt auch dieser Tobias Stähler, wie ich herausbekam, zusammen? Hatten die Kontakte, die neu waren? Vielleicht können uns Freunde und Bekannte da weiterhelfen. Soll ich da mal dranbleiben, Gordon?«

»Wenn du schon so viel weißt, wie ist der Name des Opfers genau?«

»Vor euch liegt dann logischerweise die Ehefrau Sybille Stähler. Zumindest lauten so die Angaben des Unbekannten. Ich habe daran auch keine Zweifel«, klärte Leonie die Männer auf. »Was hat dieses Schwein denn in den Körper geritzt? Der wird sich doch wohl nicht als Langweiler outen und den gleichen Spruch wiederholen.«

Dr. Lieken bückte sich wieder und drehte die Frau auf die Seite. Jeder konnte nun lesen, was der Mörder mit seiner grausigen Tat ausdrücken wollte.

Ehebruch zerreißt das Eheband für immer

Dr. Lieken sah alle der Reihe nach an und ließ den geschundenen Körper wieder zurückgleiten.

»Das Schwein hat ihr die Worte wieder bei vollem Bewusstsein eingeritzt, bevor er ihr diesmal das Messer tief ins Herz stieß. Er wollte den Fehler vom ersten Opfer nicht wiederholen und riskieren, dass die Frau noch redet. Wenn ich mich richtig erinnere, ist das ein alter Rechtsgrundsatz, dem dieser Irre folgt. Der ist kein Blödmann, der nicht genau weiß, was er da tut. Auf einen Fehler bei ihm zu hoffen könnte uns viel Zeit kosten. In eurer Haut möchte ich nicht stecken. So, Leute, ich geh zurück in die Federn. Die Nacht hält noch ein paar Stunden für mich bereit. Frau Stähler werde ich dann wohl nachher auf meinem Tisch vorfinden. Gute Nacht allerseits.«

»Ich habe mich mal bei der Spurensicherung umgehört«, nahm Kai wieder das Gespräch auf, »Die sehen kaum eine Chance, brauchbare Spuren in der Umgebung zu finden. Das Schwein hat sich wohl ganz bewusst eine Stelle in diesem Waldstück ausgeguckt, an dem häufig die Jugendlichen und verliebten Pärchen rumeiern. Autoreifen und Fußspuren ohne Ende. Das ganze Umfeld wurde umgepflügt von vielen Menschen. Uns bleibt wohl nur die Leichenbeschauung von Dr. Lieken und die Befragung von Zeugen, so wie Leonie schon vorschlug.«

»Dann lasst uns die Sache angehen. Wir sehen uns im Präsidium. Kai, du sorgst noch für den Abtransport und dann sehe ich dich erst am Mittag. Schlaf dich aus. Leonie komm, wir haben eine Menge zu tun.«

Hauptkommissar Rabe schob seine Assistentin vor sich her zum Wagen und hielt ihr die Beifahrertür auf.

»Oh Gott. Da soll ich reinpassen? Hilfst du mir auch wieder raus aus dieser Sardinendose? Wie kann man sich nur ein solch unbequemes Auto antun?«

13

»Schwester – wo finde ich einen gewissen Tobias Stähler? Der Mann wurde in der vergangenen Nacht hier eingeliefert. Ein Fall von versuchtem Suizid.«

Gordons Dienstausweis sorgte dafür, dass die Dame am Auskunftsschalter den Rechner durchsuchte, ohne weitere Fragen zu stellen. Schnell wurde sie fündig und schickte den Hauptkommissar in den Bereich der Intensivstation. Es war nicht schwer, das Zimmer des Gesuchten zu finden, da man seiner Anweisung, den Patienten zu bewachen, gefolgt war. Ein Beamter, der vor dem Zimmer platziert war, erkannte den Kripomann und legte den Finger grüßend an die Mütze.

»Alles ruhig, Herr Hauptkommissar. Der schläft wie ein unschuldiges Kind. Stimmt es, dass der Saukerl seine Frau umgebracht hat? Man erzählt sich das hier.«

»Das trifft nur teilweise zu. Glauben Sie nicht alles, was die stille Post so verbreitet. Aber die Umstände zu erklären, würde jetzt zu weit führen. Wo finde ich den behandelnden Arzt? Haben Sie eine Ahnung?«

»Ich glaube, dieser Dr. Schwaiger ist vor etwa drei Minuten in den Raum da hinten verschwunden, das ist der Vorletzte auf dem Flur. Ansonsten fragen Sie doch im Schwesternzimmer nach«, erklärte der uniformierte Kollege.

Gordon Rabe machte sich auf den Weg und hatte Glück. Dr. Schwaiger öffnete nach dem ersten Klopfen die Tür und sah dem Besucher mit einem angebissenen Brötchen in der Hand fragend entgegen.

»Kann ich etwas für Sie tun?«

Der Dienstausweis des Hauptkommissars schien ihn nicht sonderlich zu beeindrucken, sorgte jedoch dafür, dass er Gordon eintreten ließ.

»Es geht sicherlich um den Patienten von heute Nacht. Richtig? Wenn Sie den verhören wollen, kann ich Ihnen zumindest momentan wenig Hoffnung machen. Ihm wurde der Kehlkopf erheblich verletzt, als die Schlinge nach oben rutschte. Ob der jemals die Sprache wiederfindet, kann ich heute noch nicht sagen. Der hat sich beim Strangulieren ziemlich dämlich angestellt.«

»Davon habe ich gehört, Dr. Schwaiger. Worum es mir geht, ist die Frage, ob er grundsätzlich vernehmungsfähig ist. Er sollte dazu bei vollem Bewusstsein sein. Wann also kann ich ihm Fragen zum Tathergang stellen?«

»Wir haben den Patienten momentan ruhiggestellt, damit er sich nicht selbst gefährdet. Er steht nach einem Selbsttötungsversuch unter ständiger Beobachtung. Morgen werden wir noch einen Psychologen hinzuziehen. Ich könnte die Infusion für eine kurze Zeit unterbrechen, damit er klarer denken kann. Schließlich wäre ja noch die Option da, dass er aufschreibt, was er zu sagen hat. Wenn Sie möchten, können wir ...«

Gordon hatte nicht damit gerechnet, dass ihm diese Möglichkeit eingeräumt würde, als er das Krankenhaus aufsuchte. Für ihn war klar, dass er hätte warten müssen. Sofort griff er den Gedanken auf und bedankte sich für das Entgegenkommen des Arztes.

»Das wäre fantastisch. Sind Sie so nett und ordnen das an? Es ist für unsere Ermittlung eminent wichtig, dass wir sehr früh Auskünfte erhalten, da wir die Hintergründe für zwei Morde aufklären müssen. Wird der Patient ... ich meine ... wird Herr Stähler das überleben?«

»Da gehe ich fest von aus, Herr Rabe. Für uns hier stellt sich eher die Frage, ob der Patient den Versuch nicht wiederholen wird. Erfahrungsgemäß bleibt es nicht bei einem erfolglosen Versuch. Ich versorge die entstandenen Schäden am Körper, doch was geschieht mit dem Geist? Der Mann war verzweifelt, was ein missglücktes Unternehmen ihm bestimmt nicht genommen hat. Jetzt sind die Psychologen gefragt. Wenn wir hier fertig sind mit ihm, beginnt erst der schwierige Teil der Operation.«

Gordon wusste, wovon Dr. Schwaiger sprach. Viel zu oft halfen sie Opfern von Selbsttötungen aus den Schlingen, die sie sich ein weiteres Mal um den Hals gelegt hatten. Dann jedoch erfolgreich. Auch diese Menschen lernten aus Fehlversuchen.

»Übrigens war heute Morgen schon der Kollege Lieken bei dem Patienten. Sie werden ihn kennen. Er hat sich Herrn Stähler genauer angesehen. Ich finde die Gespräche mit ihm immer wieder interessant, da er die Verletzungen aus einem ganz anderen Winkel betrachtet, als wir es tun.

Für ihn war sofort klar, dass bei diesem versuchten Suizid keine fremde Hand im Spiel war. Selbst wir Ärzte lernen stets etwas dazu. Er berichtete sehr ausführlich darüber, was es bedeutet, wenn eine Schlinge die Arteriae carotides mit einem Gewicht von 3,5 bis 5 kg komprimiert. Ich wusste vorher nicht, das muss ich zugeben, dass der gleiche Effekt der Bewusstlosigkeit im Bereich der Arteriae vertebrales im Nackenbereich einen Druck von 15 bis 30 kg voraussetzt. Außerdem ...«

Gordon legte dem Arzt die Hand auf den Arm und unterbrach damit das Geständnis des Mediziners.

»Entschuldigen Sie bitte, Dr. Schwaiger, doch damit überfordern Sie meine Aufnahmefähigkeit ein kleines bisschen. Ansatzweise haben wir das auch in der Ausbildung lernen müssen. Doch wir konzentrieren uns bei der Beschauung mehr auf sichtbare Zeichen bei den Strangulierten. Wären Sie so nett ...?«

»Aber natürlich, Herr Rabe. Entschuldigen Sie meine Begeisterung für den Kollegen aus der Rechtsmedizin. Aber das Gebiet ist wirklich hochinteressant. Lassen Sie uns gehen.«

Tobias Stähler öffnete zögernd die Augen und versuchte, sich zu orientieren. Dr. Schwaiger korrigierte noch ein letztes Mal die Zufuhr an den Infusionsschläuchen, bevor er sich flüsternd an den Hauptkommissar wandte.

»Ich gebe Ihnen maximal fünfzehn Minuten. Dann müssen wir den Patienten wieder in Ruhe versetzen. Ich bleibe hier und greife ein, falls es vonnöten ist.«

Gordon Rabe hatte sich schon fest auf Stähler konzentriert und nickte nur beiläufig. Er spürte die Unruhe, die den Mann befiel, von dem er Aufklärung erwartete. Er rückte näher heran und legte den Schreibblock und einen Stift vorsichtig auf die Brust des Patienten. Der folgte fast ängstlich den

Bewegungen des Polizisten und versuchte zu sprechen. Außer einem Röcheln war nichts zu hören. Dr. Schwaiger beugte sich vor und klärte Stähler über seinen augenblicklichen Zustand auf.

»Das ist Hauptkommissar Rabe. Er möchte Ihnen ein paar Fragen stellen. Die Antworten dürfen Sie gerne aufschreiben, da zurzeit das Sprechen nur sehr eingeschränkt möglich ist. Wenn Sie nicht mehr können, geben Sie uns ein Zeichen. Dann brechen wir ab. Haben Sie mich verstanden?«

Tobias Stählers Blick ruhte während der ganzen Zeit auf Rabe, der dem Blick standhielt und seine erste Frage stellte. Er hatte das schwache Nicken des Patienten bemerkt.

»Sie haben etwas verdammt Schlimmes versucht, weshalb Sie nun hier liegen. Das wissen Sie am besten. Doch Ihr Versuch, sich das Leben zu nehmen, muss ja einen Grund gehabt haben. Wenn der Grund darin liegt, dass Sie Ihrer Frau Gewalt angetan haben, nicken Sie einfach.«

Jeder im Raum konnte die Bestätigung erkennen.

»Ich möchte Ihnen noch eine ganz simple Frage stellen, die Sie mit einem Nicken oder einem Kopfschütteln beantworten können. Wollten Sie Ihre Frau töten?«

Es dauerte nur wenige Sekunden, bis Rabe das Kopfschütteln bemerkte. Er veränderte die Frage in einem wesentlichen Punkt.

»Haben Sie Ihre Frau geschlagen?«

Das Kopfnicken bestätigte Gordons Vermutung.

»Warum haben Sie Ihre Frau geschlagen? Können Sie mir das aufschreiben?«

Er schob den Notizblock näher an den Patienten heran. Mit zittrigen Händen versuchte Stähler, die Worte zu Papier zu bringen. Undeutlich zeichneten sich die Buchstaben ab und ergaben schließlich einen Satz.

Sie hat mich betrogen. Sie hat Strafe verdient.

Gordon hatte sich keinen Plan zurechtgelegt, mit dem er hier agieren wollte, musste sich also spontan auf die Situation einstellen. Trotzdem überraschte ihn diese Aussage nicht.

»Haben Sie sich selbst davon überzeugt? Könnte es sein, dass Ihre Frau es Ihnen gestanden hat? Oder – jetzt hätte ich noch eine dritte Variante – hat es Ihnen jemand erzählt? Schreiben Sie mir auf, wie Sie davon erfuhren.«

Gordon Rabe hielt dem Blick des Patienten stand, obwohl sich dessen Augen mit Wasser füllten. Er durfte jetzt nicht locker lassen, denn die Bereitschaft des mutmaßlichen Mörders, über die Vorfälle zu reden, konnte schon bald wegfallen. Hoffnungsfroh beobachtete Gordon die Bemühungen des Mannes, seine Gedanken zu formulieren.

Karsten hat es mir gesagt. Er wusste, dass Sybille einen anderen hatte. Ich hätte sie trotzdem nicht schlagen dürfen. Er sagte aber, dass er mir helfen würde. Was ist mit ihr geschehen? Geht es ihr gut? Ich will mich entschuldigen.

Gordon Rabe ließ es sich nicht anmerken, wie groß die Überraschung für ihn war. Er musste erkennen, dass der Mann vor ihm keine Ahnung davon zu haben schien, was man seiner Frau angetan hatte. Er stand auf und zog Dr. Schwaiger zur Seite.

»Hören Sie Doktor. Ich werde hier abbrechen müssen. Nur noch eine Frage, bevor Sie ihn wieder beruhigen. Er darf jetzt und hier auf keinen Fall erfahren, was mit seiner Frau geschehen ist. Das würde ihn umbringen. Warten Sie noch die Antwort ab. Dann drehen Sie wieder die Infusion auf.«

Schwaiger verstand sofort, warum es Rabe so eilig hatte, und stellte sich neben das Bett, bereit, das Gespräch zwischen Rabe und Stähler zu beenden.

»Können Sie mir den kompletten Namen von diesem Karsten aufschreiben? Und dann brauche ich noch seine Telefonnummer, damit wir herausfinden können, woher er die Informationen über Ihre Frau hatte.«

Lange überlegte Stähler, bevor er den Stift auf das Papier setzte und die drei Worte schrieb.

Weiß ich nicht

Die Augen schlossen sich, kurz nachdem Dr. Schwaiger die Schlauchklemme gelöst hatte.

14

»Verdammt, dann scheint das mit dem geheimnisvollen Fremden doch der Wahrheit zu entsprechen. Ich hätte darauf gewettet, dass uns der Heurath einen Bären aufgebunden hat, nur um die Mordanklage vom Hals zu bekommen.«

Leonie Felten biss ein weiteres Mal in ihr Frühstücksbrötchen, das heute von Kai Wiesner spendiert worden war. Heute war er an der Reihe, das Mittwochsfrühstück auszurichten, was immer im Wechsel geschah. Kai schluckte den letzten Bissen seines Baguettes runter und konstatierte: »Jetzt heißt es für uns, herauszubekommen, nach welchen Kriterien das Schwein seine Kandidaten heraussucht. Der wird ja wohl kaum willkürlich die Männer ansprechen und ihnen den Bären mit Fremdgehen aufbinden. Da muss ein System dahinterstecken. Der kennt seine Opfer von irgendwoher. Da bin ich mir sicher.«

Einen Augenblick herrschte Schweigen, während Leonie die Tasse von Gordon Rabe und ihre eigene auffüllte. Schließlich kramte sie eine Liste hervor, auf die sie eingehen wollte. Gordon kam ihr zuvor und ergänzte Kais Bemerkung.

»Ich muss noch einmal nachhaken, wie der Kerl Kontakt zu den beiden Opfern aufgenommen hat. Mit den Opfern meine ich die Ehemänner. Der wird die doch wohl nicht nur angerufen und geflüstert haben, dass ihre Frauen durch fremde Betten hüpfen.«

Rabe blickte in Leonis Gesicht, das jetzt pure Empörung zeigte.

»Das hast du gerade nicht gesagt, Gordon. Oder? Du willst uns die beiden Schläger als Opfer verkaufen? Mensch, die haben ihre Frauen fast totgeschlagen. Die sind ohne bewiesenen Grund auf wehrlose Frauen losgegangen und haben sie verprügelt. Welcher gesunde Verstand lässt so was zu? Ich bringe ja schon viel Verständnis auf für Affekte, die zu Gewaltausbrüchen führen, aber hier endet meine Toleranz. Das sind Männer, die krank im Kopf sind. Eifersucht hin und her – doch so weit darf es nicht gehen, dass wir die Partner für ein unbewiesenes Fehlverhalten umbringen. Was ist mit dir los, dass du das entschuldigst?«

Gordon hob beschwichtigend die Hände, als er bemerkte, dass seine Bemerkung bei der Kollegin nicht nur Gesichtsröte hervorgerufen hatte.

»Ganz ruhig, Leonie. Ich glaube, da hast du etwas in den falschen Hals bekommen. Ich will diese Gewaltausbrüche nicht entschuldigen, sondern lediglich erklären. Ich erinnere mich an einen Ausspruch von Franz Grillparzer. Der erklärte Eifersucht so: Eifersucht ist eine Leidenschaft, die mit Eifer sucht, was Leiden schafft. Dem kann ich mich nur anschließen. Etwas davon kann die Würze einer Beziehung sein und Liebe unterstreichen. In unseren Fällen hat sich der Täter zunutze gemacht, dass die beiden Männer unter einer krankhaften Form der Eifersucht zu leiden scheinen. Für sie existierte in diesem Zusammenhang ein alleiniges Besitzrecht auf den Partner. In dem Augenblick, als sie glaubten, dass die Partnerin fremdgeht, befürchteten sie den Verlust der Wertschätzung. Sie wurden von Verlustängsten befallen.«

Leonie versuchte einen Einwand, während Gordon einfach weitersprach. Kai folgte der Diskussion mit wachsendem Interesse.

»Du musst dir das einfach so vorstellen, Leonie. Du glaubst über Jahre hinweg, der beste Ehepartner unter der Sonne zu sein, hast den anderen auf Händen getragen. Plötzlich wirst du in die Rolle gedrängt, in der du mit einem Dritten verglichen wirst. Du fühlst dich gedemütigt, verletzt und belogen. Du suchst das Problem natürlich nicht bei dir, sondern siehst nur diese Bedrohung von außen. Alle sind gegen dich. Man sagt nicht umsonst, dass Liebe und Hass unmittelbar nebeneinander leben. Dafür, dass du mich, meine tiefe Liebe verraten hast, werde ich dich bestrafen. Das Traurige daran ist, dass der Partner in den meisten Fällen den Wahrheitsgehalt nicht mehr hinterfragt. Ist der Virus einmal gesetzt, breitet sich die Krankheit mit irrer Geschwindigkeit aus. Verstehst du, was ich damit sagen will?«

»Nein, tue ich nicht. Seid ihr Kerle alle bescheuert?«

In diesem Augenblick mischte sich auch Kai ein und stieß Leonie gegen die Schulter.

»Jetzt mach mal halblang, liebe Kollegin. Wir haben es zwar hier mit zwei Männern zu tun, die durchdrehten, doch muss das nicht heißen, dass euch Frauen das Wort Eifersucht fremd wäre. Da kann ich dir Storys erzählen, die ich selber erleben musste. Sieh mal hier.« Kai deutete mit dem Finger auf eine kleine Narbe unter dem Ohr. »Das war ein Suppen-

teller, der mir um die Ohren flog. Ich habe diese Liebes-
bezeugung erleben dürfen, als ich der Freundin meiner
damaligen Freundin am Silvesterabend einen Kuss auf die
Wange gab. Sabine meinte, dass ich ihr einen Zungenkuss
gegeben hätte.«

»Und? War es so, Kai? Hast du sie auf den Mund
geküsst?«

Leonie hatte plötzlich ein gemeines Grinsen auf dem
Gesicht und wartete auf eine Antwort.

»Verdammt, Leonie. Wir waren betrunken und ...«

»Siehst du. Dann hatte sie doch recht mit ihrer Eifersucht.«

Gordon Rabe verdrehte die Augen und schlug mit der
Faust auf den Tisch.

»Schluss jetzt mit der Diskussion, verdammt. Ich habe das
Gefühl, dass wir bei diesem Thema auf keinen gemeinsamen
Nenner kommen werden. Dafür sind die Ansichten zu unter-
schiedlich. Fest steht für mich nur, dass die beiden Männer
von außen manipuliert wurden und ohne das Zutun des
Fremden wohl nie derart ausgerastet wären. Du wolltest uns
was über die Listen erzählen, bevor ich dich unterbrach,
Leonie.«

Es war spürbar, dass die Kollegin noch nicht fertig mit
ihren Gegenargumenten war, sich aber unterordnete.

»Nun gut, dann will ich mich für den Moment geschlagen
geben. Ja, was die Listen betrifft. Ich habe mal die Fälle von
Tötungsdelikten mit dem Motiv Eifersucht der letzten zwei
Jahre durchforstet. In den meisten handelte es sich tatsäch-
lich um Totschlag im Affekt. Das gaben die Täter auch zu.
Ich will nicht unerwähnt lassen, dass es auch zwei Täte-

rinnen gab, wobei allerdings die Männer überwiegen. Sei es drum. Allerdings fand ich einen sehr interessanten Fall, der vor vier Monaten die Kollegen in Herne beschäftigte. Da behauptete der mutmaßliche Täter, von einem Fremden angestiftet zu sein. Klingelt da was bei euch?«

Gordon zog die Liste heran und betrachtete den farbig markierten Abschnitt. Als er aufsah, blickte er in ein sehr auffällig grinsendes Gesicht der Kollegin, die ihm eine schmale Fallakte zuschob.

»Ich habe mir gedacht, dass die Sache für uns von Interesse sein könnte und habe mir die Unterlagen zuschicken lassen. Dieser Klaus Meinert sitzt in Gelsenkirchen ein. Ein Gespräch könnte doch bestimmt nützlich sein. Wie denkst du darüber Gordon? Habe uns beide dort vorsorglich angemeldet – für heute Nachmittag.«

»Das könnte klappen. Morgen möchte ich aber noch mal zum Stähler. Wir müssen unbedingt wissen, auf welchem Weg und wann der von dem Irren angestachelt wurde.«

15

Ab und zu schlug ein Fensterflügel im zweiten Stock dieses stark verfallenen dreistöckigen Hauses auf und zu, wenn der kräftige Wind auch die überwiegend leeren Räume erreichte. Der Mann, der auf dem größtenteils nackten Boden seinen entblößten Körper zu einer Brücke geformt hatte, schien das nicht in seiner Konzentration zu stören. Seine Muskeln und Sehnen waren zum Zerreißen gespannt und traten beeindruckend aus dem gebräunten Körper hervor. Die Atmung lief stark verlangsamt, da er sich im Trancezustand befand. Auffällig war das tätowierte Gebilde auf seiner Brust, das kunstvoll gestaltet und farbenfroh einen Apfel darstellte, der von einem Schlangenkörper fest umklammert wurde. Eine Darstellung, die auf eine besondere Art angsteinflößend wirkte und normalerweise durch ein Hemd oder einen Pullover verdeckt blieb. Es erinnerte unweigerlich an die Verführungsszene im Paradies.

Langsam entspannte sich der Körper wieder und gab diese Position auf, wechselte in eine Ruhestellung, bei der der Rücken, und schließlich der gesamte Leib des Mannes spitze Kieselsteine berührte, die über den Boden unter ihm ausgebreitet waren. Es gab kein Anzeichen dafür, dass ihm diese Peinigung Schmerzen bereiten könnten. Sein Gesicht zeigte nur absolute Konzentration, er schien Gefallen in dieser Selbstkasteiung zu finden. Die Szene erinnerte an Teufelsanbetungen, zumal überall im Raum Kerzen aufgestellt worden waren, deren flackerndes Licht der Szene etwas Mystisches, Magisches verlieh. Der verschwitzte Körper spiegelte das Licht wider und warf einen langen Schatten an die Wand, als der Mann sich aufrichtete. Flüchtig betrachtet hätte es der Schatten eines Drachen sein können.

Der Mann, der Sekunden zuvor noch äußerst konzentriert seinen Körper malträtiert hatte, zeigte nun ein entspanntes Lächeln und trat hinter einen Vorhang, um sich zu duschen. Sein genießerisches Stöhnen ebbte ab, als er das Wasser abstellte und nach dem Handtuch griff. Jede seiner Bewegungen war katzenhaft und bewies, wie durchtrainiert dieser Körper sein musste. Als er sich vollends mit Hemd und Hose angekleidet hatte, entstand aus dem athletischen, nackten Körper ein Mann, der zwar als ausgesprochen gut aussehend zu bezeichnen war, jedoch in der Masse unauffällig blieb. Genau das kam seinem Vorhaben entgegen.

Große Bilder an den Wänden wiesen religiöse Motive auf, die zum einen die Kreuzigung Jesu, aber auch die Verführung Adams durch Eva in surrealen Zeichnungen und Malereien darstellten. Besonders hervor stach dabei die Darstellung einer Frau, die zärtlich die Hand eines Kindes umklammert hielt. Auf ihrem linken Busen ruhte eine große Hand, die vermutlich die eines Mannes war. Was jedoch schockierend auf den Betrachter wirkte, waren die Augen, die nur noch aus leeren Höhlen bestanden und in eine unendliche Leere zu sehen schienen. Schmerzen und Angst bestimmten die Gesichtszüge. Ein Anblick, der wohl jeden Besucher mit der Frage zurücklassen würde, was der Zeichner damit aussagen wollte.

Als der Fremde die Vorhänge an den Fenstern beiseiteschob, nahm das einfallende Licht der Szenerie einen großen Teil des Schreckens, der zuvor überall im Raum spürbar war. Er löschte die Kerzen und trat in das Licht, das nun trotz des regnerischen Wetters, den Raum ausfüllte. Es war der Kontrast zwischen den harten Augen und dem Lächeln um den Mund, der das Gesicht des Mannes ausmachte und bestimmte. Niemand hätte seine wahren Gefühle auf Anhieb beschreiben können. Er trug ein Geheimnis tief in sich, das man besser nicht ergründen wollte. Eine Aura umgab diesen Mann, für die man vergeblich nach beschreibenden Worten suchte.

Nach wenigen Augenblicken, in denen er das Geschehen draußen erfasst hatte, trat er vom Fenster zurück und bewegte sich drei Schritte nach rechts, um an einem Griff zu drehen. Der war unauffällig, als möglicher Bestandteil eines Bildes kaum erkennbar in der gemalten Szene integriert. Sofort schwang genau dieses Bild vor und gab den Blick auf die dahinter eingelassene Wandnische frei. Regale enthielten diverse Gläser, die erst auf den zweiten Blick ihren schrecklichen Inhalt preisgaben. Als würden sie ein Eigenleben führen, starrten die Pupillen von menschlichen Augen in die Weite, als wollten sie das Leid ausdrücken, das ihre Besitzer einst erlitten haben mussten. Jeden, der das Gruselkabinett zum ersten Mal betrachtete, würde wohl das Gefühl befallen, dass die Glasgefängnisse die Schreie der Gepeinigten zurückhalten wollten. Das Grauen war allgegenwärtig und würde jeden erreichen, der jemals in die Nähe kommen würde. Diese Augen schienen immer noch ein Eigenleben zu führen und anzuklagen.

Beängstigend hatte sich das Gesicht des Mannes verändert. Wo bisher nur Härte zu erkennen war, stand nun purer Hass, was ihm die zuvor da gewesene Anziehungskraft komplett nahm. Man glaubte, ein Flimmern um ihn herum zu spüren, das jedoch dem Auge verborgen blieb. Da war etwas, was der menschliche Verstand nicht beschreiben, nicht wahrnehmen konnte. Wäre der Satan leibhaftig erschienen, hätte sich kaum jemand gewundert. Der Eindruck verflog genau in dem Augenblick, als er mit dem Bild wieder das Regal in der Wand verschwinden ließ. Als der Fremde zum Tisch lief und sich auf den Stuhl setzte, nahm er das Telefon in die Hand und begann damit, die Simkarte auszutauschen. Seine Finger hantierten mit einer Ruhe und Routine, was erkennen ließ, dass dieser Vorgang schon häufig durchgeführt worden war. Seine Hand griff nach einer Kladde, die neben einer Rotweinflasche lag. Nach kurzem Blättern fand er die Seite, die er genau für den heutigen Tag herausgesucht hatte. Sein Blick fiel auf die Armbanduhr. Ohne weitere Verzögerung wählte er die Telefonnummer, die am Kopf der aufgeschlagen Seite in blutroten Ziffern stand. Das Freizeichen war deutlich zu vernehmen, was nach wenigen Sekunden von der Stimme einer Frau unterbrochen wurde.

»Schön, dass ich Sie sofort erreichen kann, Frau Scheidig. Bitte entschuldigen Sie den Anruf an Ihrem Arbeitsplatz, aber ich hätte etwas sehr Persönliches mit Ihnen zu besprechen. Nein ... das können wir nicht am Telefon. Es geht um

Thorsten, Ihren Mann. Sie werden sicher verstehen, dass ich das nicht am Telefon erklären möchte. Das ist schon etwas delikat. Hätten Sie morgen vielleicht einen Moment Zeit für unser Gespräch? Sie sind doch bestimmt wieder zur Therapie bei der Selbsthilfegruppe. Vielleicht danach?«

Nach einer kurzen Pause beendete der Mann den Anruf mit der Bemerkung »Ich freue mich, Frau Scheidig. Dann bis um neunzehn Uhr in dem Griechengrill. Ich freue mich darauf, Sie kennenlernen zu dürfen. Bis morgen. ... Wie Sie mich erkennen? Gar nicht – ich erkenne Sie!«

Iris Scheidig konnte man ohne Zweifel als attraktive Frau bezeichnen, die schon wegen der auffallend langen Haare, die in blonden Locken über die Schultern fielen, angenehm auffiel. Wenn da nicht diese Körperhaltung gewesen wäre, diese zusammengezogenen Schultern, die eine tief sitzende Unsicherheit klar nach außen trugen. Sie drückte die Revers ihres langen Mantels fest zusammen und sah sich in dem kleinen Restaurant um. Ihr Blick blieb an einem Fremden hängen, der an einem Ecktisch saß, sich kurz erhob und ihr zuwinkte. Nachdem der Inhaber ihr mit einem Lächeln Mut machte, bewegte sie sich zögernd in die Ecke, in der dieser sehr sportlich gekleidete und gut aussehende Fremde auf sie wartete. Gerne ließ sie sich aus dem Mantel helfen, der vorsichtig über den Stuhl gelegt wurde. Erst als Iris sich einen Orangensaft bestellt hatte, wagte sie, die erste Frage zu stellen.

»Bitte verstehen Sie das nicht falsch, aber normalerweise treffe ich mich nicht mit fremden Männern. Hätten Sie das nicht als so dringend dargestellt, wäre ich nicht gekommen.

Ich möchte Sie also bitten, Ihr Anliegen so kurz und schnell wie eben möglich vorzutragen. Ich möchte nicht, dass man uns zusammen sieht. Sie werden verstehen, dass ...«

»Ich weiß genau, was Sie meinen, Frau Scheidig. Deshalb will ich auch nicht lange um den heißen Brei herumreden. Allerdings sagte ich ja schon am Telefon, dass diese Sache etwas delikat ist. Ich will damit ausdrücken, dass es mir schwerfällt, darüber zu sprechen. Allein die Tatsache, dass Sie mein Gesicht nicht kennen, bestärkt mich darin, dass Thorsten nie über mich gesprochen hat.«

»Warum hätte er das tun sollen«, unterbrach ihn Iris Scheidig und setzte das Glas an die Lippen, das ihr gerade vorgesetzt wurde. »Kennen Sie meinen Mann?«

»So könnte man es sagen. Eigentlich ist es mehr als das. Und genau darüber möchte ich mit Ihnen reden. Die Situation ist für mich unhaltbar, um nicht zu sagen, unerträglich. Thorsten hatte mir versprochen, für klare Verhältnisse zu sorgen.«

»Wären Sie so nett, zur Sache zu kommen? Mit diesen vagen Andeutungen kann ich nichts anfangen. Werden Sie bitte deutlicher.«

»Nun gut, Frau Scheidig. Irgendwann werden Sie es sowieso erfahren müssen. Warum nicht von mir.«

Iris Scheidig erfasste eine unerklärliche Unruhe, da sie befürchtete, etwas zu erfahren, was sie eigentlich nicht hören wollte. In der Phase, in der sie sich derzeit befand, konnte sie weitere Aufregungen einfach nicht gebrauchen. Erst gerade wieder in der Selbsthilfegruppe hatte sie über ihre Depressionen, über innere Existenzängste reden müssen. Sie brauchte unbedingte Ruhe, Abstand von jeglichem Stress und Beziehungsärger. Und genau den befürchtete sie, ohne genau zu wissen, worauf der Mann hinauswollte. Während Iris die Hände knetete, fuhr der Fremde unbeirrt fort.

»Thorsten berichtete mir von Ihrer Beziehung. Er meinte, dass Sie eine bezaubernde Ehefrau wären, eine Frau, wie man sie sich besser nicht wünschen könnte. Doch er hatte Angst – vielleicht auch genau deshalb – Ihnen sein Problem zu gestehen.«

Ohne dass Iris bisher die endgültige Wahrheit erfahren hatte, legte sich dieses unerklärliche Zittern über sie. Sie spürte eine riesige Welle an Gefahr auf sich zukommen, der sie nicht ausweichen konnte. Entsetzt starrte sie auf diese Lippen, die etwas aussprechen würden, was ihr Leben in den Grundfesten erschüttern konnte. Fast wie in Trance vernahm sie das Unausweichliche.

»Thorsten und ich«, hier legte er ein letztes Mal eine Pause ein, »wir lieben uns.«

Wie Donnerschläge schlugen diese wenigen Worte bei Iris ein, lähmten sie. Zu keiner weiteren Bewegung fähig ruhte ihr Blick auf dem Mann, der behauptete, eine Rolle im Leben von Thorsten eingenommen zu haben, die sie bisher innehatte. Sie hatten sich noch am Vorabend geliebt.

Er hat mir ins Ohr geflüstert, dass er verrückt nach meinem Körper wäre. Alles Lüge? Hat Thorsten mich über lange Zeit belogen, Liebe nur vorgetäuscht?

»Nein ... nein, Sie sind ein gewissenloser Schwindler. Warum tun Sie das mit uns? Thorsten wird niemals einen Mann lieben können. Hören Sie? Niemals!«

Fast mitleidig erwiderte der Mann den Blick der verängstigten, jetzt aber aufsässigen Frau. Er wusste, dass der

Stachel sich weit in das Bewusstsein gesetzt und dort fest verankert hatte. Nichts würde die Zweifel bei dieser Frau jemals wieder beseitigen. Er hatte gesiegt und musste nur noch abwarten, bis die Saat aufgehen würde. Er lehnte sich zurück und beobachtete Iris dabei, wie sie den Mantel vom Stuhl riss und versuchte, die Arme hineinzustecken. Als er ihr helfen wollte, den Mantel anfasste, stieß sie ihn heftig zurück und fauchte ihn an.

»Nehmen Sie Ihre Hände weg, Sie ... Sie Dreckskerl. Gott wird Sie dafür strafen. Und belästigen Sie uns nicht noch einmal. Thorsten würde Sie umbringen, wenn er davon erfahren würde. Es wird mir wohl immer ein Geheimnis bleiben, warum Sie diese Lügen verbreiten, doch die werde ich Ihnen nicht abnehmen. Sie sind ein perverses Schwein!«

Als Iris das kleine Restaurant verließ, folgten ihr die verständnislosen Blicke des Inhabers und das unergründliche Lächeln des Fremden. Der legte Geld auf den Tisch und entfernte sich mit ruhigen Schritten.

16

Thorsten Scheidig wusste, dass Iris nach ihrer Sitzung in der Selbsthilfegruppe stets leicht verändert zurückkam. Sie hatte in dieser Zeit einen Seelenstriptease hinter sich gebracht, was ihr immer noch Probleme bereitete. Sie schaffte es nur sehr zögernd, aus sich herauszugehen, sodass er glücklich darüber war, sie so weit bekommen zu haben, dass sie überhaupt dorthin ging. Heute jedoch schien es sie besonders schwer getroffen zu haben, denn sie vermied sogar den Begrüßungskuss, der ansonsten bei ihnen obligatorisch war. Selbst den kleinen Frühlingsblumenstrauß legte sie lediglich auf den Küchentisch, ohne Thorsten ein Dankeschön zu gönnen. Es würde ein bis zwei Stunden dauern, bis sie sich beruhigt hatte. Dann würden sie beide händchenhaltend auf dem Sofa dem abendlichen Fernsehprogramm folgen. Wie sehr er sich irrte, wurde ihm erst beim Abendbrot bewusst. Iris hatte sich in ihr Zimmer verzogen, während Thorsten den Tisch deckte.

»Schatz. Du kannst kommen. Es ist alles fertig. Der Tee zieht schon seit fünf Minuten.«

Als die Antwort ausblieb, begann Thorsten das Verhalten seiner Partnerin Sorgen zu bereiten. Auf sein Klopfen reagierte Iris nicht. Schon wollte er sich abwenden, als er durch das Türblatt das schwache Weinen wahrnahm. Völlig irritiert legte er das Ohr an das Holz und versuchte, sich zu vergewissern, ob er sich vielleicht verhört hatte. Da war es wieder, dieses Schluchzen. Entschlossen öffnete er die Tür und blieb entsetzt stehen. Iris lag ausgestreckt auf der Liege, die sie ansonsten nur selten benutzte. Die Ausnahme war lediglich dann, wenn er eine Sportsendung verfolgen wollte und sie etwas anderes. Als er sich neben sie setzte und die Hand auf ihren Oberschenkel legte, schlug sie ihm diese weg und zog die Beine eng an den Körper.

»Was ist los mit dir, Schatz? Du weißt, dass du mir alles sagen kannst. Was ist heute in der Gruppe passiert? Ich sehe doch, schon seit du zurück bist, dass etwas nicht stimmt mit dir. Bitte sprich mit mir.«

Iris presste ihr Gesicht tief in das Kissen und hielt beide Hände gegen die Ohren gepresst, so als wollte sie sich schützen vor seinen Worten. Wieder versuchte Thorsten, nach ihrer Hand zu greifen, was nur dazu führte, dass sie sich herumwarf und ihn hasserfüllt anschrie.

»Lass das. Fass mich nie wieder an. Hörst du? Nie wieder! Geh zu ihm und sage, dass ich verstanden habe. Ja, ich werde akzeptieren, was zwischen euch geschehen ist. Ich werde dich freigeben. Doch werde ich dir niemals verzeihen können, was du in der letzten Zeit mit mir gemacht hast. Ich hätte erwartet, dass du offen zu mir bist und nicht den liebenden Ehemann spielst. Der Sex mit dir ekelt mich heute an. Wie konnte ich nur so blind sein?«

Thorsten hatte schon bei den ersten Worten, die ihm entgegengeschleudert wurden, die Hand zurückgezogen, als hätte er in eine offene Flamme gegriffen. Seine Gedanken irrten umher, versuchten, das soeben Gesagte einzusortieren. Es gelang ihm auch nicht ansatzweise. Fast heiser vor Erregung brachte er die Frage heraus: »Wovon sprichst du, Schatz? Ich verstehe kein einziges Wort.«

Er schrak zurück, als sich Iris aufrichtete und nun kerzengerade vor ihm saß.

»Du verstehst mich nicht? Aber ich soll verstehen, was ihr hinter meinem Rücken getan habt? Das ist der schlimmste Verrat, den du an mir hast begehen können. Eine andere Frau, eine kurze Affäre ... ja, die hätte ich noch verzeihen können. Aber das? Nein. Das ist so pervers, dass ich dafür keine Worte finden kann. Er hat mir alles gebeichtet. Du brauchst dich jetzt nicht mehr hinter deinen Lügen verstecken. Ich weiß alles über deine Eskapaden mit dem Kerl. Das, mein Freund, habe ich nicht verdient. Du hättest ehrlich mit deinen Neigungen umgehen sollen. Ich wäre die Letzte gewesen, die dafür kein Verständnis aufgebracht hätte. Doch so. Du bist ein Schwein. Geh einfach und lass mich alleine.«

Die Hilflosigkeit, mit der Thorsten der Situation gegenüberstand, ließ seinen Kopf gefährlich rot anlaufen. Verzweifelt suchte er nach Worten, die aber nie einen Sinn für ihn ergaben. Bevor er auch nur eine Silbe hervorbrachte, stieß ihn Iris zurück und stürmte zur Garderobe. Es wirkte verzweifelt, als sie den Mantel herunterriss und sich überwarf. Bevor Thorsten reagieren konnte, schlug die Tür hinter ihr zu. Nun reagierte auch sein Körper auf die Situation und ein Beben, aus der Verzweiflung geboren, machte sich in seinem Inneren breit. Sein Schrei verhallte in der Diele: »Wo willst du hin? Ich verstehe dich nicht. Bleib bitte bei mir!«

Iris Scheidig floh vor dem, was sie gerade erleben musste. An manchen Tagen, wenn die Depressionen sie besonders plagten, hatte sie über Situationen nachgedacht, die dieser auch nur annähernd glichen. *Was tue ich, wenn ich erfahre, dass mich Thorsten betrügt?* Immer wieder tauchten dann die Gesichter von schönen und verführerisch wirkenden Frauen auf. Niemals hatte sie eine endgültige Antwort darauf gefunden. Doch das hier überstieg jegliche Vorstellungskraft. Er war nicht nur einfach fremdgegangen. Er hatte alles verraten, was sie jemals an ihm bewundert hatte. Das war nicht mehr der aufmerksame, durch und durch männliche Typ, der ihr Herz damals im Sturm eroberte und bis heute besessen hatte. Nichts war von alledem übrig geblieben. Thorsten war in eine Welt gewechselt, die sie akzeptierte, jedoch nur deshalb, weil es sie bisher nicht betraf – sie war immer weit weg und es berührte nur alle anderen. Schwul sein war so lange ohne Sünde, wenn es sie selbst nicht betraf. Nie zuvor fühlte sie sich so einsam wie in diesem Augenblick. Tief hatte Iris die verkrampften Hände in die Manteltaschen geschoben und blickte mit tränenverhüllten Augen in die dunklen Wolken, die jetzt wie drohende Gespenster über ihr hingen. Sie lachten sie aus.

Wie konnte ich nur so blind sein? Er hat mich, er hat uns und unsere Liebe schändlich verraten.

Iris bemerkte in ihrer Not den Schatten des Mannes nicht, der ihr auf Schritt und Tritt folgte, stets bemüht, einen Sicherheitsabstand zu halten, der ihn vor der Entdeckung schützen sollte. Seine kalten Augen registrierten jede ihrer Bewegungen, schienen in ihrem Geist lesen zu können. Das bezeugte dieses gemeine Grinsen, das seine zusammengepressten Lippen umspielte. Als er Iris in einem Baumarkt verschwinden sah, blieb er hinter einem Auto Deckung suchend zurück. Als sie wieder erschien, entspannte sich sein Gesicht, machte tiefer Zufriedenheit Platz.

17

»Wo kann ich parken, wenn ich da reinfahre?«

Aufmerksam hörte Kai zu, als ihm der Weg beschrieben wurde. Immer wieder nickte er, während er sich Notizen machte. Zwischenzeitlich hatte er die volle Aufmerksamkeit der anderen im Raum erlangt, die interessiert zusahen, als er zögernd den Hörer in die Ablage legte.

»Was ist passiert, Kai?«

Leonie konnte ihre Neugierde nicht so perfekt verbergen, wie es Gordon Rabe verstand. Sie trommelte sogar ungeduldig mit den Fingern auf die Schreibtischplatte.

»Ein Spaziergänger hat eine junge Frau gefunden. Das soll im Schellenberger Wald sein, gegenüber zur Einfahrt zum Jagdhaus Schellenberg. Die soll sich aufgeknüpft haben. Die Kollegen von der Spurensicherung meinen, dass wir uns das mal ansehen sollten. Die vermuten Fremdeinwirkung. Fährt jemand mit?«

Wortlos erhoben sich sowohl Leonie als auch Gordon und beeilten sich, zum Aufzug zu kommen.

Gordon hob das Absperrband an, um seine Kollegin vorzulassen. Die Beamten, die den Ort des Geschehens absicherten, grüßten die drei Ermittler und bemühten sich weiter, die wenigen Spaziergänger, die mehr erfahren wollten, zurückzuhalten. Mehrere ganz in Weiß gehüllte Gestalten bückten sich über etwas am Boden Liegendes und diskutierten angeregt. Als sie die neuen Besucher bemerkten, erhoben sie sich und traten zurück. Man hatte die Schlinge vom breiten Ast eines Ahornbaumes gelöst und die junge Frau auf einer Plane abgelegt. Sie warteten ab, bis die drei die erste Frage stellten.

»Denkt ihr das Gleiche wie wir?«, eröffnete Gordon das Gespräch.

Ralph Schöning, der Leiter der Spusi wiegte den Kopf und rang sich zu einer Erklärung durch.

»Anfangs ja. Das war aber niemals ein Suizid. Da hat eine fremde Hand nachgeholfen. Die normalen Erkennungsmerkmale dafür sind grundsätzlich vorhanden.«

Schöning bückte sich und wies nacheinander auf verschiedene Stellen an Hals und Kopf. Gordon Rabe betrachtete währenddessen den Baumstamm genauer.

»Ich sehe die Male dort oben ziemlich dicht am Stamm, wo die Schlinge drübergeführt wurde. Hier erkenne ich Abwehrspuren an der Baumrinde. Die Frau muss noch versucht haben, sich aus der Schlinge zu befreien. Niemand fällt einfach so runter und schlägt und tritt nicht um sich. Ich denke, ihr habt auch mögliche Hanfspuren an den Händen gesichert?«

»Klar, die haben wir auch gefunden«, antwortete Schöning, »allerdings besteht die Möglichkeit, dass sie das Seil tatsächlich vorher in der Hand hielt. Was außerdem vorhanden ist, sind die Befreiungsspuren an den Wangen und in den Händen. Niemand hängt sich auf und versucht nicht, sich aus der tödlichen Schlinge im letzten Moment zu befreien. Die Frau hat entsprechende Kratzer. Und jetzt seht euch mal den Hals an. Da gibt es auch zwei Strangmarken. Die zweite, die durch das Hochrutschen des Seils entstand, ist ganz deutlich zu sehen. Für mich ist das hier trotzdem keine Selbsttötung – das stinkt gewaltig nach Mord.«

Kai, der bisher schweigend danebenstand, meldete sich zu Wort.

»Wurde uns nicht beigebracht, auf Speichelfluss und Blutspuren aus den Ohren zu achten? Das Gesicht ist voll davon.«

»Kai hat recht«, ergänzte Leonie, »Durch die Erstickungskrämpfe tritt eine Salvation ein, was einen ungezügelten Speichelfluss zur Folge hat. Die Frau ist völlig nass um den Mund. Aber mich stört eines besonders. Wer in Gottes Namen hängt sich an einem Baumast auf? Jeder von uns weiß, dass diese Art des Erhängens absolut atypisch ist. Und warum habt ihr die Frau mit dem Gesicht nach unten auf die Plane gelegt?«

Ralph Schöning wechselte einen bedeutsamen Blick mit seinen Kollegen und klärte Leonie auf. Derweil drehte er die Leiche auf den Rücken. Alle drei Ermittler hielten den Atem an, als sie in die leeren Augenhöhlen blickten.

»Warum in Gottes Namen versucht jemand einen Suizid vorzutäuschen, wenn es völlig klar ist, dass die Person von fremder Hand getötet wurde?«

Die Antwort auf diese Frage kam von Gordon, der als erster seinen Schock überwunden hatte.

»Derjenige wollte eine Botschaft aussenden. Der hat dem Opfer die Augen entfernt, bevor er es aufgehängt hat. Die

Frau muss einen langen Todeskampf gehabt haben. Die Schmerzen müssen unerträglich gewesen sein. Dann folgte noch die Zeit, in der sie mit dem Seil kämpfte. Es vergehen immerhin sechs bis acht lange Sekunden, bis die Ohnmacht eintritt. Nach circa 30 Sekunden beginnen Krämpfe, die wieder abebben und sich nach dreißig Sekunden wiederholen. Stille tritt erst ein, wenn das acht- bis zehnmal geschah. Niemand von uns weiß sicher, was das Opfer davon wirklich noch mitbekommt. Für mich kein schöner Gedanke.«

Hier machte Gordon Rabe eine kleine Pause, bevor er weiter ausführte.

»Für uns stellt sich nur bedingt die Frage, ob wir es wieder mit unserem Augensammler zu tun haben. Das Muster ist hier etwas neu, führt uns aber wahrscheinlich zum gleichen Ergebnis. Haben wir verwertbare Spuren im Umfeld sicherstellen können, Schöning?«

Der Angesprochene zeigte in eine Richtung, in der verschiedene gelbe Markierungen aufgestellt worden waren.

»Da hinten konnten wir zwei Spuren sicherstellen. Interessant daran ist Folgendes. Bis zu einem bestimmten Punkt konnten wir zwei Personen ausmachen, die nebeneinanderher liefen. Dann eine stark aufgewühlte Stelle, an der ein Kampf hätte stattgefunden haben können. Die Blutspuren dürften zum Opfer gehören. Danach existiert nur noch eine Spur. Allerdings sind die Fußspuren tiefer im Waldboden zu erkennen. Der Täter muss sein Opfer bis hierher getragen haben. Das Ergebnis liegt vor uns. Das Schwein hat dann die Schlinge über den Ast geworfen und müsste die Frau hochgezogen haben. Ich darf mir die Szene gar nicht vorstellen.

Selbst wenn die Frau vorher ohnmächtig gewesen sein sollte, hat sie das Erhängen selbst bei vollem Bewusstsein erleben müssen.«

»Irgendwelche Zeugen?«, wollte Kai Wiesner wissen.

»Nur das ältere Ehepaar da hinten. Die haben die Tote hier hängen sehen und sind zum Restaurant gelaufen. Die hatten nämlich kein Mobiltelefon. Aber gesehen haben die im Grunde gar nichts. Die Aussage wurde schon aufgenommen. Wir werden jetzt die Blutspuren analysieren und die Fußabdrücke genauer untersuchen. Vielleicht erkennen wir eine bestimmte Schuhsorte oder -größe. Sollen wir die Frau in die Rechtsmedizin überführen?«

Gordon zögerte noch mit der Antwort.

»Irgendwelche Papiere?«

»Ach so, das hätte ich beinahe vergessen.« Schöning griff in einen Plastiksack, aus dem er einen kleinen Beutel hervorkramte. »Die arme Frau führte ihren Führerschein mit sich. Der befand sich im Portemonnaie, das in der Gesäßtasche steckte. Dieses Schwein wollte wohl, dass wir wissen, wer die Tote ist. Das ist krank.«

Am Besprechungstisch war nach heftiger Diskussion endlich etwas Ruhe eingekehrt. Genau in diesem Moment betrat Dr. Lieken den Raum und setzte sich ohne Gruß zu den drei Ermittlern. Wortlos legte er ein Foto auf den Tisch und beobachtete die Kollegen, die ungläubig darauf starrten. Es zeigte den Rücken einer Person, in dem relativ deutlich erkennbar einige Worte eingeritzt worden waren.

Seine Untreue war unverzeihlich

Bevor sich einer dazu äußern konnte, versuchte der Mediziner, das Ganze zu erklären.

»Bisher hat unser Täter zum Schreiben ein Messer benutzt. Er macht Fortschritte in mehrfacher Hinsicht. Er hat diesmal höchstwahrscheinlich einen Dremel mit feiner Spitze benutzt, was ich an den Wundrändern gut erkennen kann. Außerdem spricht er diesmal von >Seiner< Untreue. Er spricht im Singular, aber diesmal über eine männliche Person. Wo er bisher die Untreue der Frau anprangert, verweist er diesmal auf einen untreuen Mann. Folglich gilt seine Verschwörung nicht ausschließlich den Verfehlungen einer Frau.«

Leonies Gesicht war anzumerken, dass es in ihr arbeitete. Schließlich platzte es aus ihr heraus.

»Was ändert das großartig? Dieses Machoschwein rächt die mögliche Untreue des Mannes trotzdem an der Ehefrau. Sein ganzer Hass richtet sich gegen das weibliche Geschlecht. Vögelt der eigene Rüde eine fremde, läufige Hündin vom Nachbarn, muss wohl das Frauchen zu Hause dafür sterben. Wo leben wir denn? Man könnte fast auf den Gedanken kommen, dass ... Aber nein, dann werde ich schließlich noch in die rassistische Ecke geschoben. Ich will hier keine Glaubensrichtung an den Pranger stellen. Außerdem waren alle beteiligten Ehepartner nachgewiesen Christen. Warum hasst dieses Monster Frauen so sehr, dass es sie auf diese Art verfolgt?«

»So ganz unrecht hat Leonie nicht«, schaltete sich Kai ein. »So wie uns Thorsten Scheidig bei der Vernehmung bestätigte, gab es Streit wegen seiner angeblichen Untreue. Es geht mir nicht ein, was der Täter eigentlich damit

110

bezweckt. Wir alle dachten doch, dass er die Frauen bestraft, die den Treueschwur gebrochen haben. Keine Verfehlung konnte übrigens bisher bewiesen werden. Das wollen wir mal festhalten. Alles beruht auf unbestätigten Behauptungen. So wie ich diesen Scheidig einschätze, ist der auch nicht der Typ, der sich mit Männern einlässt. Das war wieder einmal vorgeschoben.«

Gordon fuhr sich mit beiden Händen durch die Mähne und drückte das Haar nach hinten.

»Trotzdem wirkt das Motiv auf mich wie von einer verkorksten Auslegung der Bibel gesteuert. Diese Nachrichten wirken auf mich, als wären sie aus irgendwelchen Psalmen entnommen. Wir müssen uns der Sache von einer anderen Seite nähern. Mir stellt sich die Frage, wie die Personen miteinander verknüpft sein könnten. Stürzen wir uns mal auf die Personenkreise. Da muss es Verbindungen geben. Ich will alles über die Leute wissen. Geht den Stammbaum notfalls bis ins Mittelalter zurück. Durchleuchtet den Bekanntenkreis, die Vereinszugehörigkeit. In welcher Einheit haben die Männer gedient? Gehörten die Frauen zu einem gemeinsamen Häkelkurs? Sind die mal zusammen in einem Urlaubshotel gewesen? Ihr wisst, was ich meine. Wenn die mal am gleichen Tag im selben Restaurant auf der gleichen Toilette waren, will ich das wissen. Findet raus, was die an dem Tag an Getränken bestellt haben. Da gibt es etwas, von dem wir jetzt noch keine Ahnung haben. Wir können nicht darauf warten, bis der Teufel einen Fehler macht. Finden wir ihn, bevor die nächste Frau stirbt.«

18

»Jonas, was ist mit dir? Du hast noch nicht ein einziges Teil in den Koffer gepackt. John kommt jeden Augenblick und wir sind noch nicht fertig. Ich helfe dir, sobald ich im Bad fertig bin. Lege einfach raus, was du mitnehmen möchtest. Denke aber daran, dass wir in Paris sonniges Wetter haben werden. Nimm nicht zu viel mit, es sind nur drei Tage.«

Denise stand mit in die Hüften gestemmten Händen in der Tür und beobachtete Jonas, der seelenruhig am Computer saß und ein Strategiespiel weiterführte. Unbeeindruckt ignorierte er die Vorhaltungen der Mutter. Nichts deutete darauf hin, dass er überhaupt Notiz davon genommen hatte. Nach weiteren fünfzehn Minuten musste Denise feststellen, dass sich an der Situation nichts geändert hatte. Noch immer saß der Junge vor dem PC und sammelte unentwegt Punkte auf seinem Spielerkonto. Genervt wollte sich Denise daran machen, diverse Kleidungsstücke aus dem Schrank in den kleinen Koffer zu räumen, der auf dem Bett stand, als sie im letzten Moment die Hand zurückziehen konnte. Mit einiger Wucht knallte die Tür des Schranks zu, als sich Jonas dagegen warf. Völlig entsetzt machte Denise einen Schritt zur Seite und starrte auf den Jungen, der den Rücken gegen die Tür lehnte.

»Bist du verrückt geworden? Fast hättest du mir die Hand gebrochen. Geh bitte weg da. Wie sollen wir fertig werden, wenn du trödelst? Wir haben noch eine lange Fahrt vor uns. Lass mich jetzt endlich packen. Bitte Jonas, es eilt wirklich.«

»Nein!«

»Was bedeutet dieses Nein? Wir haben doch schon so oft in den letzten Tagen darüber gesprochen. Du hast uns gesagt, dass du dich auf dieses Wochenende in Paris freust und John hat extra für dich ein separates Zimmer gebucht. Jetzt wirbel nicht wieder alles durcheinander. Langsam werde ich sauer.«

»Nein!«

Trotzig stemmte sich Jonas gegen den Schrank und machte damit deutlich, dass er sich auf keinen Fall umstimmen lassen wollte. Selbst als Denise ihm über das Haar streichen wollte, wich er der Hand aus und stieß sie sogar zurück.

»Verdammt, verdammt. Warum tust du das? Was habe ich denn noch von diesem beschissenen Leben? Da habe ich nach vielen Jahren einmal die Gelegenheit, mit einem tollen Mann verreisen zu dürfen, da machst du mir alles kaputt. Ich verstehe das nicht. Gestern war noch alles klar – heute treibst du mich in den Wahnsinn. Ich kann das nicht mehr lange, Jonas. Verstehst du mich? Ich kann nicht mehr.«

Obwohl Denise die letzten Worte fast geschrien hatte, reagierte Jonas absolut emotionslos, blickte durch sie hindurch. Nicht eine Regung deutete darauf hin, dass ihn die Bitte der Mutter erreicht haben könnte. Er wich aber auch nicht einen Millimeter zurück. Sein Bestreben schien darin zu bestehen, das Packen seines Koffers zu verhindern. In ihrer Verzweiflung lief Denise ständig in seinem Zimmer auf und ab, wischte sich die Tränen ab, die ihr der Zorn aus den Augen trieb. Sie blieb erst stehen, als die Türklingel erschallte, die ihr verdeutlichte, dass John bereits eingetroffen war und sie abholen wollte. Sie entfernte die letzten Tränen und eilte zur Tür.

»Was ist ... warum weinst du, Denise? Ist was passiert? Lass mich erst mal rein.«

John Preston drückte Denise vorsichtig zurück und schob sich in die Diele. Zärtlich legte er seinen Arm um sie und zog sie an seine Brust. Immer wieder strich er mit seiner großen Hand über ihren Rücken und wartete ab, bis sie sich endlich befreite.

»Es ist Jonas. Er hat heute wohl einen schlechten Tag. Nicht dass du denkst, dass er einen Anfall hat. Nein. Aber ich habe dir ja schon erzählt, dass er, was seinen Gemütszustand betrifft, immer sehr unberechenbar ist. Er weigert sich einfach, mitzufahren. Ich weiß nicht mehr, was ich noch tun soll. Wenn er einmal Nein gesagt hat, änderst du das nicht mehr. Es tut mir leid, aber ich kann dich nicht begleiten.«

»Pssst, Pssst. Nun mal langsam, Liebling. Ich werde mit ihm reden – so von Mann zu Mann. Du wirst sehen, das wird schon.«

Der Endvierziger John Preston stellte genau das dar, was man von einem erfolgreichen IT-Unternehmer erwartete. Er sah mit seinem schon ergrauten Haar und den strahlend blauen Augen nicht nur blendend aus, er besaß auch diese Überzeugungskraft, die diese amerikanischen Erfolgsmenschen stets auszeichnete. Seiner Aura war Denise sofort verfallen, als sie ihn auf dieser Vernissage im Rathaus zum ersten Mal gesehen hatte. Mehrfach war sie mit ihm ausgegangen und hatte sich unsterblich verliebt. Nun wurde er zum ersten Mal mit den Problemen konfrontiert, die ihr autistischer Sohn verursachen konnte. Bisher hatte sich Jonas mit dem neuen Mann im Leben seiner Mutter halbwegs arrangiert. Er nahm den Fremden wahr, akzeptierte ihn scheinbar, wobei es aber so gut wie nie zu wirklichen Kontakten kam. Es war nicht so, dass John es nicht versucht hätte. Das konnte ihm niemand vorwerfen. Jonas ließ es einfach nicht zu – John fand für ihn einfach nicht statt.

»Hallo, Jonas«, eröffnete John die Unterhaltung mit dem Sohn seiner aktuellen Eroberung. Er legte den Arm um die Schultern des Jungen. »Ich hörte, dass du keine Lust hast, für die Fahrt nach Paris zu packen. Das habe ich früher auch nicht gerne gemacht, aber es gehört einfach dazu. Na ja, die paar Minuten haben wir noch Zeit. Soll ich dir helfen?«

Als wäre John nicht existent für ihn, befreite sich Jonas von dessen Arm und setzte sich wieder an den Computer. Es war für John eine völlig neue Erfahrung, mit Ignoranz umzugehen, zumal die hier von einem Kind ausging. Er versuchte es auf die andere, direkte Art.

»Ich habe eine einfache Frage an dich, Jonas. Und ich hätte darauf gerne eine ehrliche Antwort. Willst du nicht mitfahren, weil ich dabei bin? Stört es dich, dass deine Mama mit einem fremden Mann fährt? Ich bin dir wirklich nicht böse, wenn du ja sagst. Das verstehe ich natürlich, weil du deinen Papa vermisst und nicht möchtest, dass ...«

Verwundert sah er dem Jungen hinterher, der wortlos das Zimmer verließ und im Bad verschwand. Als die Tür von innen verschlossen wurde, gab John vorerst auf und gesellte sich wieder zu Denise, die abwartend in der Küche stand. In ihr brach jetzt die letzte Sperre und sie weinte hemmungslos. Zwischendurch schlug sie immer wieder die Faust auf den Tisch.

»Ich kann das nicht mehr, John. Es wird mir zu viel mit dem Jungen. Von Tag zu Tag zieht er sich mehr zurück. Ich komme an ihn nicht mehr ran. Er hat alle Tore geschlossen. Was soll ich noch tun?«

»Da kann ich dir nicht wirklich helfen, Darling. Aber ich kenne einen sehr guten Psychologen, der bei solchen Fällen schon gute Ergebnisse erzielen konnte. Ich gebe dir seine Adresse. Vielleicht kann er dir helfen. Aber das löst unser aktuelles Problem nicht. Du weißt, ich muss morgen früh den Termin in Paris wahrnehmen. Davon hängt ein wichtiges Geschäft ab. Ich muss auf jeden Fall noch heute los, wenn ich das schaffen will. Überrede deinen Sohn, da ich ansonsten ...«

»Ich verstehe dich, John. Aber bitte verstehe auch mich. Ich kann den Jungen nicht einfach hier in der Wohnung lassen. Ich habe eine Verantwortung und muss dich bitten ... aber warte mal.«

Denise wirkte, als hätte sie in dem Augenblick die zündende Idee für ihr Problem gefunden. Sie quetschte sich an John vorbei, nicht ohne ihm einen Kuss auf die Wange gegeben zu haben. Das Telefon lag in ihrer Hand.

»Ich bin´s, Denise ... Nein, es ist nichts passiert mit Jonas, mach dir da keine Sorgen. Aber es geht trotzdem um ihn. Hör mir jetzt zu und häng nicht gleich auf. Dein Sohn weigert sich, mich nach Paris zu begleiten. Er will partout nicht mit uns kommen.«

»Mit uns? Höre ich da den Plural raus?«

Gordon war nicht dieser feine Unterschied entgangen und reagierte entsprechend.

»Ja, du hast richtig gehört. Ich wurde für das Wochenende von jemandem eingeladen, der dort geschäftlich was zu erledigen hat. Eigentlich wollten wir Jonas mitnehmen, damit man sich aneinander gewöhnen kann. Doch dein Sohn weigert sich plötzlich. Da dachte ich mir, dass ...«

»Moment. Lass mich mal, bevor du zu Ende denkst, hinterfragen, wen du mit uns meinst? Deine Freundinnen kennt Jonas doch. Da würde mich seine Weigerung schon wundern. Aber mein Bauch sagt mir, dass ich da ganz falschliegen könnte. Also – wer ist das, mit dem du das Paris-Wochenende verbringen möchtest?«

Gordon wartete die Pause ab, die Denise einschob, um ihrem Noch-Ehemann die Wahrheit zu verklickern. Schließlich versuchte sie es mit der Salamitaktik.

»Es ist ein Bekannter, den ich bei einer Veranstaltung wiedertraf. Nichts Ernstes. Nur so eine Gelegenheit, hier mal wieder rauszukommen. Du kennst ihn nicht. Das war vor unserer Zeit und war völlig harmlos. Ein alter Freund aus Jugendzeiten. Wir möchten ...«

Gordon fuhr ihr dazwischen, da er dieses Um-den-heißen-Brei-Gerede zu Genüge aus Vernehmungen kannte.

»Wer ist das, der meinen Sohn nach Paris begleiten soll? Bitte beleidige nicht meine Intelligenz, Denise. Erzähl mir nie wieder diesen Scheiß mit dem alten Freund. Woher kennst du den Penner und wie lange geht das schon mit euch? Und jetzt ausnahmsweise mal die Wahrheit. Ich höre.«

»Komm wieder runter, Gordon. Das ist ein hochanständiger Geschäftsmann, der bereit ist, deinen Sohn so zu akzeptieren, wie er ist. Ich kenne ihn erst kurz und ...« Hier zögerte Denise einen Moment, bevor sie fortfuhr, »... ich mag ihn. So, jetzt ist es raus. Ich möchte aber jetzt nicht weiter über mein Privatleben reden. Können wir jetzt endlich auf mein Anliegen zurückkommen?«

»Lass mich raten. Du erwähntest ja schon, dass sich Jonas weigert, mitzukommen. Und jetzt versuchst du, ihn bei mir unterzubringen. Stimmt's oder habe ich recht?«

Diesmal musste Gordon nicht so lange auf eine Antwort warten. Er erhielt die Entgegnung prompt und gnadenlos.

»Wäre das so schlimm? Du bist schließlich sein Vater und darfst auch mal für eine überschaubare Zeit Verantwortung übernehmen. Ich kümmer mich tagtäglich um ihn und ertrage seine Besonderheiten. Ich brauche eine Auszeit. Ich muss mal abschalten.«

Jetzt war es Gordon, der sich Zeit nahm, um diesen dicken Brocken zu schlucken. An Attacken gegen ihn hatte er sich in den letzten Monaten gewöhnt. Doch jetzt hatten ihre Äußerungen eine Dimension erreicht, die ihm einen Tiefschlag versetzten. Der Autismus des Jungen wurde ins Feld eines sich anbahnenden Rosenkrieges geführt. Er versuchte, seine Erregung in den Griff zu bekommen.

»Wie heißt der Kerl, der mich ersetzen soll und an Vaterstelle rückt? Keine Sorge, ich rücke ihm nicht auf die Pelle. Er kann ja nichts dazu, dass wir uns zoffen. Aber ich möchte schon gerne wissen, wem Jonas zukünftig folgen muss. Das ist doch wohl nicht zu viel verlangt. Oder?«

»Quid pro quo – du nimmst den Jungen bis Sonntagabend und ich kläre dich darüber auf, wer der Mann ist. Was hältst du davon?«

Denise machte das leise Lachen am anderen Ende der Leitung nicht nervös. Dazu kannte sie Gordon zu lange. Sie wartete ab. Die Antwort überraschte sie ebenfalls nicht.

»Hör zu, Denise. Ich bekomme den Namen von diesem Kerl auch ohne dich heraus. Du vergisst immer wieder, wo ich arbeite. Aber tausche niemals wieder das Wohl unseres Kindes gegen ein Pfand ein. Dann wirst du mich kennenlernen. Wenn Jonas sich weigert, euch zwei auf ein heißes Wochenende zu begleiten, kann ich das gut verstehen. Unterschätze niemals die feinen Sinne dieses besonderen Kindes. Seine Antennen sind sehr empfindlich und nehmen jede Störung in seinem Umfeld auf. Wenn er den Typen an deiner Seite nicht mag, sollte das auch für dich eine Warnung sein.«

»Ich brauche deine Lebensweisheiten nicht, da ich selbst auf mich aufpassen kann. Also, ein letztes Mal: ja oder nein?«

Die Pause zog sich wieder eine Weile hin, bis Denise die erlösenden Worte vernahm: »Bring mir den Jungen ins Präsidium. Ich nehme ihn dann mit zu mir. Aber bilde dir nicht ein, dass ich zukünftig den Kinderhort für dich spiele, wenn es bei euch juckt.«

Denise starrte auf das Telefon, aus dem nur noch das Freizeichen zu hören war. Erst als sie das Gerät ablegte, nahm sie John wahr, der wahrscheinlich das gesamte Gespräch mitbekommen hatte. Mit einem befreiten Jauchzer flog sie auf ihn zu und legte die Arme um ihn.

»Wenn wir wieder zurück sind, Liebes, möchte ich deinen Mann gerne einmal kennenlernen. Glaubst du, er willigt ein? Sagst du es Jonas? Wir müssen langsam los.«

»Aber sicher, John. Ich werde es zumindest versuchen.«

Denise musste erst ihren Puls beruhigen, als sie auf-
atmend vor der Tür zum Bad stand.

»Jonas? Hörst du mich? Papa hat gesagt, du darfst über
das Wochenende zu ihm kommen. Möchtest du? Er sagt, er
würde sich riesig darüber freuen. Komm raus, dann pack ich
dir ein paar Sachen ein.«

Denise und John mussten sich fast drei Minuten gedulden,
bis sich endlich die Tür öffnete und der Junge an ihnen
vorbeiging, ohne sie auch nur eines Blickes zu würdigen.
Gezielt eilte er zum Schrank und begann damit, Dinge in den
Koffer zu packen, die er für wichtig hielt. Obenauf entdeckte
Denise diesen Jeansanzug, den er in der letzten Zeit fast ausschließlich trug. Ein letztes Mal strichen seine Hände über
den Stoff, bevor er den Verschluss zuzog. Wortlos trug er
den Koffer zur Wohnungstür und blieb dort abwartend
stehen.

19

»Hi, Jonas. Schön, dich mal wieder zu sehen. Dein Vater sollte dich öfter mitbringen. Du hast so viele Tricks drauf mit dem Computer. Da werde ich sofort fitter an dieser Teufelsmaschine.«

Leonies Freude war echt, als sie den Jungen still neben Gordons Schreibtisch sitzen sah. Er las in einem Buch, das auf dem Umschlag ausschließlich kyrillische Schriftzeichen aufwies.

»Was liest du? Ist das Chinesisch?«

Ohne den Kopf anzuheben, antwortete Jonas so ausschweifend, wie man es von ihm gewohnt war.

»Russisch.«

»Ah, ja«, entfuhr es Leonie, wobei sie sich der Gesprächigkeit des Jungen anglich. Sie änderte die Taktik, um an den Burschen ranzukommen, indem sie eine Frischhaltedose öffnete, die noch einen Teil ihrer Tagesverpflegung beinhaltete. Als sie mit einem Stück ihres schon legendären Zitronenkuchens vor seiner Nase wedelte, hatte sie prompt die ungeteilte Aufmerksamkeit von Jonas ergattert. Mit einem kaum verständlichen DANKE nahm er ihr das Kuchenstück aus der Hand. Als Leonie mit einem пожалуйста antwortete, hob Jonas erstaunt den Kopf.

»Du kannst russisch?«

»Nein, nein, mein Freund. Lass dich nicht täuschen. Ich weiß nur, wie man Danke und Bitte ausspricht. Dann kann ich noch guten Tag und Prost. Damit ist aber auch schon Schluss. Du wirst mich sicher auslachen, weil du es viel besser kannst. Ist es nicht so?«

Zum ersten Mal seit vielen Jahren bemerkte Leonie ein kleines Lächeln auf dem ansonsten immer neutralen Gesicht des Jungen. Sie war stolz darauf, überhaupt eine Regung hervorgerufen zu haben. Drei zusammenhängende Worte aus seinem Mund waren ein Quantensprung in der Kommunikation mit ihm. Zufrieden mit sich und der Tatsache, dass ihm ihr Kuchen zu schmecken schien, wechselte sie wieder an ihren Schreibtisch und rief einige Dateien auf, die sie miteinander abgleichen wollte. Immer wieder murmelte sie vor sich hin, verwarf Vermutungen und suchte erneut. Erst als der Junge sprach, bemerkte sie, dass er schon eine Weile hinter ihr gestanden und sie beobachtet haben musste. Sein Finger wies auf einen Eintrag und kurze Zeit später auf einen anderen. Erst als Jonas eine Bemerkung dazu machte, fiel es auch ihr auf.

»Die Augen. Alle braun.«

Vier Worte, die aber von großer Bedeutung für Leonie waren. Der Junge hatte recht. Alle Opfer besaßen gemäß der Eintragung im Melderegister braune Augen. Das war ein nicht unwesentlicher Hinweis darauf, warum sich der Täter genau diese Frauen aussuchte. Sie drehte sich um und drückte dankbar die Hände des Jungen. Das Erstaunen in den Augen von Gordon Rabe, der in diesem Augenblick wieder den Raum betrat, war unübersehbar. Er grinste.

»Belästigt dich die Frau, Jonas? Ich bin entsetzt.«

Auch er bemerkte diesen Gesichtsausdruck bei Jonas, der Glücksgefühle in ihm auslöste. Noch nie hatte dieser Junge derart positiv auf jemanden reagiert. Emotionen waren ihm fremd. Die behandelnden Ärzte machten ihm in der Vergangenheit auch wenig Mut, dass sich das im weiteren Verlauf der Erkrankung jemals ändern würde. Nach ihren Erfahrungen war das Kind nicht dazu fähig, derartige Regungen zu zeigen, überhaupt Empathie zu entwickeln.

Leonie musste eine Bemerkung zurückhalten, als Gordon sich ihnen näherte und sich neben seinen Sohn stellte. Beide trugen den gleichen Jeansanzug und glichen sich ungemein, wenn man vom ungepflegten Bart und dem halblangen Haar des Vaters einmal absah. Um Jonas dem leibhaftigen Vater zuordnen zu können, bedurfte es keines Vaterschaftstests, das stand ihnen ins Gesicht geschrieben.

»Gibt es Neuigkeiten, Leonie?«

»Und ob es die gibt.« Stolz blickte sie auf Jonas, während sie weitersprach. »Deinem Sohn ist in Sekundenschnelle aufgefallen, dass alle Opfer die gleiche Augenfarbe besaßen. Ich finde, das ist ein Fortschritt. Es würde mich nicht wundern, wenn er gleich den Namen des Täters ausspuckt.«

Lachend wuselte sie gleichzeitig mit der Hand durch das Haar des Burschen, der das mit sich geschehen ließ. Seine Augen waren konzentriert auf die Listen gerichtet, die er zu studieren schien. Leonies Gedanken wichen vom Geschehen ab und zauberten auch ihr ein Lächeln auf das Gesicht.

Er verbeißt sich in diese Aufgabe, so wie es sein Vater bisher immer tat. Er würde bestimmt einmal einen guten Polizisten abgeben. Der Kleine denkt schon jetzt analytisch.

Jonas beugte sich nach vorne, um die Tastatur erreichen zu können. Mit wenigen Klicks holte er sich Rechercheergebnisse nach vorne und schien sie zu studieren. Fasziniert von seinem Interesse hielten sich Leonie und Gordon zurück, ließen ihn gewähren. Erstaunt sahen sie zu, wie Jonas mehrere Bereiche in den Dateien farbig kennzeichnete, sie gelb unterlegte. Aufmerksam verglichen sie die Angaben, die das Freizeitverhalten der Opfer betrafen. Beiden fiel die Übereinstimmung gleichzeitig auf und sie sahen erstaunt auf den Jungen, der sich wieder an Gordons Schreibtisch zurückgezogen hatte, um sein Russischbuch zu studieren.

»Ja, das könnte ein Ansatz sein, um die Verbindung zwischen ihnen herzustellen. Die Frauen sind alle in Social media unterwegs. Sie kommunizieren miteinander, ohne sich wirklich dessen bewusst zu sein. Hier steht, dass sie sich alle für Reisen interessieren und dafür Facebook-Gruppen besuchen. Ich werde mal prüfen, ob sie sich eventuell sogar in den gleichen Gruppen bewegen. Dann könnte es Kontakte gegeben haben. Stell dir einmal vor, dass die Familien womöglich auf gemeinsamen Reisen sogar sich und dazu noch ihren Mörder kennenlernten, ohne es zu wissen. Da tauscht man sich am Tisch, am Strand aus und verrät mehr über sich, als man eigentlich beabsichtigt hat. Eine Wissensquelle für jeden Kriminellen. Ich gehe der Sache mal nach.«

»Ein interessanter Ansatz«, meinte Gordon, »den wir überprüfen sollten. Finde heraus, wo die Familien in den letzten Jahren ihren Urlaub verbrachten. Ort, Hotel, Reiseportal ... da ist alles wichtig. Fragen wir die Männer. Die müssten doch ein berechtigtes Interesse daran haben, dass wir den Fall schnellstmöglich aufklären. Wer sitzt schon gerne in Untersuchungshaft?«

Leonie war aufgefallen, wie besorgt Gordon seinen Sohn betrachtete, der wieder den Ausdruck eines völlig Unbeteiligten im Gesicht hatte.

»Ist alles klar bei dir? Kommst du damit zurecht, wenn er das Wochenende bei dir verbringt? Du warst sicher nicht auf Kinderbesuch eingerichtet. Ich könnte dir helfen und etwas kochen. Mach ich gerne für euch. Habe sowieso keinen Plan für die langweiligen Tage. Also, was ist? Soll ich was einkaufen und nachher vorbeikommen?«

Leonie glaubte, dass für einen Augenblick der Blick des Jungen auf ihr ruhte. Als sie sich vergewissern wollte, war Jonas wieder in sein Buch vertieft. Kai, der die Frage von Leonie noch mitbekommen hatte und gerade das Büro betreten hatte, glaubte, sich einklinken zu müssen.

»Was höre ich da? Es gibt eine Party im Hause Rabe? Braucht ihr noch jemanden, der die Reste vertilgt? Ich komme gerne dazu, wenn ihr mir versprecht, dass wir eine Runde Monopoly spielen. Darin bin ich gut und rechne mir Chancen aus, zu gewinnen.«

Gordon war unsicher und riskierte einen Blick zu Jonas, der wieder dieses ungewohnte Lächeln zeigte. Leonie warf den Mantel über, als sie das Nicken ihres Chefs bemerkte. Sie fuhr ihren Rechner runter und rief beim Verlassen des Büros über die Schulter: »Bin um sechs bei euch. Macht euch keine falschen Hoffnungen. Es gibt kaum Fleisch. Gesundes Gemüse ist angesagt.«

20

Kai Wiesner spielte nachdenklich mit seinem Kugelschreiber, indem er ihn schnell mit zwei Fingern auf der Schreibtischplatte im Kreis drehte. Leonie, der man nachsagte, dass sie so schnell nicht aus der Ruhe zu bringen sei, hob den Blick und beobachtete den Kollegen besorgt. Nach vielen Jahren der Zusammenarbeit wusste sie, wann sich der Kollege in der Nachdenkphase befand und ob er sich mit einem Problem beschäftigte.

»Spuck`s aus, Kai! Wo drückt der Schuh?«

Kai zuckte zusammen und stoppte die Drehung des Schreibwerkzeugs.

»Ich kann es dir nicht erklären, aber diese Sprüche des Täters lassen mir keine Ruhe. Wir waren uns ja darüber im Klaren, dass es Abwandlungen von Bibelsprüchen sein könnten. Habe dazu einmal recherchiert. Zumindest annähernd kommen diese Verse in der Bibel vor. Allerdings gibt es da auch diverse Widersprüche. In Hiob 24:15; Sprüche 30:20 ist klar beschrieben, dass Ehebruch dann entsteht, wenn man außerhalb der Ehe sexuell aktiv ist. Hier unterscheidet die Bibel nicht zwischen Mann und Frau. Im 3. Buch Mose steht, dass der Ehebruch in Gottes Augen das Letzte wäre. Die Todesstrafe wartete sogar im alten Israel auf den Sünder. Auch Jesus machte in Matthäus 5:27 sehr deutlich, dass Ehebruch für Christen absolut tabu ist. Dagegen steht jedoch in der Apostelgeschichte 3:19, dass Gott den Menschen verzeiht, die ihr Tun bereuen und bereit sind, sich zu ändern. Ein Beispiel stellt König David dar, der mit der Frau eines Truppenführers fremdging. Er bereute und Gott verzieh ihm.«

Nur selten zuvor konnte man beobachten, dass Leonie mit aufgeklapptem Mund dasaß und fasziniert zuhörte.

»Wow. Ich denke, dass du deine Bibelfestigkeit bisher sehr gut geheim halten konntest. Ich bin beeindruckt. Hast du nachts nichts Besseres zu tun, als in der Heiligen Schrift zu blättern? Aber gut – was bedeutet das für unseren Fall? Du haust dir doch nicht umsonst die Nächte um die Ohren, wenn da nichts bei rumkommt. Dein Fazit bitte.«

»Nicht dass du glaubst, dass ich ein verklärter Anhänger der verkorksten Auslegungen der Bibel bin. Die spinnen in vielen Fällen. Stell dir das mal vor, wie es im Matthäusevangelium, Kapitel 5 Vers 28 heißt.« Kai las von einem Zettel ab, der direkt neben ihm lag. »Jeder der eine Frau ansieht, sie zu begehren, hat schon Ehebruch mit ihr begangen in seinem Herzen. Wüsste meine Frau davon, wäre ich schon tausendmal geschieden worden oder schlimmstenfalls tot.«

»Klar, ist das lächerlich. Aber was schließt du daraus?«

»Ich werde den Verdacht nicht los, dass unser Täter ein Anhänger der alten christlichen Thesen ist. Er duldet keine Untreue und bestraft sie so, wie einst das Volk Israel es tat. Allerdings vermute ich, dass es dazu einen Auslöser geben musste.«

»Wie stellst du dir das vor? Glaubst du wirklich ...?«

»Ja, Leonie. Ich glaube fest daran, dass der Täter einmal in einer Beziehung zu einer Frau stand, der er zu einhundert Prozent vertraute und schließlich das erleben musste, was ihn sozusagen in den Wahnsinn trieb. Er rächt sich nun an den Frauen, wobei es ihm scheißegal sein muss, ob sie sich schuldig machten oder nicht. Alle Frauen stehen jetzt stellvertretend für die, die ihn betrog.«

Erst jetzt bemerkten die beiden, dass Gordon Rabe mit Jonas das Zimmer betreten hatte und hinter ihnen mit dem Rücken an der Wand lehnte. Jonas hatte bereits auf leisen Sohlen Platz genommen. Ein leises Hüsteln von ihm ließ die beiden Ermittler herumfahren.

»Mensch, Gordon. Kannst du nicht mal so wie normale Menschen einen Raum betreten? Ich meine mit Krawumm oder einem Guten Morgen. Mir ist ja fast das Herz stehen geblieben. Hallo, Jonas. Gut geschlafen?«

Zumindest erhielt Leonie dieses seltene Lächeln, was sie schon als Fortschritt und einer Sympathiegeste seitens des sonst schweigenden Jungen wertete. Gordon allerdings kam näher und setzte sich auf den Besucherstuhl.

»Einen Teil der Ansprache habe ich mitbekommen und muss sagen, dass mir ähnliche Gedanken gekommen sind. Meiner Ansicht nach handelt es sich um einen Rachefeldzug für etwas, was der Täter niemals verzeihen kann und auch nicht will. Wenn man sich dann noch dieser Bibelthesen bedient, muss schon eine gewisse Beziehung zur Kirche oder einer religiösen Gruppierung vorhanden sein. Schon deshalb habe ich mir die Akten der drei Ehemänner durchgesehen. Hier ist allerdings nichts Auffälliges festzustellen. Ganz im

Gegenteil. Drei von denen verzichteten sogar auf den Segen der Kirche. Nur Scheidig stand mit seiner Frau vor dem Traualtar. Nun müssen wir im Umfeld der Paare intensiver nach Hinweisen suchen. Gleichzeitig müssen wir die Nachforschungen wegen der Urlaubsreisen vorantreiben. Lasst uns damit baldmöglich beginnen. Allerdings habe ich Jonas versprochen, nachher mit ihm ins Kino zu gehen. Und euch würde ich empfehlen, abzuschalten und das Wochenende einzuläuten. Es ist Samstagmittag und ihr habt mir gestern beim Essen versprochen, etwas zu unternehmen. Also los, raus hier.«

Als Gordon am Montagmorgen das Büro betrat, saßen Leonie und Kai schon über ihrer Arbeit. Gordon, der den prüfenden Blick der Kollegin spürte, wusste sofort, welche Frage ihr auf den Lippen brannte.

»Ja, Jonas ist wieder bei seiner Mutter. Die Frau treibt mich noch zum Wahnsinn. Jetzt hat die Dame schon ein ganzes Wochenende mit ihrem vermögenden Liebhaber in Paris verbringen dürfen und kommt mit übelster Laune wieder nach Hause. So wie ich das am Rande mitbekam, müssen sich die beiden wohl gezofft haben. Der Herr war geschäftlich unterwegs und konnte sich nur wenig um seine Herzallerliebste kümmern. Ich habe Denise mein tief empfundenes Mitgefühl ausgedrückt, bevor sie mich rausgeschmissen hat. Ihr schien mein Grinsen missfallen zu haben. Jetzt muss wohl dafür der Junge herhalten. Gut, dass Jonas so was gar nicht interessiert – glaube ich wenigstens. Was gibt es bei euch Neues?«

Nachdem die beiden Angesprochenen einen Blick gewechselt hatten, meinte Kai, das Wort ergreifen zu müssen.

»Die Vermutung mit den Reisen war gar nicht so weit weg. Die haben tatsächlich einmal die gleiche Destination angefahren. Im letzten Jahr haben sich die Stählers und Scheidigs im gleichen Hotel in Cala Figueras aufgehalten. Das war im Hotel Rocamar. Allerdings verpassten sie sich um eine Woche. Die anderen Pärchen sind dort aber noch nie abgestiegen. Doch auch da haben wir eine gemeinsame Adresse gefunden. Die Familie Meinert und die Heuraths sind Monate zuvor in Cala D`Or im Hotel Palia abgestiegen. Die zumindest könnten sich dort getroffen haben, da sie sich eine Woche überschnitten. Ich will die beiden Männer dazu befragen. Wäre sicherlich ein Zufall, aber wer weiß, vielleicht hängt das miteinander zusammen.«

»Und haben die alle bei einem Unternehmen gebucht?«, wollte Gordon wissen.

»Nein. Das habe ich als Erstes geprüft. Einer hat bei einem örtlichen Reisebüro, die anderen über ein Internetportal gebucht. Ich habe mir nun gedacht, dass ich besser vor Ort recherchiere. Die Recherche so Auge in Auge bringt meistens mehr. Seht ihr das nicht ebenso?«

»Das könnte dir so gefallen. Ich stelle mir das schon so vor. Kommissar Kai Wiesner als deutscher Ermittler wurde am Strand auf Mallorca wegen sexueller Belästigung von Urlauberinnen festgenommen. Er behauptet gegenüber den Verfolgungsbehörden, die Annäherungsversuche wären aus Recherchegründen notwendig geworden.« Leonie drehte sich jetzt dem Kollegen zu. »Mensch, du kleiner Casanova, du hast dir zu viele James-Bond-Filme angesehen. Wir machen das brav per Internet oder am Telefon. Gordon, sag du doch auch mal was dazu!«

Der Hauptkommissar hatte Mühe, sein Lachen zu unterdrücken.

»Wenn Auslandseinsätze vonnöten sind, wird dazu sowieso nur der verantwortliche Leiter eines Dezernates abgestellt. Somit hat sich eure Diskussion eh erledigt. Ich bin außerdem der Einzige unter uns, der Spanisch spricht. Noch Fragen?«

Leonie versuchte, einen triumphierenden Blick bei Kai loszuwerden, der jedoch bereits weiter auf seinem Monitor nach Informationen suchte. Gordon wollte sich seinem Schreibtisch zuwenden, als ihn Kais Frage aufhielt.

»Soll ich denn nun in den Hotels anrufen? Oder schicken wir den spanischen Kollegen ein schriftliches Ersuchen um Unterstützung? Vielleicht erinnert sich einer der Angestellten an besondere Vorkommnisse.«

Gordon überlegte nur einen Moment, bevor er reagierte.

»Ich könnte mir vorstellen, dass die Hotelleitungen nicht allzu gerne Auskünfte an deutsche Behörden rausgeben. Sie möchten schließlich ihre Gäste nicht kompromittieren. Lasst uns einen Fragenkatalog erstellen und den an die spanischen Kollegen rausschicken. Könnte meiner Meinung nach besser klappen. Notfalls können die uns Telefonnummern zur Nachbearbeitung rausgeben.«

21

Das Flussufer war gesäumt von Mangroven und seichten Flächen, die zum Verweilen einluden, zumal die Mittagshitze unerträglich über dem tropischen Regenwald lag. Das Pärchen trat aus der Deckung des Waldes heraus und genoss den etwas kühlenden Wind des Flusses, der träge dahinfloss. Ab und zu entstand ein mehr oder weniger starker Wasserwirbel, wenn ein Fisch oder ein Krokodil an die Oberfläche kam. Die meisten dieser Echsen lagen jedoch faul im Schatten oder hatten sich auf den Grund des Flusses verzogen. Ausgelassen umarmte der Mann die Partnerin und versuchte, sie mit auf die Sandfläche zu ziehen, auf der er sich von der gemeinsamen, anstrengenden Wanderung erholen wollte.

»Komm, Schatz, wir sollten zumindest mal die Füße ins Wasser tauchen, damit wir uns erfrischen können. Der Weg zum Camp ist noch weit. Stell dich nicht so an. Das ist völlig ungefährlich. Die Viecher sind viel zu faul, um uns anzugreifen. Und wenn ja, sind wir ruckzuck wieder im Wald.«

Sie klammerte sich lachend an eine Liane und löste ihre Hand aus seiner.

»Nein. Ich bleibe hier im Schatten der Bäume. Geh nur, ich warte hier in sicherer Entfernung. Einer von uns muss in Sicherheit bleiben, um Hilfe holen zu können.«

Die junge Frau setzte sich auf einen abgeknickten Baumstamm und verfolgte, immer noch lachend hinter ihrem Freund herwinkend den Abstieg des Mannes zur Sandbank.

»Du weißt ja gar nicht, was du versäumst, Schatz.«

Obwohl seine Füße schon nach wenigen Metern tief in den Sand eintauchten, ignorierte der junge Mann die sich anbahnende Gefahr. Er hatte die halbe Strecke zum Fluss mit großer Anstrengung geschafft, als der Treibsand ihn plötzlich bis zur Hüfte einschloss. Er drohte sogar vornüber zu fallen, ruderte deshalb verzweifelt mit den Armen. Sein Blick ging zurück zum Waldrand, an dem die junge Frau eifrig damit beschäftigt war, ihren Rucksack zu durchsuchen. Die Hilferufe schallten über das weitläufige Gelände und veranlassten die Frau, ihren Partner bei den Befreiungsversuchen zu beobachten. Sie fand endlich die Sonnenbrille, die sie in aller Seelenruhe mit ihrem Taschentuch säuberte.

»Verdammt, sitz nicht nur da rum. Schnapp dir einen langen Ast und hol mich hier raus. Der Sand lässt mich nicht mehr los. Komm her, bevor ich noch Besuch von den verdammten Echsen bekomme!«

Als hätte er den possierlichen Tierchen damit ein Signal gesendet, bewegte sich das am nächsten liegende Krokodil auf ihn zu. Der Blick des Mannes irrte nun zwischen dem herannahenden Raubtier und seiner Partnerin hin und her. Er konnte es nicht fassen, dass sie dort regungslos saß und das Geschehen mit einem gefährlichen Lächeln beobachtete. Sie machte nicht die geringsten Anstalten, ihm zu Hilfe zu eilen. Sie schien diese Situation sogar zu genießen. Seine Augen weiteten sich ungläubig, als ein Fremder aus dem Schatten eines Baumes heraustrat und die junge Frau auf den Hals küsste. Verzückt streckte sie sich ihm entgegen und legte ihre Arme um seinen Hals. Ihr helles Lachen klang bis zu dem um sein Leben kämpfenden Mann am Ufer hinunter. Er musste gegen die Lähmung ankämpfen, die sich in seiner Todesangst in ihm ausbreitete. Er konnte einfach nicht glauben, was er gerade erlebte. Die Frau, die er über alles liebte, genoss in den Armen eines anderen seinen möglichen Tod. Die Echse hatte zwischenzeitlich Gesellschaft bekommen. Drei Krokodile hatten den Mann eingekreist und damit jeden Zweifel ausgeräumt, wie dieser ungleiche Kampf ausgehen würde. Das erste Tier öffnete sein massiges Maul und schnappte zu.

Mit einem wilden Schrei schoss der Mann hoch und versuchte, seinen Atem wieder unter Kontrolle zu bekommen. Schweißüberströmt krallte er die Hände in die Decke, die ihn nachts vor der eindringenden Kälte des Vorgartens schützen sollte. Er hasste diese Träume, die ihn Nacht für Nacht an den Augenblick erinnerten, als sie ihm mitteilte, dass sie ihn verlassen würde. Die Angst des Traumes verließ ihn schnell und wechselte über zu abgrundtiefem Hass. Seine Gesichtszüge wurden hart und unnachgiebig. Die Knöchel seiner Fäuste traten weiß hervor und zeigten überdeutlich, wie sehr ihn plötzlich Rachegefühle erfüllten.

Du dreckige Schlampe. Das schaffst du nicht, mich umzubringen. Ich werde dir nicht in die Hölle folgen, in der du für deinen Verrat verrottest. Deine Strafe hast du bereits erhalten und dein dreckiger Beschäler ebenfalls. Ihr alle werdet leiden, so wie ich gelitten habe. Ja, selbst wenn du mich jede Nacht mit deiner Trennung quälst, werden eure Qualen schlimmer sein – das verspreche ich euch.

Energisch warf der Mann die Decke weit von sich und stellte sich nackt an das weit geöffnete Fenster. Der mit Müll übersäte Vorgarten lag um diese Zeit noch in völliger Dunkelheit. Nur das Licht einer an der Straße stehenden Laterne beleuchtete den verschwitzten Körper des Mannes, ließ schwach das große Tattoo auf dessen Brust erkennen. Immer wieder fuhren seine Fingernägel über diesen großen Apfel, der von einer Schlange umschlungen wurde. Blutige Streifen blieben zurück, als er zurücktrat und das Fenster schloss.

Wieder flackerten die Kerzen, als er das Bild zurückfahren ließ, um das Regal mit den Gläsern zu betrachten. Eines, in dem er nur ein einzelnes Augenpaar aufbewahrte, hob er vorsichtig aus dem Regal und stellte es auf dem einzigen Tisch im Raum ab. Lange saß er auf dem Stuhl davor und stierte in die Flüssigkeit, die das Augenpaar umhüllte und vor dem Verderben bewahrte. Einzelne blutige Fäden zeugten noch davon, dass diese Augen einst eine Verbindung schufen zu einem menschlichen Gehirn. Sie sendeten Signale, die zu Bildern geformt wurden. Einst sahen sie ihn, sahen Opferbereitschaft und Liebe, die er bereit war, zu geben. Sie wollte irgendwann auf diese Liebe verzichten, brauchte also ihre Augen nicht mehr. Er hatte sie bestraft, so wie Gott es ihm befohlen hatte. Alle sollten sie diese Strafe erhalten, die ihr Aussehen, ihre Augen besaßen. Jeder auf dieser Erde hatte seine Aufgabe zu erfüllen. Seine wurde vom Herrn klar definiert. Seine Lippen formten leise beginnend die Worte, jedoch immer lauter werdend: »Warum nur hat dich diese Maßlosigkeit übermannt? War ich dir nicht genug? Du siehst, wohin uns das geführt hat. Der Herr hat

135

bestimmt, dass wir einander die Treue halten, da sonst das Feuer des Verderbens über uns kommt. Der Satan darf niemals die Macht über unsere Liebe erhalten. Hörst du? In keinem Augenblick dürfen wir der Versuchung erliegen, die das Böse für uns bereithält. Ich habe dir alles gegeben, mein Leben, meine Liebe – du hast alles in den Schmutz gezerrt, bist der Verführung des Satans erlegen. Ich konnte dir das nicht verzeihen. Es war eine Todsünde.«

Die Hände des Mannes legten sich um das Glas, drohten, es zu zerquetschen. Seine fiebrigen Augen suchten den Blick der toten Augen, die ihn aus dem Glas heraus anzusehen schienen. Plötzlich liefen Tränen über das verzerrte Gesicht.

»Ich habe dich doch so sehr geliebt. Für dich hätte ich mein Leben gegeben, nur um deines zu retten. Du hast meine Liebe mit Schmutz beworfen. Das war eine große Sünde. Verstehst du? Es war eine Sünde. Irgendwann werden wir wieder vereint sein. Doch bis dahin wirst du in Keuschheit leben. Dein Körper wird eines schönen Tages wieder nur mir gehören. Ich spüre, dass es bald so sein wird.«

Wild schlug er mit der Stirn auf die Tischplatte, sodass das Dröhnen durch alle Räume lief. Niemand in diesem verlassenen Haus würde jemals erfahren, welches Geheimnis es beherbergte. So war der Plan.

22

»Seit wann sprichst du denn spanisch, Kai?«

Leonie, die gerade erst den Raum betreten hatte und mitbekommen hatte, dass sich ihr Kollege am Telefon von jemandem mit einem *detente de nuevo* verabschiedete, wirkte erstaunt.

»Kann ich gar nicht. Ich habe nur nachgequatscht, was der Kollege mir am Ende wünschte. Ich glaube, das heißt so viel wie auf Wiederhören. Egal, den Rest hat er auf Deutsch geliefert. Da müsste gleich was über das Fax reinkommen. Der kennt sich mit E-Mail und so weiter nicht besonders aus.«

Leonie, die in der Nähe des Gerätes stand, wartete einen Moment, bis auch das letzte Blatt ausgedruckt war. Sie überflog die Informationen und reichte sie anschließend Kai, der sich besonders für eine Namenliste interessierte.

»Gibt es denn wenigstens etwas Erfreuliches von der deutschen Kolonie zu berichten? Schließlich haben die sich zwei Tage Zeit dafür gelassen.«

Leonie kramte die beiden Tupperdosen aus ihrer Tasche, in der sie meistens Obst und Gemüsesticks für den Tag aufbewahrte. Mit einem müden Hallo erwiderten sie beide den Gruß des Vorgesetzten, der ebenfalls den Weg ins Büro

137

gefunden hatte. Kai ließ sich Zeit, bevor er auf Leonies Frage eine Antwort lieferte. Er gab noch diverse Namen in eine Datenbank ein, um deren Personaldaten anzufordern. Dann endlich sah er auf und lehnte sich zurück.

»Die spanischen Kollegen haben sich zumindest Mühe gegeben, mögliche Verdachtsmomente zu hinterfragen. Es war nicht einfach, wie sie mir sagten. Schließlich sind die Hotels gut besucht und da kann man sich schlecht an einzelne Gäste aus dem letzten Jahr erinnern. Selbst die Fotos, die wir ihnen zugeschickt haben, halfen da nicht weiter. Die Hotelleitungen konnten lediglich bestätigen, dass die Leute tatsächlich zu den Buchungsterminen im Haus weilten. Man hat uns Namenlisten der damals Beschäftigten zugesagt. Und die haben wir soeben erhalten. Sollten wir noch Fragen haben, dürfen wir die Leute selbst anrufen. Ich lass gerade die Namen durch das System laufen. Möglich, dass alte Bekannte darunter sind.«

Kaum dass er das ausgesprochen hatte, signalisierte ihm der Rechner, dass er die Suche beendet hatte. Enttäuscht betrachtete Kai das Ergebnis und wollte die Seite bereits schließen, als ihm eine Idee kam, die, ohne dass er es zu diesem Zeitpunkt wissen konnte, noch der Schlüssel zur Lösung des Falles sein sollte.

Es war bereits Mittagszeit und Leonie checkte auf einem Stück Paprika kauend ihre E-Mails, als Kai sie heranwinkte und sogar Gordon Rabe ein Zeichen gab.

»Das ist interessant. Ich habe die Namen der spanischen Beschäftigten aus den Hotels in die Datenbank von Interpol eingegeben. Die haben tatsächlich eine Auffälligkeit entdeckt. Ich erhalte hier Informationen über einen gewissen Pablo Martinez Gomez, dessen derzeitiger Aufenthaltsort allerdings nicht benannt werden kann. Hier steht, dass er schon seit vielen Jahren als Animateur arbeitet und lediglich bei seinen Eltern in Barcelona gemeldet ist. Der Mann heuert nach Belieben bei irgendwelchen Hotels weltweit an und taucht wieder unter, wenn dort die Saison endet.«

Gordon war näher herangetreten und überflog die Listen der beiden Hotels, die man ins Auge gefasst hatte. Sein Finger blieb an einer Stelle liegen.

»Na, das ist mal wirklich ein Treffer. Der Name taucht in beiden Listen auf. Das bedeutet, dass der Mann unsere Pärchen kennengelernt haben könnte. Zeig mir mal, warum dieser Martinez bei Interpol auftaucht. Da muss doch was passiert sein.«

Kai scrollte nach unten, bis er die Information erhielt, die alle aufhorchen ließ.

»Die hatten Interesse an ihm, weil es einen Vermisstenfall innerhalb der Familie gab. Dieser Martinez war verheiratet. Im Februar vor zwei Jahren meldete er seine Frau Ines, übrigens ebenfalls eine spanische Staatsbürgerin, als vermisst. Zu der Zeit war er in Frankreich beschäftigt. So wie es hier steht, fand man sechs Monate später durch Zufall eine Feuerstelle im Wald an der französisch-belgischen Grenze, in der noch Knochenreste einer männlichen Person entdeckt wurden. Kleidungsstücke der vermissten Frau wurden ebenfalls in der Nähe gefunden. Es handelte sich nach Feststellung der DNA bei dem Toten eindeutig um einen früheren Nachbarn der Familie Martinez Gomez. Pablo konnte nichts

bewiesen werden, da er für alle infrage kommenden Zeit-
räume ein Alibi besaß. Die Polizei schloss damals die Akten,
da ein Schuldiger nicht zu ermitteln war. Seltsam ist das
schon.«

»Das kann man wohl sagen«, ergänzte Gordon und
machte sich gleichzeitig Notizen. »Bitte drucke uns das Foto
aus. Wir sollten es unbedingt den beiden Männern vorlegen,
die nach deren Aussage von einem Fremden angequatscht
wurden. Vielleicht haben wir Glück und die identifizieren
den Kerl anhand des Fotos. Warum sollten wir nicht auch
mal Glück haben.«

»Nein. Den habe ich noch nie gesehen. Der Typ, den ich traf,
war dunkelblond und ohne Bart. Dieser Südländer wär mir
bestimmt im Gedächtnis geblieben. Wer soll das sein?«

»Das kann ich Ihnen zum jetzigen Zeitpunkt nicht sagen,
Herr Stähler. Wir sammeln noch Informationen und lassen
dabei Ihre Aussage nicht außer Acht, was diesen Fremden
im Lokal betrifft.« Gordon forschte im Gesicht des Gefangenen nach Regungen. »Es ist nicht so, dass wir Ihre Aussage
anzweifeln, zumal seine Anwesenheit vom Wirt bestätigt
wurde. Was uns fehlt, ist der Gesprächsinhalt. Sie werden
zugeben müssen, dass die Geschichte schon recht seltsam
klingt. Gut, wir werden dem Wirt das Foto ebenfalls vorlegen. Sie hören von uns.«

Tobias Stähler war es anzumerken, dass er enttäuscht war.
Er hatte sich vom Besuch des ermittelnden Hauptkommissars Fortschritte erhofft, die seine Aussage hätten bestätigen
können. Seine Anklage wegen Totschlags hatte weiterhin

Bestand. Doch der Mordvorwurf wäre erst vom Tisch, würde man den Dreckskerl finden, der Sybille das angetan hatte.

»Mein Anwalt meint, dass mir der Mord an Sybille nicht nachzuweisen ist. Glauben Sie wirklich, dass ich meine Frau anschließend ...? Ich meine, ich habe sie doch geliebt und hätte sie niemals ...«

»Bitte erwarten Sie von mir keine abschließende Beurteilung, zumal wir erst am Anfang der Ermittlungen stehen. Ein Urteil fällt das Gericht, Herr Stähler. Wir tragen nur die Beweise zusammen, damit der Richter zu einem gerechten Urteil gelangen kann. Gehen Sie davon aus, dass wir in alle Richtungen ermitteln. Diese Gewalt gegenüber Ihrer Frau war unzweifelhaft eine Straftat und wird entsprechend gesühnt. Ob Ihnen geplanter Mord nachgewiesen werden kann, entzieht sich meiner Kenntnis. Ich mache nur meinen Job. Dazu gehört, den Schuldigen dingfest zu machen, Beweise zu sammeln und ihn seiner gerechten Strafe zuzuführen. Wenn es diesen Fremden wirklich gibt, dann finde ich den – das verspreche ich Ihnen. Aber ohne Strafe kommen Sie nicht davon.«

Gordon Rabe blickte dem Gefangenen nachdenklich nach, der nun von dem ebenfalls anwesenden Justizvollzugsbeamten zurück in seine Zelle geführt wurde. Stähler drehte sich noch ein letztes Mal um und strahlte in diesem Moment wieder mehr Hoffnung aus.

»Glauben Sie mir, Herr Hauptkommissar, wenn ich Ihnen versichere, dass ich mein Leben für das von Sybille hergeben würde? Das hat sie nicht verdient. Ich werde die Strafe auf mich nehmen. Doch finden Sie bitte den Mörder. Ich werde erst wieder frei atmen können, wenn das Schwein bestraft wurde. Ich werde für den Rest meines Lebens darunter leiden, was ich dieser Frau angetan habe.«

Gordon ließ dieses Statement unbeantwortet, nickte nur. Er glaubte, zu wissen, was es für diesen Mann bedeutete, seine Frau auf solche Art verloren zu haben.

23

Noch lange wirkten Stählers Bemerkungen bei Gordon nach. Er glaubte dem Mann, zumindest was die Reue betraf. Allerdings waren sie mit Sicht auf diesen Martinez Gomez nicht einen Schritt weitergekommen. Er hoffte, dass die Kollegen in der Zwischenzeit mehr über diesen Animateur herausgefunden hatten. Die Enttäuschung war entsprechend groß, als sie auf seine Frage den Kopf schüttelten.

»Verdammt, ein Mensch kann sich doch nicht einfach so in Luft auflösen. Der Kerl muss doch von irgendwas leben.«

Gordon war ungewöhnlich erregt, was bei ihm nur selten vorkam. Die Geschichte schien ihn, zumindest nach Leonies Empfinden stark zu beschäftigen. Sie sah jetzt die beste Gelegenheit, mit ihrem Wissen zu prahlen.

»In den letzten Stunden habe ich mich einmal mit der Tradition beschäftigt, wie Namen in verschiedenen Ländern behandelt, wie sie vergeben werden. Dabei fiel mir auf, dass es gerade in Spanien eine Besonderheit gibt. Oft setzt sich der Nachname aus zwei Anteilen zusammen. Es war immer eine Tradition, dass der Familienname als Erstes den Nachnamen des Vaters, erst danach den ersten Nachnamen der Mutter enthält. Doch seit 1999 dürfen diese Teile getauscht werden. Wir suchen nach einem Pablo Martinez Gomez. Es kann doch sein, dass der Mann nur unter seinem Namen väterlicherseits, also Martinez irgendwo gemeldet ist. Das Gleiche habe ich mit Gomez versucht. Interpol führt ihn aus welchen Gründen auch immer nur unter Martinez Gomez. Ich habe mal die möglichen Varianten, also auch Gomez Martinez in die Datenbank eingegeben. Und siehe da, der Kollege Zufall hat mir geholfen. Ich habe eine kleine Auswahl gefunden, die wir unbedingt näher betrachten sollten. Ich habe mir die Adressen von Männern ausgedruckt, die Gomez, Martinez oder Gomez Martinez heißen. Jetzt berücksichtigte ich, dass die Morde hier im Ruhrgebiet passierten. Folglich sollte der Gesuchte auch hier zu finden sein. Meinen Kreis habe ich bei fünfzig Kilometer gezogen. Da bleiben uns nur noch vier Kandidaten. Das ist doch kurzfristig machbar, die aufzusuchen und zu befragen.«

Kai hatte interessiert zugehört und schloss eine Frage an.

»Taucht denn einer von denen mit einem Vorstrafenregister auf?«

»Nein«, antwortete Leonie spontan, »aber das muss nichts bedeuten. Es kann sich ohne Weiteres um einen Täter handeln, der schon eine blutige Spur gezogen hat, dennoch bisher nicht auffiel. Das erleben wir ja nicht zum ersten Mal. Übrigens ist der Fall Pablo Martinez Gomez hier nicht aktenkundig, weil seine Frau im Heimatland verschwand.«

Gordon nahm sich die Liste zur Hand und betrachtete sich die Bilder der Kandidaten. Nachdenklich schüttelte er den Kopf.

»Bei zwei von denen existiert aber auch nicht die entfernteste Ähnlichkeit mit dem Typen aus der Interpolliste. Bei den beiden anderen besteht eine leichte Ähnlichkeit. Aber ich muss zugeben, dass ich immer leichte Probleme damit habe, ausländische Bürger auseinanderzuhalten. Die sehen für mich alle gleich aus. Ich sortiere da höchstens nach Hautfarbe oder Augenform. Aber wenn mir jemand sagt, ich soll Chinesen und Koreaner unterscheiden, bin ich aus der Nummer raus. Lasst uns die Sache angehen. Ihr zwei nehmt euch die ersten beiden, ich übernehme die anderen.«

Das Klingeln schallte durch das Treppenhaus und vermittelte Gordon zumindest die Klarheit, dass die Anlage funktionierte. Bei Pablo Martinez hatte er bereits vergeblich geschellt. Nur sehr leise vernahm der Hauptkommissar den Türdrücker und lehnte sich gegen die schwere Holztür. In der ersten Etage öffnete sich eine Tür nur einen Spalt. Die beiden Augen, die ängstlich durch den Schlitz den Besucher musterten, gehörten zu einer älteren Dame, die sich den grellbunten Kittel am Hals zusammendrückte.

»Gehen Sie weg, ich kenne Sie nicht. Wohin wollen Sie denn?«

Als Gordon seinen Ausweis zückte und ihn wortlos hochhielt, schüttelte die Dame den Kopf und keifte weiter.

»Ich kann nicht lesen, was Sie mir da vors Gesicht halten. Was soll das sein? Ich mache die Tür nicht weiter auf. Und wenn Sie frech werden, schrei ich das ganze Haus zusammen.«

Obwohl Gordon der Ärger über diesen Empfang nervte, versuchte er dennoch, gute Miene zum bösen Spiel zu machen. Er steckte den Ausweis wieder ein und versuchte es mit klärenden Worten.

»Sie müssen sich keine Sorgen machen, gute Frau. Ich bin Hauptkommissar und möchte Sie nur um eine Auskunft bitten. Es betrifft Ihren Nachbarn. Darf ich Sie was fragen?«

Statt einer Antwort betrachtete ihn die Dame von oben bis unten. Irgendwann öffnete sich ihr zahnloser Mund wieder und Gordon erhielt eine Gegenfrage.

»Wo haben Sie denn Ihre Knarre? Das mit der Polizei kann ja jeder behaupten. Zeigen Sie mal her. Sie glauben nicht, wer sich hier alles rumtreiben tut und uns alte Leute bescheißen will. Also?«

Gordon gab auf und öffnete seine Jacke, damit Frau Grümmel-Schäfer, so stand es zumindest auf dem Klingelschild, seine Dienstwaffe im Schulterholster begutachten konnte. Erst jetzt öffnete sie die Tür weiter, sodass Gordon die Frau in ihrer gesamten Schönheit betrachten konnte. Er musste ein Lachen verkneifen, als er die Plüschpantoffeln erkannte, auf deren Spitze zwei Löwenköpfe zu erkennen waren. Zwei dürre Beine endeten darin und lenkten von den Lockenwicklern ab, die irgendwann einmal dem grauen Haar eine Struktur verleihen würden.

»Was ist denn nun? Wen suchen Sie überhaupt?«

»Über Ihnen müsste ein Herr Pablo Martinez wohnen. Haben Sie ihn in der letzten Zeit einmal ...?«

Frau Grümmel-Schäfer ließ Gordon nicht ausreden und trat nun vollends aus der sicheren Zone ihrer Diele heraus auf den Flur. Dass sich dabei ihr Kittel öffnete und den Blick auf das fleischfarbige Nachthemd preisgab, schien sie nicht mehr zu stören. Sie hatte endlich den Faden aufgenommen, dem Polizisten reinen Wein über den Kerl über sich einschenken zu können.

»Na, den werden Sie wohl hier vergebens suchen. Der hat schon vor mindestens zwei Monaten seine Klamotten gepackt und ist ausgezogen. Soll ich Ihnen mal was sagen?« Als Gordon nicht antwortete, fuhr sie fort. »Ich bin froh, dass der Dreckskerl endlich da raus ist. Der war richtig unheimlich, kann ich Ihnen sagen. Wenn man den auf der Treppe traf, hat der nicht ein Wort gesprochen. Nicht mal die Tageszeit konnte der sagen. Aber eines konnte dieses perverse Schwein immer gut.«

Frau Grümmel-Schäfer trat näher heran und eröffnete das große Geheimnis im Flüsterton.

»Der Saukerl versuchte immer wieder, mir in den Ausschnitt zu schielen. Aber da war er bei mir an die Falsche geraten. Dem habe ich ganz schön Bescheid gegeben. Einmal hat er sogar ...«

Schon lange hatte Gordon sich zurückgehalten – jetzt aber unterbrach er die alte Dame jedoch energisch, bevor er noch Beweise eines tätlichen Angriffs durch den Nachbarn bei Frau Grümmel-Schäfer begutachten musste.

»Sie wissen wohl nicht zufällig, wohin der Mann gezogen ist? Wir haben bisher nur diese Meldeadresse.«

»Nee. Glauben Sie denn, ich frage diesen Perversling danach? Hinterher glaubt der noch, dass ich scharf auf ihn bin. Ich habe nur gesehen, dass er die Möbel auf seinen Lkw geladen hat und weg war der. Dem Himmel sei Dank.«

»Sie sagten, dass er die Möbel auf seinen Lkw lud. Fuhr er den denn des Öfteren oder hat der sich den geliehen?«

»Ich denke, Sie sind von der Polizei, junger Mann. Das müssen Sie doch eigentlich wissen. Diesen großen Kasten hat der Kerl immer genau vor mein Fenster abgestellt. Das

147

war pure Absicht, sage ich Ihnen. Der wollte doch nur, dass ich nicht auf die Straße schauen konnte. Aber manchmal war der Scheißer ja auch einige Tage weg, sozusagen auf Tour. Dann hat man hier endlich ruhig schlafen können. Ich musste dann keine Angst mehr davor haben, dass der plötzlich nachts in meinem Schlafzimmer auftauchen tut.«

Hauptkommissar Rabe war an der Grenze des Belastbaren angelangt und stellte die abschließende Frage an die Frau, die jetzt sehr angriffslustig vor ihm stand. Zwei Lockenwickler hatten sich zwischenzeitlich aus dem Haar gelöst, die sie verärgert in die Kitteltasche stopfte.

»Sie sagten, dass Herr Martinez mit dem Lkw losfuhr. Glauben Sie, dass er das beruflich machte, also Kraftfahrer war? Können Sie den Wagen etwas genauer beschreiben?«

»Natürlich war der Kraftfahrer. Da stand ja auch ganz groß Spedition drauf.«

»Mehr nicht, Frau Grümmel-Schäfer? Können Sie sich daran erinnern, welche Spedition das war und welche Farbe der Wagen hatte?«

Die Dame sah zu Gordon hoch, als würde sie an seinem Verstand zweifeln.

»Natürlich, junger Mann. Die Firma hieß Spedition. Das sagte ich doch schon und die Farbe – ja, die Farbe – warten Sie mal. Ich glaube, das war schwarz, nein, es war dunkelrot. Sehen Sie, so wie hier in meinem Kittel. Sehen Sie?«

Gordon starrte auf den Punkt, auf den ihre dürren Finger verwiesen.

»Das ist Kaiserblau, Frau Grümmel-Schäfer. Aber trotzdem, vielen Dank für Ihre Hilfe. Sie haben uns sehr geholfen.«

Doch so einfach kam Gordon Rabe nicht davon. Zehn knochige Finger krallten sich in seinen Ärmel und zerrten ihn zurück.

»Was hat das Schwein denn angestellt? Mir können Sie es ja sagen – das erfährt hier niemand. Ich schweige wie ein Grab.«

Jetzt war es der Hauptkommissar, der sich hinunterbeugte und flüsterte.

»Sie müssen mir wirklich versprechen, dass es nur unter uns bleibt.«

Gordon warf einen Blick hinauf ins Treppenhaus und trat wieder an die ältere Dame heran, die vor Sensationslust zitterte.

»Der soll angeblich Senioren zu Verkaufsveranstaltungen gefahren haben und denen auf der Fahrt dorthin die Schuhe geklaut haben. Die bekamen sie erst wieder zurück, wenn sie ein teures Topfset gekauft hatten. Das müssen Sie sich mal vorstellen.«

Gordon wandte sich an der Haustür noch ein letztes Mal um und betrachtete die schockierte Zeugin, die noch immer vor lauter Entsetzen die Hand vor den Mund gepresst hielt. Draußen atmete er befreit auf und setzte sich ins Auto.

24

Niemandem fiel der schwarze Lkw auf, der mit offener Ladeklappe vor dem einsam stehenden verfallenen Haus parkte. Dieser Umstand kam dem Mann, der sich den Sack über die Schulter geworfen hatte und damit im Haus verschwand, sehr entgegen. Mit der freien Hand hatte er die Fahrzeugtür zugeworfen. Nun lag alles wieder in völliger Stille da, nur vom monotonen Geräusch des prasselnden Regens untermalt. Efeu hatte das Haus mit den Jahren komplett umhüllt und war in das Mauerwerk eingewachsen. Es ließ das Regenwasser abtropfen und unterdrückte jegliches Geräusch, das aus dem Haus nach draußen gelangen wollte. Auch wenn es so gewesen wäre, hätte es in diesem einsamen Umfeld niemand gehört. Das Haus wurde allgemein von den Nachbarn gemieden, da man der Überzeugung war, dass es hier spuken würde. Nur früher wagten sich unternehmungslustige, pubertierende Jugendliche ab und zu in die unteren Räume, um dort die ersten Liebesspiele zu proben. Nachdem jedoch vor Jahren ein Mädchen aus dem Ortsteil verschwand, mied man das Geisterhaus, ohne dass es jemals in irgendeine Beziehung zur Tat gebracht werden konnte. Es gab Stimmen, die behaupteten sogar, dort des Nachts flackerndes Licht bemerkt zu haben. Eine Bürgerinitiative setzte sich dafür ein, dass dieses Gemäuer endlich dem Abbruchhammer zum Opfer fallen sollte. Der Eigentümer jedoch besaß dazu nicht das nötige Geld. Also lebte man mit der Ruine und mied die Wege am Haus entlang.

Als würde es sich um einen gebrauchten Teppich handeln, warf der Mann den grauen Müllbeutel auf den Boden und ließ sich in einen bequemen, aber verschmutzten Ohrensessel fallen. Die Füße weit von sich gestreckt stierte er an die Decke und lauschte in die Stille hinein, die immer wieder von einem leisen Stöhnen unterbrochen wurde. Minutenlang genoss er die Ruhe, bis er bereit war zu einer Zeremonie, die den Tag beschließen sollte. Die Hauptperson war soeben eingetroffen, was ihn in eine besondere Stimmung versetzte. Nach und nach zündete er Kerzen an, die er an festgelegten Punkten im Raum aufstellte. Da war es wieder, dieses flackernde Leuchten, das nur schwach durch die schweren Vorhänge nach draußen drang.

Niemand hätte wohl überzeugend erklären können, ob die Töne, die kurz danach durch den Raum klangen, wirklich als Musik zu bezeichnen gewesen wären. Tonfolgen, die mehr an ein Schaben und Krächzen erinnerten, klangen, als kämen sie aus einer fremden Welt. Sie zerrten an den Nerven der Person, die vergeblich versuchte, sich in dem engen Müllbeutel von den Fesseln zu befreien. Die Schritte des Mannes waren auf dem Teppich kaum zu hören, eher waren die Erschütterungen spürbar. Gleichzeitig drang ein metallisches Klappern an die jetzt sensibilisierten Ohren der jungen Frau, die das Entsetzen, diese animalische Angst in sich aufsteigen spürte. Dass sie zum Spielball eines perversen Vergewaltigers werden sollte, war ihr längst klar geworden. Sie war dem gut aussehenden Fremden aus einem Gefühl der Einsamkeit sofort verfallen. Schon Monate zuvor musste sie die Trennung von Ralf verarbeiten, der sich einer anderen Frau zugewandt hatte. Endlich hatte sie dem inneren Drang nachgegeben, ihr Leben wieder auf stabile Beine zu stellen, sich auf ein erotisches Abenteuer einzulassen. Der Mann, der sich zu ihr an die Theke setzte, überzeugte durch seine angenehme Art, sich zu artikulieren, sich zu bewegen. Der Tanz mit ihm war schon der halbe Sex. Sie war ihm verfallen. Als sich plötzlich dieses Unwohlsein, diese Müdigkeit in ihr ausbreitete, war sie dankbar dafür, dass er sie nach Hause fahren wollte. Als sie die Handfesseln spürte, schlug die Begeisterung für den Mann in pure Angst um.

Stephanie lauschte angestrengt, um sich ein Bild von dem machen zu können, was sie erwarten würde. Ihr Vorstellungsvermögen reichte dazu allerdings nicht aus. Als sich eine Messerklinge durch die Plastikhülle zog, schloss sie die Augen, da sie gleißendes Licht erwartete. Doch die Schatten, die das Kerzenlicht an die Wände projizierten, waren schrecklicher, als sie sich hätte jemals vorstellen können. Stephanie Ellers hielt die Luft an und starrte auf das Holzgestell, das eine Wand des Raumes fast komplett bedeckte. Sie weigerte sich vorzustellen, dass die Jutestricke, die lose herunterhingen, später ihre Gliedmaßen an dem Gebilde festhalten sollten. Übelkeit zog vom Magen ausgehend bis in den Hals.

Über sich erkannte sie das Gesicht des Mannes, der diese einschmeichelnde Stimme und das Aussehen eines Adonis besaß. Jetzt aber sorgten Veränderungen dafür, dass sie Mühe hatte, diese Fratze in Verbindung mit ihrer Erinnerung zu bringen. Grelle Farbstreifen zogen sich über Wangen und Stirn des Fremden, seine Stimme hatte jegliche Weichheit verloren. Es war mehr ein Zischeln, aus dem sich Worte zusammenfügten.

»Hat dir der Tanz gefallen? Du hast es hoffentlich genossen. Doch es ist nichts gegen das, was uns beide noch die größten Freuden der Lust erleben lassen wird.«

Stephanies Körper verkrampfte sich, als die raue Zunge des Mannes quer durch ihr Gesicht fuhr. Der Ekel davor war unerträglich, zumal ihr ein seltsam abstoßender Geruch aus dem Rachen des Fremden entgegenschlug. Wieder stöhnte sie unter dem Panzerband auf, das ihren Mund verschloss. Ihre Augen drückten all die Angst aus, die ihren Körper im festen Griff hielt. Stephanie konnte es sich nicht erklären, warum sie plötzlich von dem Gedanken beherrscht wurde, dass sie nicht nur vergewaltigt werden sollte, sondern dass hier in diesem Raum des Schreckens ihr Leben auf grausame Weise enden sollte. Schuld war vielleicht der Wahnsinn, den sie in den Augen ihres Peinigers zu erkennen glaubte. Sie war dem Satan persönlich in die Hände gefallen.

Lass mich sterben, oh Gott. Ich halte das nicht aus. Bitte lass mich nicht leiden.

Die Tränen flossen in Strömen über ihr Gesicht, was zur Folge hatte, dass sie von der Bestie gierig abgeleckt wurden. Die pure Angst drohte ihren Verstand auszulöschen. Die Blase leerte sich, als die Muskulatur jegliche Kraft verlor. Die folgende Scham über dieses Missgeschick sorgte dafür, dass sich wieder Ströme von Tränen aus ihren Augen lösten.

Als sie von starken Händen aus dem Plastiksack gehoben wurde, lief noch immer der warme Urin über ihre Schenkel und sammelte sich auf dem Boden.

»Du musst dich nicht schämen. Es ist normal, dass in Erwartung der Strafe Gottes alle Kraft und damit die Exkremente deinen Körper verlassen. Fühle dich völlig frei und bereue deine Sünden. Der Herr wird gnädig sein – ich jedoch nicht. Gott hat mir die Aufgabe übertragen, das Weib für die Verfehlungen zu strafen, die euch vom Teufel befohlen wurden. Die Rache ist mein, hat der Herr verkündet. Jetzt und hier bin ich sein Stellvertreter auf Erden.«

Das Zittern in Stephanies Körper verstärkte sich zusehends. Sie versuchte erst gar nicht, dieses eindämmen zu wollen. Ihr wurde auf einen Schlag klar, dass sie dieses Haus nicht lebend verlassen würde. Die unbeantwortete Frage blieb nur, wie lange ihr Todeskampf dauern würde. Immer wieder glitt ihr Blick zur Wand, an der dieses bedrohliche Gestell zu warten schien. Ihre Ängste erfüllten sich schneller, als es ihr lieb war. Arme und Beine wurden in die Schlaufen geführt, was ihr überdeutlich vor Augen führte, dass ihr damit jede Fluchtmöglichkeit genommen wurde. Obwohl ihr Puls raste, atmete sie nur stockend. Immer wieder hielt sie die Luft an, fühlte, wie sich eine beängstigende Lähmung in ihrem Körper ausbreitete. Mit einem Skalpell schnitt ihr der Wahnsinnige die Kleidung vom Körper, die er achtlos zu Boden fallen ließ. Mehr zufällig fiel ihr Blick auf eine altmodische Kommode, die nicht weit entfernt von ihr vor einer Wand stand und auf der ein großer Kerzenleuchter sein flackerndes Licht auf einige Fotografien warf.

Wie ist das möglich? Er hat Bilder von mir gesammelt. Wo hat er diese Aufnahmen her? Ich kenne die Landschaften nicht. Gott im Himmel, warum lässt du zu, dass er mir dieses antut?

Stephanie konnte ihre Gedanken nicht zu Ende bringen, als sie die Hand des Fremden auf ihrer Wange spürte. Seine Worte, die er ihr ins Ohr flüsterte, verstärkten ihre Ängste, da sie den Sinn dahinter nicht zuordnen konnte.

»Du wirst mich niemals wirklich verlassen können. Hörst du? Deine Seele gehört mir – für immer. So war es verkündet und so wird es immer sein. Nichts auf dieser Welt der Lebenden kann dich mir wegnehmen. Absolut nichts. Deine Haut, dein Geruch, dein Ganzes hast du mir zugesprochen – und es geschah vor dem Antlitz des Herrn. Kein Mensch aus Fleisch und Blut kann jemals trennen, was Gott zusammenfügte. Das, was du getan hast, ist zwar unverzeihlich und du wirst deine gerechte Strafe dafür erhalten, doch ich werde dich immer lieben.«

Stephanie glaubte, sich verhört zu haben, als die Hand des Mannes unglaublich zärtlich über ihren Körper glitt, sie liebkoste. Sie ertappte sich dabei, dieses Gefühl zu genießen, als die nächsten Worte sie erreichten. Gleichzeitig breitete sich ein Wahnsinnsschmerz in ihr aus.

»Du hast die Gebote des Herrn gebrochen. Du wolltest mehr, als er dir gestattet hat. Dein Blick war gerichtet auf die Sünde, die Fleischeslust. Das wird nie mehr geschehen. Ich nehme dir, was dir das möglich machte.«

Kaum waren die letzten beiden Worte ausgesprochen, als zwei Finger sich in ihre Augenhöhle bohrten und einen Augapfel mit einem Ruck herausrissen. Stephanie glaubte, dass ihr Kopf explodieren würde, als das Gleiche mit dem zweiten geschah. Der Schmerzensschrei wurde vom Panzerband über ihren Lippen gestoppt, verhallte ungehört. Sie spürte, dass warme Flüssigkeit über ihr Gesicht lief. Die erlösende Ohnmacht blieb aus, ließ sie jeglichen Folgeschmerz bei vollem Bewusstsein fühlen. Selbst der Versuch zu weinen, endete nur in weiterem Schmerz. Die schreckliche Dunkelheit um sie herum machte ihr überdeutlich klar, was gerade mit ihr geschehen war. Eine Orientierung war nur noch über das Gehör möglich. Sie versuchte, sich vorzustellen, wohin sich der Entführer nun bewegte, denn das tat er. Sie folgte den Schritten und vernahm ein leises Schaben, das bei ihr den Eindruck erweckte, als würden Gläser erst aneinandergerieben und dann geöffnet. Das Flüstern des Mannes konnte sie nicht verstehen. Nur Wortfetzen drangen an ihr Ohr. Ihre Gedanken richtete sie trotz der quälenden Schmerzen an den, von dem sie sich Hilfe erwartet hatte.

Oh Gott – ich habe dir immer vertraut. Du hast mich schmählich im Stich gelassen. Du hast mich in die Hände des Wahnsinnigen, dieses Teufels, übergeben. Du kannst nicht mehr mein Gott sein, dem ich vertraute. Ich hasse dich mehr als diesen Mann. Hörst du mich? Ich hasse dich für deine Entscheidung, mich der Hölle zu überlassen. Ich weiß, dass ich hier sterben werde. Doch das werde ich in Unglauben. Du kannst nicht der Schöpfer sein, der Gerechtigkeit gepredigt hat.

Stephanies Verstand schaltete sich ab, Schmerzen verschwanden und ließen ihr Gesicht entspannen. Sie spürte nicht mehr, wie sich das lange Messer in ihre Gedärme bohrte und dort durch das weiche Fleisch fuhr. Sie bekam auch nicht mehr mit, dass ihr schlaffer Leib aus den Schlingen gelöst wurde. Ihr Körper wurde in viele Einzelteile zerhackt, die in kleinen Mülltüten verschwanden. Die Kellerräume dieses Hauses nahmen ein weiteres Opfer auf, versuchten, das Geheimnis weiter zu bewahren.

25

Mehr zufällig trafen die drei Ermittler gleichzeitig auf dem Parkplatz des Essener Präsidiums ein. Hochstimmung äußerte sich anders, als sie in den Aufzug stiegen. Leonie war es, die das Schweigen nach dem mehr geknurrten Guten Morgen brach.

»Ich möchte mal annehmen, dass ihr auch kein Glück mit euren Spaniern hattet. Meiner zumindest konnte den besten Kaffee kochen, den ich jemals vorgesetzt bekam. Und seine Frau wollte extra für mich etwas Besonderes kochen. Sie meinte, dass man ja nicht allzu oft so interessanten Besuch im Haus hätte. Bei mir also Fehlalarm. Was lief so bei euch?«

Kai wechselte einen Blick mit Gordon, der sogleich wieder gelangweilt auf das Display des Fahrstuhls starrte. Erst als sich die Tür öffnete, sah sich Kai genötigt, die Frage zu beantworten.

»Bei mir lief es weniger gut. Der Kerl war gerade damit beschäftigt, seinen Wohnzimmerschrank aufzubauen. Da kam ich ihm gerade recht. Ich frage mich nur, was der gemacht hätte, wenn ich nicht zufällig da gewesen wäre? So ganz nebenbei wäre es für den Mann auch schwierig gewesen, die Morde zu bewerkstelligen. Der besitzt nur noch knapp zwanzig Prozent seines Sehvermögens. Ich würde sagen, den können wir von der Liste streichen.«

Beide Kollegen betrachteten ihren Ressortchef und warteten auf seine Beurteilung.

»Ja, ja, ist ja gut. Lasst mich noch einen Moment in Ruhe. Hatte noch gerade ein Telefonat mit Denise. Die hat immer wieder was Neues für mich. Jetzt geht es plötzlich um meine Lebensversicherung. Die begreift einfach nicht, dass die auf meinen Namen läuft und ich selber auch der Begünstigte sein werde. Diese Frau glaubt wirklich, dass die auch in die Berechnung des Trennungsunterhaltes einfließt. Manchmal könnte ich die Frau ...«

»Stopp, Gordon. Alles, was du jetzt sagst, kann vor Gericht gegen dich verwendet werden.«

Leonie duckte sich lachend, als ihr mehrere Kugelschreiber entgegenflogen. Sie hob die Schreiber auf und legte sie dem Chef wieder auf den Schreibtisch.

»Jetzt mal im Ernst. Glaubt die Frau wirklich daran? Die sollte mal den Anwalt wechseln.«

»Die hat noch keinen. Diese Weisheiten bezieht sie ausschließlich aus dem Internet oder von guten Freundinnen, die diese Prozedur bereits hinter sich haben. Scheiß drauf. Ihr wolltet doch wissen, was ich in Erfahrung bringen konnte. Besonders viel ist das nicht bisher. Den einen Kandidaten kann ich abhaken, da der mit dem Rollstuhl durchs Haus kurvt. Der arme Kerl hat vor fünf Jahren sein Bein bei einem Verkehrsunfall verloren. Seine Frau und die Kinder kümmern sich liebevoll um ihn.

Allerdings habe ich noch einen Pablo Martinez, der spurlos verschwunden ist. Eine bezaubernde Nachbarin aus der

Kategorie Niemand-kann-sich-vor-mir-verstecken klärte mich auf, dass der Mann schon vor Monaten die Wohnung verlassen hat. Jetzt heißt es für uns, rauszukriegen, wohin der sich verzogen hat. Ich gebe aber zu bedenken, dass er auf dem Foto zumindest von Stähler nicht wiedererkannt wurde. Trotzdem will ich wissen, wohin der sich verpisst hat. Leonie, kannst du das übernehmen? Die Daten liegen als Datei vor.«

»Wer soll das sein? Warum zeigst du mir das Bild? Irgendwie bekannt kommt mir der Kerl schon vor – frag mich aber bitte nicht woher.«

Nachdem Gordon das Foto ausgiebig betrachtet hatte, reichte er es der Kollegin zurück.

»Das ist Pablo Martinez. Ich gebe zu, dass es nicht unbedingt dem Original entspricht, was du in Erinnerung hast. Aber ich dachte mir, eine Variante anfertigen zu lassen, könnte helfen. Unser Freund Stähler und der Kneipenwirt behaupten doch felsenfest, dass der Besucher, der Stähler überredet haben soll, dunkelblond und bartlos war. Voilà – was sehen wir?«

Kai, der das Gespräch verfolgt hatte und bereits wusste, was die Kollegin vom Zeichner hatte anfertigen lassen, kam neugierig näher. Ein weiteres Mal betrachtete auch er dieses Gesicht, das durch eine geschickte Retusche verändert worden war. Beide warteten auf den Kommentar ihres Vorgesetzten.

»Gar nicht übel, liebe Kollegin. Es ist manchmal von großem Vorteil, wenn man um ein paar Ecken denken kann. Wieso bist du nicht auf so eine Idee gekommen?«

Kai wich Gordons Blick nicht aus, bemerkte auch schnell, dass die Frage nicht ernst gemeint war, sondern ein verstecktes Lob für Leonie enthielt.

»Die Frage gebe ich gerne an den Superermittler weiter, als der du doch im ganzen Haus geführt wirst. Das ist eben Frauenpower.«

»Seid ihr jetzt endlich fertig?«, mischte sich Leonie ein. »Könnt ihr nicht einfach und geradeheraus erklären, dass ich genial bin? Muss so was immer durch die Hosenträger und kompliziert verpackt werden? Wer von uns legt dem Stähler das Foto vor? Vielleicht haben wir ja Glück. Gordon übernimmt wieder den gewalttätigen Ehemann und ich biete mich an, das dem Kneipenwirt, diesem Freddy, zu zeigen. Es wäre einen Versuch wert. Falls der das wirklich ist, können wir uns immer noch um den derzeitigen Aufenthaltsort kümmern.«

Als Tobias Stähler in das Besucherzimmer geführt wurde, tat er es mit herabhängenden Schultern, was seine Mutlosigkeit erkennen ließ. Ohne jede weitere Emotion sank er auf den Stuhl und suchte mit gelangweiltem Blick die nackten Wände ab. Gordon ließ sich davon nicht beeindrucken. Er konnte sich sehr gut vorstellen, wie enttäuscht der Mann sein musste, da der wahre Mörder seiner Frau immer noch frei herumlief. Wortlos legte er das Foto auf den Tisch und wartete auf eine Reaktion von Stähler, die auch kurz darauf kam. Der Mann, der dem Bild erst nur einen kurzen Blick gönnte, versteifte sich und riss es hoch.

»Das ... das ist der Kerl. Herr Hauptkommissar, das ist er. Haben Sie ihn endlich? Hat er den Mord an Sybille gestanden? Oh Gott. Endlich. Jetzt kann ich Frieden finden und meine Strafe besser ertragen. Danke, Herr Rabe. Sie glauben gar nicht, wie glücklich Sie mich gerade gemacht haben. Ich werde wieder schlafen können.«

Gordon wusste im ersten Moment nicht, wie er damit umgehen sollte. Die Reaktion von Tobias Stähler ging weit über das hinaus, was er erwartet hatte. Er entschied sich für die Wahrheit.

»Langsam, Herr Stähler. Noch sind wir nicht so weit, wie Sie es gerne sähen. Es hilft uns aber schon sehr, dass sich Ihre Aussage mit der des Wirtes deckt. Freddy hat gegenüber meiner Kollegin ebenfalls bestätigt, dass es sich um den Mann handelt, der Sie angesprochen hat. Um ihm einen Mord anzulasten, reicht das jedoch nicht. Bisher haben wir nur Ihre Behauptung, dass Sie sich diesen Mann hier ins Haus geholt haben, um Ihre Frau verschwinden zu lassen, von der Sie glaubten, dass sie bereits tot war. Sie müssen zugeben, dass es schon sehr unwirklich für uns klingen muss.«

»Aber es ist die Wahrheit, Herr Hauptkommissar.«

Der anwesende Justizvollzugsbeamte drückte Tobias Stähler wieder auf den Stuhl und blieb neben ihm stehen.

»Ich sagte schon, dass uns dazu bisher jede Bestätigung fehlt. Unsere Rechtsmedizin hat zwar Fremdspuren an der Leiche gefunden, kann die allerdings noch nicht zuordnen, solange wir den Mann nicht haben. Aber dazu werden wir jetzt tätig. Sie müssen mir glauben, dass wir alles versuchen werden, die Wahrheit herauszufinden. Sie sehen ja, dass wir nicht untätig waren. Ihre Aussage, dass es der Mann war, hilft uns schon weiter. Ich bin guter Dinge, dass wir den

Mann bald finden werden. Bleiben Sie ruhig und warten Sie ab. Setzen wir große Hoffnungen in die forensischen Arbeiten, denn die lassen heutzutage kaum noch Irrtümer zu.«

Kaum saß Gordon in seinem Sportflitzer, als er die Dienststelle anwählte. Kai meldete sich mit müder Stimme.

»Hör zu Kai. Ich muss mir den Vorwurf machen, dass ich nicht sofort darauf kam. Wir haben doch die Fremd-DNA an der Leiche von Sybille Stähler gefunden. Wir sollten die verlassene Wohnung von diesem Pablo Martinez sehr genau auf Spuren untersuchen. Besorge dir eine Genehmigung bei der Staatsanwaltschaft, damit die Spusi die Hütte untersuchen darf. So wie sich die Nachbarin ausdrückte, soll die Wohnung noch nicht wieder vermietet worden sein. Wenn die DNA dort zu finden ist, können wir die Fahndung nach dem Kerl rausschicken. Dann haben wir ihn bei den Eiern. Sag dem Staatsanwalt, dass es eilt. Die Gefahr besteht schließlich, dass es sich um einen Serientäter handelt, der bald wieder zuschlagen könnte. Der Verdacht liegt nahe, dass der sich momentan in einen Rausch hineinmordet. Ich werde mir auch mögliche Spuren an Frau Heurath im Vergleich ansehen.«

»Alles klar, Gordon. Ach, bevor ich es vergesse. Dr. Lieken hatte sich nach dem Stand der Dinge erkundigt. Er wollte heute Nachmittag mal reinkommen. Er meinte, dass er den Fall sehr interessant findet und alles darüber erfahren möchte. Es kann ja nicht schaden, den klugen Kopf mit im Boot zu haben. Ich kümmer mich um alles. Und noch was. Deine Ex hat angerufen. Ich habe ihr gesagt, dass du in einer wichtigen Sitzung bist und nicht gestört werden darfst. Du sollst sie aber zurückrufen.«

Schon hatte Gordon die ersten Ziffern von Denises Telefonnummer eingetippt, als er es sich wieder überlegte und das Gerät in der Seitentasche seines Sakkos verschwinden ließ. Sein Gesicht überzog plötzlich ein Ausdruck von Trotz.

Ich bin doch nicht ihr Sklave und gehorche aufs Wort. Ich habe einen Job. Daran sollte sich diese Frau endlich einmal gewöhnen. Heute Abend ist immer noch Zeit dafür.

Der Mann, der das Büro betrat, drückte die Tür mit dem Rücken auf und jonglierte ein großes Tablett in den Händen. Kai eilte zu Hilfe, als er Dr. Lieken erkannte, der versuchte, das Kuchentablett in der Waage zu halten.

»Habt ihr einen guten Kaffee dazu? Den konnte ich nicht auch noch beschaffen. Teller und Tassen stehen meines Wissens nach oben rechts im Schrank. Los, los, ich habe Hunger und möchte sehen, was der Bäcker meines Vertrauens geschaffen hat.«

Alle sahen erstaunt auf Gordon, der sich die flache Hand vor die Stirn schlug.

»Scheiße, Klaus. Du hast ja heute Geburtstag. Ich habe das schon im letzten Jahr vergessen. Sorry. Es tut mir leid. Aber ich werde mir jetzt eine Erinnerung im PC-Kalender einrichten. Bekomme ich trotzdem ein Stück vom Kuchen ab?«

Kaum hatte Klaus Lieken das Tablett abgestellt, als er auch schon beide Hände in die Hüften stemmte.

»Wie hat dieser von Demenz geplagte Kerl es überhaupt geschafft, auf diesen verantwortungsvollen Posten zu rutschen? Der benötigt doch schon für den Weg zur Arbeit ein Navigationsgerät. Ich halte das für unverantwortlich.«

Leonie, die passendes Geschirr in der kleinen Küche sortierte, konnte sich eine Bemerkung nicht verkneifen.

»Man munkelt, dass da eine Menge Geld im Spiel war. Andere Stimmen behaupten, dass ein pikantes Geheimnis existiert, das den Polizeipräsidenten diskreditieren könnte. Jeder hat da seine eigene Methode, um in der Beamtenhierarchie nach oben zu klettern. Ich versuche es weiter mit Leistung. Alles andere ist nicht mein Ding.«

Gordon tat, als hätte er es nicht gehört und umarmte den Freund, der ehrliche Freude zeigte.

»Danke, danke. Lasst uns einen Moment Pause einlegen. Übrigens. Mir ist zu Ohren gekommen, dass es einen Hauptverdächtigen gibt. Ist da was dran, Gordon?«

Der Freund wiegte den Kopf und rückte Dr. Lieken einen Stuhl zurecht.

»Ich will mich da noch nicht so weit aus dem Fenster lehnen«, erklärte Gordon. »Da ist noch nichts spruchreif. Wir warten hier noch auf die DNA-Vergleiche. Maßgeblich hat übrigens die Person zur möglichen Lösung beigetragen, die so vollmundig behauptet, nur mit legalen Mitteln die Karriereleiter erklimmen zu wollen. Alles meine Schule. Aber das will ja keiner im Hause wahrhaben.«

»Bravo, Frau Felten. Das hört man doch gerne von einem Vorgesetzten. Oder etwa nicht?«

Leonie setzte den Geschirrberg vorsichtig ab und legte ebenfalls die Arme um den verdutzten Mediziner.

»Meine herzlichsten Glückwünsche, Doktorchen. Das eben hat leider Seltenheitswert. Das könnte der Boss mal des

165

Öfteren an entsprechender Stelle loswerden. Jeder gelöste Fall fällt immer auf seine Abteilung zurück. Die Leute von Hauptkommissar Rabe haben ausnahmslos gute Arbeit abgeliefert. Diesmal wird es wohl zum ersten Mal heißen, dass die Leute um Kommissarin Felten ...«

»Jetzt hast du genug gelästert, Leonie. Schneid endlich den Kuchen an. Käse-Sahne? Sehe ich richtig? Lecker.«

Gordon hielt der grinsenden Kommissarin den leeren Teller entgegen.

26

Das Stimmengewirr in Freddys Kneipe war beeindruckend. Trotzdem hatte es die Freunde hierhin gezogen, um den Geburtstag locker ausklingen zu lassen. Der Tisch in der Ecke kam den beiden gerade recht, da sie sich hier halbwegs ruhig unterhalten konnten. Freddy hielt seine Bedienungshilfe zurück, als sie die beiden Männer nach ihren Wünschen fragen wollte. Er begrüßte den Hauptkommissar, um sich nach den möglichen Fortschritten zu erkundigen.

»Sie werden sicher verstehen, dass ich in der Sache noch Stillschweigen bewahren muss. Wir kommen aber sehr gut voran, Freddy.«

»Wie geht es Tobias? Ich meine, Herrn Stähler? Das hat er nicht verdient. Der ist eigentlich ein ganz netter Kerl, stänkert nie und hat immer so von seiner schönen Sybille geschwärmt. Hat der wirklich ...?«

»Freddy, wie ich schon sagte. Das muss das Gericht entscheiden. Sein Geständnis wird ihn aber für eine gewisse Zeit hinter Gitter bringen. Alles Weitere bleibt abzuwarten. Wir ermitteln noch. Könnten wir beide ein kühles Blondes bekommen?«

Gordon und Dr. Lieken steckten wieder die Köpfe zusammen, als Freddy enttäuscht zum Tresen verschwand.

»Was ist mit dir, Klaus? Du wirkst plötzlich so abwesend.«

»Frag mich nicht warum, aber ich sehe bei manchen Fällen die Tatabläufe vor mir. Dann frage ich mich, warum ein Mensch so was einem anderen antun kann. Schon anhand der Verletzungen ist es ja möglich, die Tat zu rekonstruieren. Weißt du, wenn ich aus Wut meine Frau töte – sagen wir mal, weil sie mich betrogen hat – dann erwürge ich sie oder schneide ihr mit dem Messer die Kehle durch. Danach würde ich wohl die Polizei anrufen, da ich das sofort bereuen würde und Schiss habe, später erwischt zu werden. Das würde alles im Affekt geschehen – wenn überhaupt. Was geht in einem kranken Hirn vor sich, das Mord in der Art durchplant, wie es scheinbar unser Täter tut? Das kann ich nicht nachvollziehen.«

Gordon sah den Freund mit hochgezogenen Augenbrauen an. Eigentlich hatte er geplant, einen lockeren Herrenabend zu verleben. Jetzt stand eine Diskussion über forensische Psychologie an. Er akzeptierte allerdings den Wunsch des Mediziners, da er spürte, dass ihn dieses Thema beschäftigte.

»Du fragst im Augenblick den Falschen. Da wäre unser Psychologe der bessere Ansprechpartner. Der könnte wohl sehr schnell ein entsprechendes Täterprofil erstellen. Aber ich gebe zu, ab und an stelle ich mir auch die gleichen Fragen. Hier und da hilft es mir, mich in die Gedanken des Täters einzuklinken. Ich versuche, dann so zu denken, wie er es wahrscheinlich tun würde. Ich tausche die Rollen. Glaubst du mir, wenn ich dir sage, dass es oftmals gruselig ist, das zu tun? Es hört sich vielleicht bescheuert an, aber es gibt mir ein Gefühl von Macht.«

»Wieso empfindest du diese Macht? Du bist doch der Ermittler.«

»Verstehe mich richtig, Klaus. Ich spüre diese vermeintliche Macht, wenn ich er bin – der Täter. Ich stehe vor meinem Opfer und habe die Macht, über Leben und Tod zu entscheiden. Ich suche mir das Opfer sogar penibel aus und nehme ihm damit die Chance, selbst über sein Dasein zu entscheiden. Ich spiele Gott.«

»Jetzt verstehe ich dich. Du bestimmst die Regeln und darfst eine Auswahl treffen, wer als lebenswert gilt und wer nicht. Ein interessanter Aspekt. Das ist doch ideal für Kontrollfreaks. Nichts geschieht, ohne dass es von ihnen vorselektiert wurde.«

Gordon nickte freundlich, als die Bedienung ihnen das Pils vorsetzte. Dann widmete er sich wieder seinem Freund.

»Mir macht es auch heute noch Kopfzerbrechen, was in deren Köpfen vor sich geht, wenn sie es zum ersten Mal tun. Du hörst, ich spreche jetzt über Wiederholungstäter. Kann das zu einer Befriedigung führen? Und wenn ja, was wird denn dann überhaupt befriedigt?«

Dr. Lieken stieß mit seinem Pils an und nahm einen großen Schluck.

»Da gibt es aber bereits Erkenntnisse drüber. In den meisten Fällen ersetzt das Töten eine sexuelle Befriedigung. Viele von denen sind nicht in der Lage, eine normale Beziehung zu führen, sind sogar in den meisten Fällen impotent. Möglicherweise liegt darin der Grund, warum wir unter Serienmördern meistens Männer finden. In einer wissenschaftlichen Arbeit las ich mal, dass sich bei diesen Ersttätern, die sie ja am Anfang sind, nach dieser Tat entschei-

169

det, ob sie Lust oder Abscheu empfinden. Sollte die Lust an der Tat überwiegen, wird ein Serienmörder geboren. Die perfektionieren sich sogar und werden nach jedem Mord routinierter vorgehen. Als ich das las, bekam ich Gänsehaut. Wollen wir nicht hoffen, dass wir es im aktuellen Fall mit einem solchen Perfektionisten zu tun bekommen. Dann führt der dich an der Nase herum.«

Das Vibrieren des Telefons riss Gordon aus den Gedanken.

»Wir haben eine vermisste Frau und einige menschliche Einzelteile. Wir sind schon vor Ort.«

27

»Die Bestie Mensch überrascht mich immer wieder mit ihrem Einfallsreichtum und ihrer Brutalität. Wie innerlich zerstört muss jemand sein, so was zu tun?«

Dr. Lieken verschloss den Müllbeutel wieder und wandte sich dem Nächsten zu. Immer wieder schüttelte er den Kopf und trennte einen besonders gut befüllten Sack auf. Seine Nase war an solche Gerüche gewöhnt, die ihm sofort entgegenschlugen. Dennoch musste er sich abwenden, da ihn der Anblick abstieß. Ein Polizist, der ihm bei der Arbeit attestierte, ließ den Beutel los und übergab sich in einen nahestehenden Holunderbusch. Kommissarin Felten, die soeben wieder mit dem Kollegen Wiesner eingetroffen war, klopfte ihm mitfühlend auf die Schulter. Beide hatten die nähere Umgebung abgesucht.

»Gehen Sie einen Moment beiseite und erholen Sie sich, wir machen das hier schon weiter. Das ist ja nun wirklich harter Tobak. Gut, dass ich den Kaffee schon eine Weile drin habe. Können Sie uns schon was sagen, Dr. Lieken?«

Das stumme Kopfschütteln des Mediziners zeigte, wie erschüttert dieser von dem aktuellen Fund war.

»Ich bin auch erst ein paar Minuten hier. Nun ja, besonders frisch sehen die Körperteile nicht aus. Doch dürfen wir uns nicht täuschen lassen. Die verschiedenen Glieder wurden, bevor sie mit einem groben Werkzeug zerhackt wurden, noch mit einer ätzenden Flüssigkeit behandelt, möglicherweise in einer gebadet. Fragen Sie mich nicht, warum man das tat. Meine Vermutung geht in die Richtung, dass der Todeszeitpunkt verschleiert werden sollte. Nun ja. Einen Versuch mag es wert sein. Doch das darunterliegende Gewebe wird mir ausreichend Auskunft geben.«

Kai hatte sich ein Taschentuch vor Mund und Nase gehalten, als er sich näherte. Er öffnete einen der Beutel mit einem Stück Holz, das er vorher vom Boden aufgehoben hatte. Angewidert drehte er sich wieder ab.

»Wie viel Beutel haben wir denn schon? Glauben Sie, dass wir die Person wieder vollständig zusammensetzen können?«

Dr. Lieken zog die beiden Ermittler etwas zur Seite, da er Gordon bemerkte, der sich mit Riesenschritten dem Fundort näherte. Fast wäre er gestolpert, als er einen Steinhaufen überspringen wollte. Die Wege innerhalb der Ruine der Isenburg sind unwegsam. Gordon hatte bereits die umliegenden Restaurants aufgesucht, um mögliche Beobachtungen abzufragen.

»Nichts. Keiner hat irgendwas seit gestern bemerkt. Wenn ich mir den Riesenparkplatz betrachte, habe ich auch kaum Hoffnung, dort irgendeine Reifenspur der Tat zuordnen zu können. Meinst du, dass du den Körper vollständig zusammensetzen kannst?«

»Danach hat der Kollege Wiesner auch gerade gefragt«, bemerkte Lieken. »Ich befürchte nein. Bisher habe ich die Schenkelknochen vom rechten Bein, die untere Hälfte vom

Rumpf und beide Arme. Das Einzige, was ich schon sagen kann: Es handelt sich um eine Frau im mittleren Alter. Vermutlich werden wir die Reste in der näheren Umgebung finden. Warum der Täter sich die Mühe macht, die Beutel zu verteilen, geht mir noch nicht ein. Aber scheißegal, lass bitte weitersuchen. Ich brauch die Teile schnellstmöglich in der Klinik. Die Flüssigkeit, in die sie gelegt wurden, zersetzt das Gewebe auch weiterhin. Außerdem arbeiten und zersetzen die eigenen Körperenzyme weiter. Ich brauche schnelle Ergebnisse aus dem Labor. Mir fiel nur auf, dass der Täter die Fingerkuppen abgetrennt hat. Er wollte wohl damit verhindern, dass Abdrücke genommen und die Frau schnell identifiziert werden kann. Ihm scheint der Begriff DNA noch weitestgehend unbekannt zu sein.«

Gordon war dem Bericht des Freundes gefolgt und wandte sich an seine Mitarbeiter.

»Ihr habt mir am Telefon irgendwas von einer kürzlich als vermisst gemeldeten Frau erzählt. Was hat es damit auf sich und wieso soll das in einer Beziehung stehen zu diesem Fund?«

Kai war es, der in aller Seelenruhe ein Stück Papier aus der Jackentasche zog und entfaltete.

»Ich habe mir die Anzeige und das Foto der Frau ausgedruckt. Ich denke, das wird dich interessieren.«

Jeder konnte erkennen, dass Gordon sofort verstand, worauf Kai Wiesner hindeuten wollte. Das Foto zeigte eine schöne Frau, die den in den letzten Wochen getöteten Frauen bis aufs Haar glich.

»Das ist kein Zufall. Ich brauche sofort die DNA der vermissten Person. Kai, du erledigst das und das Ganze sofort

173

an Dr. Lieken. Ich befürchte, dass wir nicht lange nach dieser Frau suchen müssen.«

Sein Blick ruhte genau wie der seiner Kollegen auf einem der Müllbeutel. Kai Wiesner beeilte sich, den Befehl auszuführen, verschwand augenblicklich im Gewühl der Presseleute hinter der Absperrung. Ohne Auskünfte über den Sachverhalt herauszugeben, quetschte er seinen imposanten Körper in den Dienst-Passat und raste davon. Er überlegte sich bereits, was er dem Ehemann auftischen würde, ohne dass der Verdacht aufkam, bereits die traurige Wahrheit zu kennen.

Mit zusammengepressten Lippen stürzte Kai ins Büro und setzte sich an seinen Schreibtisch.

»Verdammte Scheiße. Das mache ich aber vorerst nicht noch mal. Ich konnte den Mann, diesen Erik Scholten, kaum beruhigen. Der jammerte in einer Tour, dass er ohne seine Frau Kerstin nicht mehr leben könnte.«

»Was ist denn mit dem los? Hat der Angst, dass er jetzt seine Betten selbst aufschütteln muss?«, frotzelte Leonie.

Gordon knallte den Kugelschreiber auf die Tischplatte und machte seinem Ärger über diese Bemerkung Luft.

»Jetzt reicht es, Leonie. Bei allem Respekt vor deiner in Stein gemeißelten Meinung als Single, aber es gibt auch Ehen, die funktionieren richtig gut. Nimm einfach mal den für dich wohl unwahrscheinlichen Fall an, der Mann würde seine Frau von ganzem Herzen lieben und nicht nur als Arbeitspferd und Sexobjekt ansehen. Wir sollten unseren Respekt vor den Angehörigen nicht verlieren. Hast du mich verstanden?«

Abgesehen davon, dass Leonie ihre Gesichtsfarbe änderte, zog sie auch die Schultern zusammen und zeigte damit deutlich, dass dieser Anschiss angekommen war.

»Jetzt komm mal wieder runter, Chef. Das habe ich doch nur so daher gesagt.«

»Genau das meinte ich damit«, unterbrach Gordon sie. »Man sagt das so daher und irgendwann glaubt man wirklich, dass es so ist. Ich gebe zu, dass ich auch so manches Mal einen Zeugen kräftig in den Arsch treten könnte. Aber hier ist die Sache anders gelagert. Der Mann wird mit großer Wahrscheinlichkeit seine Frau beweinen müssen. Das wollen wir entsprechend behandeln. So, und jetzt zu dir, Kai. Wann bekommen wir die Ergebnisse aus dem Labor?«

»Die haben mir versichert, dass ich die in spätestens einer Stunde auf dem Tisch habe. Ihr könnt euch wirklich nicht vorstellen, wie fertig der Mann ist. Der hat mir noch weitere Bilder von der Frau gezeigt. Eine Schönheit, kann ich euch sagen. Allein dafür hat dieser Wahnsinnige die Todesstrafe verdient. Gerne würde ich das Tier in die Finger kriegen, dann ...«

»Stopp, stopp, Kai«, fuhr Gordon wieder dazwischen, »versündige dich nicht. Es ist nicht unsere Aufgabe, diese Irren zu bestrafen. Wir müssen sie überführen. Den Rest machen die Gerichte.«

Gordon tat so, als hätte er die mehr geflüsterte Bemerkung Leonies nicht gehört, die sich wieder einmal nicht zurückhalten konnte.

»Und dann finden wir diese Bestie im Hotel forensische Psychiatrie, weil ein Facharzt ihm Unzurechnungsfähigkeit attestiert.«

28

»Und Sie sind sich alle ganz sicher?«

Staatsanwalt Hesterkamp blickte in die Runde und registrierte allgemeine Zustimmung. Entschlossen setzte er seine Unterschrift unter den Fahndungsaufruf.

»Nun gut. Ich bitte Sie aber darum, die Fahndung nicht nur auf die breeding Area zu beschränken, da wir nicht zwingend nur davon ausgehen können, dass der mutmaßliche Täter hier im Umkreis lebt oder lebte. Es kann sein, dass man ihn als Kraftfahrer oder ehemaligen Animateur auch von woanders her kennt. Geben Sie die Fahndung also an alle Dienststellen im Land raus. Übrigens möchte ich noch an Sie alle loswerden, dass ich mit Ihrer Arbeit in diesem Fall sehr zufrieden bin. Jetzt können wir nur noch hoffen, dass die Fahndungsmaßnahme auch schnell Erfolg zeigt.«

Hier legte Hesterkamp eine Pause ein, bevor er noch eine Frage nachschob.

»Was ist eigentlich aus der Suche nach den restlichen Körperteilen des letzten Opfers, dieser Kerstin Scholten, geworden? Und wie hat der Ehemann die Nachricht aufgenommen, dass es tatsächlich seine vermisste Frau war, die gefunden wurde?«

Augenblicklich trat Stille am Tisch ein. Keiner wollte dazu Stellung nehmen, bis sich Gordon Rabe äußerte.

»Bisher konnte noch kein weiterer Fund verzeichnet werden, obwohl die gesamte Umgebung mit Hundertschaften abgesucht wurde. Selbst die Leichenspürhunde waren erfolglos. Bei uns hat sich die Vermutung verfestigt, dass der Täter einen Teil seiner Opfer zurückhält. Womöglich sammelt er Trophäen. Wir wissen aus anderen Fällen und Befragungen der Täter, dass diese Psychos dadurch ihre Sucht nach Macht befriedigen. Ich denke immer noch an den Fall Schautzer, wo wir fünf Schädel in der Kühltruhe fanden. Ich hoffe, dass uns eine solche Wiederholung erspart bleibt. Ich gebe die Fahndung sofort raus und dann heißt es für uns, dass wir abwarten müssen. Und zu dem Ehemann muss ich sagen, dass er es noch nicht weiß. Ich werde das aber noch heute nachholen.«

»Ach, bevor ich gehe, Herr Rabe«, wandte sich Staatsanwalt Hesterkamp noch einmal an den Hauptkommissar. »Übermitteln Sie bitte in meinem Namen Dank an die Labormitarbeiter. Die haben wirklich gute und schnelle Arbeit geleistet. Dann gutes Gelingen, Herrschaften.«

Hesterkamp verließ nun endgültig die Runde und eilte zu einer Sitzung beim Oberstaatsanwalt, die mit Sicherheit auch das Thema dieser Mordserie zum Inhalt haben würde. Dass er gute Nachrichten mitnehmen konnte, verlieh ihm Zuversicht. Wie sehr er sich genau in diesem Punkt irrte, konnte er zu diesem Zeitpunkt nicht wissen.

Die Stimmung am Besprechungstisch lockerte sich zusehends, nachdem die Tür hinter Hesterkamp zufiel. Leonies Blick war noch auf den Ausgang gerichtet, als sie ihm hinterherrief: »Warum sagst du es denen nicht selbst? Die würden sich sicher auch mal über eine nette Ansprache von dir freuen.«

»Jetzt mach mal halblang, Leonie«, forderte Gordon sie auf. »Er hat es doch nur nett gemeint.«

»Das weiß ich, aber die Zeit sollte man sich wirklich nehmen. Es ist doch noch anders, wenn man es direkt aus dem Mund eines Vorgesetzten zu hören bekommt. Ich finde, dass es eine Form der Wertschätzung ist. Basta. Und was machen wir jetzt? Ich werde verrückt bei dem Gedanken, dass wir nur darauf hoffen, einen Hinweis von den Kollegen oder aus der Bevölkerung zu erhalten. Das Schwein könnte schon wieder seine Finger nach anderen Opfern ausstrecken. Die Presse wird die Geschichte doch bestimmt wieder unnötig aufbauschen. Oder wie seht ihr das?«

Gordon winkte beschwichtigend ab.

»Die haben von mir ja nur die halbe Wahrheit zu hören bekommen. Was die draus machen, kann ich nicht wissen. Aber wir können schon froh darüber sein, dass wir den DNA-Vergleich haben und dass wenigstens wir so gut wie sicher sein dürfen, den richtigen Mann zu verfolgen. Der kann sich nicht ewig verstecken. Und der dunkle Lkw sollte zu finden sein. Ich bin da guter Dinge.«

Gordons Telefon lärmte plötzlich in seiner Seitentasche und unterbrach die Diskussion.

»Ach du Scheiße. Meine Ex. Die hat mir gerade noch gefehlt.«

Leonie grinste über das ganze Gesicht und setzte die Kaffeetasse wieder ab, aus der sie gerade einen Schluck nehmen wollte.

»Jetzt stell dich nicht so an, Gordon. Denise will dir sicher mitteilen, dass sie es sich noch einmal überlegt und die Liebe zu dir wiederentdeckt hat. Trautes Heim – Glück allein. Alles wird wieder wie früher, mein Held. Geh ruhig dran.«

Wären Augen eine tödliche Waffe, würde sich Leonie jetzt im Todeskampf auf der Erde wälzen. Der böse Blick ihres Chefs ließ sie jedoch nur laut lachend die Kaffeetasse absetzen, um ein Verschlabbern zu vermeiden. Auch Kai wandte sich grinsend ab und wartete gespannt darauf, was Gordon nun an Ungemach erwartete.

»Ich hoffe, dass es wichtig ist, Denise – ich bin in einer Sitzung. Also mach schnell, da ich wieder rein muss.«

»Jetzt mach mal nicht so einen Aufstand. Deine Tricks kenne ich zu Genüge. Es geht um Deinen Sohn, ich meine natürlich unseren Sohn. Der hat sich wirklich einen Klopper geleistet. John war vorhin hier, um sich mit mir auszusprechen. Ich denke, dass er sich für sein Benehmen in Paris bei mir entschuldigen wollte. Dazu kam es aber gar nicht. Er war kaum in der Diele, als Jonas ihn – hör genau zu – als er ihn vor das Schienbein trat. Mit voller Wucht. Er hat ihn angeschrien.«

Denise schwieg für einen Moment, um dann fortzufahren.

»Warum sagst du nichts dazu? Hat es dir die Sprache verschlagen?«

»Ich dachte mir nur, dass es noch nicht der richtige Zeitpunkt wäre, um zu applaudieren. Da musste doch noch was kommen von dir.«

»Du kannst ein richtiges Arschloch sein. Dir scheint zu gefallen, was der Junge tat. Oder?«

Gordon hatte Probleme, seine Schadenfreude zu verbergen, riss sich jedoch zusammen, als er nachfragte.

»Was hat Jonas ihm denn an den Kopf geworfen?«

»Höre ich da etwa Spott heraus, du Superdaddy? Ich habe ihm solche Unverschämtheiten jedenfalls nicht anerzogen. Er hat immer nur geschrien: Geh weg. Geh weg. Frag mich nicht, warum er das tat. John war immer nett zu ihm. Das hat er wirklich nicht verdient.«

Mittlerweile hatte Gordon sich beruhigt und zu einer sachlichen Diskussion durchgerungen.

»Ich kann dir da auch keine klare Antwort geben, Denise. Er ist nun einmal ein besonderes Kind mit Reaktionen, die nicht voraussehbar sind. Er mag ihn einfach nicht. Verstehe mich bitte nicht falsch und denke, dass ich etwas gegen John hätte. Aber der Junge vergleicht diesen Mann mit dem Mann, der über lange Jahre sein Vater war – und übrigens immer noch ist. Das wollen wir an dieser Stelle anmerken. Es ist schwer für ihn, einen Fremden in seinem Umfeld zu akzeptieren. Das ist ja schon schwer für ihn, uns anzuerkennen. Du erinnerst dich daran, was Dr. Klopp damals zu uns sagte: Jonas ist nicht fähig, Empathie zu entwickeln. Nun erwartest du von ihm, dass er mal so eben einen anderen Mann im Umfeld seiner Mutter duldet.«

Statt eines erneuten Anfalls, den Gordon erwartet hatte, hörte er nur das Rauschen einer Leitung, in der der Gesprächspartner schwieg. Erst nach endlosen Sekunden hörte Gordon wieder die Stimme seiner Frau. Denise wirkte nachdenklich, als sie sich dazu äußerte.

»Vielleicht hast du ja recht. Ich hatte sofort schon, als John zur Tür hereinkam, das Gefühl, als wollte er sich zwar entschuldigen, aber dass es ihm nicht wirklich leidtat. Verstehst du, was ich damit sagen will? Er wollte keine weitere Beziehung. Das spürt eine Frau sofort. Und Jonas wird es ebenso ...«

Hier stockte Denise und schien das Telefon vom Mund genommen zu haben. Gordon meinte, ein leises Schluchzen gehört zu haben. Er gab ihr die nötige Zeit, sich wieder zu sammeln, bevor er fragte.

»Was kann ich jetzt tun? Ich denke, dass John das Weite gesucht hat und du stinksauer auf ihn bist. Du wirst ja wohl nicht erwarten, dass ich mit ihm rede und als Friedensrichter fungiere. Aber ich könnte mit Jonas reden. Allerdings bin ich mir nicht sicher, ob ich zu ihm durchdringen kann. Hat er sich denn wieder beruhigt?«

Denise hatte sich geschnäuzt und wirkte wieder gefasst, als sie mit halbwegs fester Stimme antwortete.

»Er ist in seinem Zimmer und antwortet auf keine meiner Fragen. Er ist wieder abgetaucht in seine Welt. Er stiert ohne Pause auf seine Russischvokabeln. Ich bin gespannt, ob er wenigstens zum Abendessen erscheint. Könntest du nicht ... ich meine heute Abend ...?«

»Soll das eine Einladung sein, oder habe ich da was falsch verstanden? Ich meine, nicht dass ich keine Zeit hätte, aber das kommt nun doch ein wenig überraschend für mich. Was nun? Soll ich mit ihm reden?«

»Das wäre lieb von dir. Doch interpretiere nur nichts Falsches in die Einladung. Ich spiele hier nicht die reuige Ehefrau, die um ihren Ex kämpfen will. Nur reden und essen. Damit das klar ist. Ist dir neunzehn Uhr recht? Es gibt Huhn venezianisch mit Salbei und Zitrone.«

Die Verbindung brach ab, bevor Gordon ein Ja stottern konnte. Dafür blickte er in zwei Gesichter, die Mühe hatten, Bemerkungen zu unterdrücken. Kai und Leonie schienen übereingekommen zu sein, das gerade Gehörte unkommentiert zu lassen. Da sie nur die Antworten mitbekommen hatten, liefen sie ansonsten Gefahr, beim Chef eventuell anzuecken.

29

»Was macht Sie so sicher, dass es sich um Pablo Martinez handelt? Verstehen Sie mich bitte nicht falsch, Herr Röhling, aber wir erhalten derzeit sehr viele Anrufe von Menschen, die ihn gesehen haben wollen. Da müssen wir schon gewisse Fakten abfragen. Bisher verlief alles in einer Sackgasse. Können Sie sich daran erinnern, was auf dem Fahrzeug stand?«

»Selbstverständlich, Herr Kommissar. Da stand groß Spedition drauf.«

»Nur das Wort Spedition – sonst nichts?«, wollte Kai wissen.

»Das sagte ich doch schon. Der Martinez hatte den restlichen Text mit Sprühfarbe unkenntlich gemacht. Fragen Sie mich nicht, warum er das einzelne Wort stehen ließ. Ich denke, dass er den Wagen für irgendwelche Transporte anbot. Mehr fällt mir dazu nicht ein. Aber das Gesicht vergesse ich nicht. Der hat niemals gelacht. Können Sie sich das vorstellen? Nicht einmal gegrinst hat der Kerl. Richtig unheimlich war der.«

»Nun gut, Herr Röhling. Ich habe Ihre Adresse. Macht es Ihnen etwas aus, wenn wir Sie noch heute besuchen. Sind Sie am Abend zu Hause?«

Im Hintergrund konnte Kai mithören, wie Clemens Röhling mit einer weiblichen Person sprach und sich dann wieder meldete.

»Geht klar, Herr Kommissar. Wir wohnen in der Parterrewohnung links. Dann bis nachher.«

»Und?« Leonie hatte mitgehört und sah fragend herüber. »Glaubst du, dass da was bei rauskommt?«

»Auf jeden Fall sollten wir uns das mal anhören. Wo ist Gordon? Der wollte doch mit, wenn wir was Vielversprechendes haben. Ich will gleich los, damit ich noch was vom Abend habe, falls das wieder ein Schuss in den Ofen wird.«

»Hat jemand nach mir verlangt?«

Ohne dass Kai es bemerkt hatte, war Gordon Rabe eingetreten und hatte die Frage mitbekommen.

»Du wolltest doch mit, wenn wir was haben. Der Anruf klang zumindest nicht übel. Der Mann konnte den Lkw recht gut beschreiben. Deckt sich mit der Aussage von der Frau Marken, wo Martinez auch schon mal wohnte. Wir müssen nach Duisburg, in die Nähe vom Hafen. Bist du fertig?«

Gordon griff nach seiner Jacke und zog Kai zur Tür. Leonie sah den beiden Männern nach, die schon einzeln recht imposant wirkten, zusammen aber beängstigend aussahen. Zwei Männer, die über eine beeindruckende Größe und Statur verfügten. Ihr gefiel, was sie sah.

»Denke an das Essen, Gordon. Denise mag Pünktlichkeit.«

Während Kai die Adresse ins Navigationsgerät eingab, fragte er beiläufig nach den Ergebnissen, die Gordon möglicherweise mitgebracht hatte. Alle wussten, dass er mit dem belgischen Kollegen telefonieren wollte, der Martinez damals verhört hatte. Als Ines Martinez-Gomez verschwand, geriet üblicherweise der Ehemann in den Fokus.

»Das war schon recht aufschlussreich, was der Kollege erzählte. Doch niemand konnte dem Martinez damals was beweisen. Wie wir schon wissen, existierte, was den Mord an dem Nachbarn betraf, ein Alibi. Die Frau blieb verschwunden. Kein Opfer, kein Mord. Aber die Dinge am Rande sind interessant.«

»Erzähl mal. Wir haben Zeit, bis wir in Duisburg-Ruhrort ankommen. Das ist irgendwo in der Nähe vom Amtsgericht. Was ist das für ein Typ?«

»Damals, als er noch mit seiner Frau Ines im belgischen Tournai wohnte, arbeitete er noch in einem Hotel in Roubaix. Das liegt nur wenige Kilometer entfernt in Frankreich. Er trug da noch den schwarzen Bart und auch sein Haar hatte noch die Originalfarbe. Der belgische Kollege wollte nicht glauben, dass die Frau einfach so verschwunden war. In der Nachbarschaft munkelte man über eine gewisse Beziehung der Frau zu einem Mann, der auch aus dem Ort stammte und ab und zu auftauchte, wenn Pablo arbeitete. Grund genug, dem Ehemann auf den Zahn zu fühlen.«

»Das hätten wir doch wohl auch getan«, bemerkte Kai dazu und wich einem zurücksetzenden Lieferwagen aus. Gordon nahm den Faden wieder auf.

»In der Nacht, als Ines angeblich verschwand, arbeitete Pablo in Roubaix, hatte also ein Alibi. Der Kollege Dubois meinte, dass die Frau schon vorher verschwunden sein könnte. Also war dieses Alibi nicht besonders aussagefähig. Er hat eine Suche gestartet, die das gesamte Gebiet um

185

Tournai einbezog. Nichts. Die Frau blieb verschwunden. Wir hatten ja schon aus dem Bericht von Interpol die Information über den Fund der männlichen Leiche im Wald. Da gab es ja diese Kleidungsstücke von Ines. Du erinnerst dich? Daraufhin forschte Dubois ein wenig in der Vergangenheit des Paares und befragte auch die Nachbarn. Was er da erfuhr, bestätigte eigentlich nur seinen Anfangsverdacht, dass Pablo was mit dem Verschwinden seiner Frau zu tun haben könnte.«

»Hat er sie verprügelt oder von dem Klüngel mit dem anderen Kerl erfahren?«, wollte Kai wissen.

»Das nicht direkt. Vor allem konnte man ihm nie beweisen, dass er von dem Nebenbuhler wusste. Aber er fand es schon bedeutsam, was man sich von ihm erzählte. Er soll sehr aufmerksam gegenüber seiner übrigens sehr schönen Frau gewesen sein. Doch hatte man allgemein das Gefühl, dass er sie permanent unter Druck setzte. Er wird als sehr besitzergreifend und eifersüchtig bezeichnet. Sie bekam viel von ihm geschenkt, wobei er aber quasi bestimmte, was sie zum Beispiel anzog. Freizügige Kleidung war tabu. Da ging er keine Kompromisse ein. Es wird sogar behauptet, dass er sie sogar mal geschlagen haben soll. Aber das konnte nie bewiesen werden. Sie traten in der Öffentlichkeit immer als verliebtes Paar auf.«

»Puh, solche Arschlöcher liebe ich besonders. Der Penner betrachtet seine Frau als sein alleiniges Eigentum. Pfui Teufel.« Kais Empörung wirkte echt, als er dabei sogar mit der Faust auf das Lenkrad schlug. »Ich erinnere mich. Dem Saukerl konnte nichts bewiesen werden und sie mussten ihn laufen lassen.«

186

»Genau«, bestätigte Gordon. »Der Fall ruht allerdings immer noch als unaufgeklärt in den Archiven von Interpol. Jetzt, wo wir den Mann suchen und die DNA identisch ist, sollte klar sein, dass Pablo Martinez damals seine Frau und den Nachbarn beseitigt haben dürfte. Übrigens liefert er uns durch den damaligen Fall auch ein treffendes Motiv für die Morde hier im Ruhrgebiet. Ich wette, dass durch die Untreue seiner Frau bei ihm im Rechenzentrum was kaputtgegangen ist. Jetzt rächt er sich an allen Frauen, die seiner Ines ähnlich sehen. Das wäre damit geklärt. Doch uns fehlt noch der Täter. Ich habe Angst, dass der jetzt so richtig in Fahrt gekommen ist und wir noch weitere Opfer befürchten müssen, bevor wir ihn am Arsch haben.«

»Warten wir es ab. Noch fünf Kilometer, dann wissen wir vielleicht mehr.«

In der Fabrikstraße reihte sich ein Haus an das nächste und zeigte deutlich, dass es sich um eine Arbeitersiedlung handelte, in der ein buntes Miteinander verschiedener Volksschichten stattfand. In unmittelbarer Nähe einer Pizzeria fanden die beiden Ermittler die gesuchte Hausnummer. Der dunkle Hausflur, der sich ihnen zeigte, war mit allerlei Graffiti verunstaltet worden, und wirkte wenig einladend. Clemens Röhling, der schon abwartend im Flur stand, stellte sich anders dar, als es sich Kai auf Grund der Telefonstimme vorgestellt hatte. Er hatte den Mann auf groß, stattlich und mindestens Mitte sechzig geschätzt. Vor ihnen stand ein schmächtiger Mittvierziger, dem der fleckige Jogginganzug um die dürren Beine schlabberte. Gordon hielt für einen Moment den Atem an, als ihm der Geruch von abgestan-

187

denen Kochdünsten entgegenschlug, der sich unangenehm mit älteren Körperausdünstungen mischte. Der volle Aschenbecher auf dem gekachelten Wohnzimmertisch tat sein Übriges dazu. Röhling ging voran ins Wohnzimmer und schob die halb leere Bierflasche zur Seite.

»Wollt ihr auch ein Bier? Bei dem Dreckswetter kann man sich ja nur besaufen. Hoffentlich hört der Regen bald auf. Das ist total beschissen, wenn man im Containerhafen malochen muss. Setzt euch, Jungs.«

Nur widerwillig schoben die Kollegen der Polizei die verknautschten Kissen zur Seite, die noch immer die Körperwärme ihres Besitzers besaßen, der vermutlich noch kurz zuvor auf dem Sofa ein Schläfchen abgehalten hatte. Beide schüttelten stumm den Kopf und zeigten damit an, dass sie von dem großzügigen Angebot des Hausherrn keinen Gebrauch machen wollten.

»Zur Sache, Herr Röhling«, eröffnete Kai das Gespräch und zückte gleichzeitig seinen Notizblock. »Das ist übrigens mein Kollege Hauptkommissar Rabe, der die Ermittlungen leitet. Wir sind gespannt, was Sie uns über Ihren ehemaligen Nachbarn erzählen können. Wie Sie bereits am Telefon mitteilten, sind Sie sich ganz sicher, dass wir über den gleichen Mann sprechen.«

Kai legte das vergrößerte Foto von Pablo Martinez auf den Tisch, nachdem er die aufgeschlagene Fernsehzeitung zur Seite geschoben hatte. Gordon meldete sich zwischendurch mit einer Frage.

»Würde es Ihnen etwas ausmachen, wenn Sie für kurze Zeit zumindest den Ton im Fernsehen abschalten könnten? Ich muss zugeben, dass mich das ablenkt.«

Wortlos drückte Röhling auf einen Knopf seiner Fernbedienung, ohne den Blick von dem Foto abzuwenden.

»Das ist der Penner. Klar erkenne ich den wieder. Das Arschloch hat ja immerhin ein paar Monate nebenan gewohnt und mich oft genug angepumpt. Der schuldet mir immer noch mindestens hundert Kröten.«

»Gut«, fuhr Kai fort, »damit hätten wir das Wichtigste schon hinter uns. Erzählen Sie mal etwas über den Nachbarn, der Sie mit den Schulden sitzen ließ. Wann ist er ausgezogen? Wohnte er alleine hier? Wie war er? Wir hören.«

Clemens Röhling nahm erst einen stärkenden Schluck aus der Flasche und kramte eine Schachtel Zigaretten aus den Tiefen seines Joggers.

»Ich weiß, dass es Ihre Wohnung ist und ich hier keinerlei Rechte habe. Aber könnten Sie mir einen Gefallen tun und während unserer Unterhaltung nicht rauchen? Ich leide unter Asthmaanfällen und huste mich dämlich, wenn jemand in meiner Nähe und dann noch in engen Räumen raucht.«

Gordons Gesicht zeigte schon fast ein Flehen, als er die Bitte aussprach. Die Überraschung in Kais Augen ignorierte er und konzentrierte sich ausschließlich auf den Gastgeber, der zögerlich seine Zigarette wieder zurücksteckte.

»Ich danke Ihnen sehr, Herr Röhling. Doch nun zurück zu unseren Fragen. Bitte.«

»Tja, wo soll ich anfangen? Der Pablo ist, so glaube ich, Ende Oktober 2012 ausgezogen. Ja, ich bin mir sogar sicher. Ein paar Tage vorher haben wir noch den Geburtstag vonne Jenny aus dem Kiosk anne Ecke gefeiert. Die hatte dat fünfundzwanzigste Jubiläum. An dem Tag hatte Pablo noch seinen beschissenen Lkw genau vor die Tür geparkt. Jenny war stinksauer, weil wir draußen gefeiert haben und der immer mit seine Möbel vorbeikam.«

Kai machte sich Notizen und hakte nach.

»Und Sie sind sich sicher, dass der Pablo schon damals diesen schwarzen Lkw mit der Aufschrift Spedition fuhr?«

»Jau. Der erzählte immer, dat er die Karre für Transporte brauchte. Wir haben uns alle gewundert, weil er doch immer behauptete, dat er son Künstler wär, der in Hotels und auf die Kreuzfahrtpötte auftritt. Der hat da wohl nicht genug Kohle gemacht und wird sich ein paar Kröten dazuverdient haben. Egal – an dem Tag hat er nur genervt. Dann hab ich vergessen, von ihm die hundert Mäuse zu kassieren. Der Arsch war weg und meine Kohle auch. Wenn ich den inne Finger kriege, dann ...«

»Gut, Herr Röhling«, schaltete sich Gordon ein, »beschreiben Sie uns den Mann. Und gehen wir recht in der Annahme, dass er alleine lebte? Sie erwähnten bisher niemanden, der möglicherweise bei ihm wohnte.«

»Ne, ne, der wohnte ganz für sich alleine. Wenn der mal einen sitzen hatte, erzählte der wat von eine Frau, mit der er mal zusammengelebt hatte. Ich meine sogar, dat der mit die Frau verheiratet war. Hübscher Käfer, zumindest auf dem Foto, wat der immer inne Tasche hatte. Die soll ihm abgehauen sein. Na ja, kann ich verstehen. Sonne Frau mit einem solchen Spinner? Dat geht nich lange gut. Der Pablo ging doch zum Lachen innen Keller. Dat macht doch keine Frau lange mit. Die Maus hätte ich auf Händen getragen.«

Gordon stellte sich gerade die Szene vor, wie dieser schmierige Typ eine schöne Frau auf Händen trug. Es schüttelte ihn innerlich, sodass er schnell ablenkte.

»Gab es bei ihm irgendwann auch Damenbesuch? Sie verstehen, was ich damit meine?«

»Nö, Herr Hauptkommissar. Dat wär bei dem Pablo auch komisch gewesen. Der hatte nur seine Ines im Kopp. Komisch, jetzt erinner ich mich sogar an den Namen von die Kleine. Ines hieß die – genau. Die ging dem nich außen Kopp. Aufen Schrank bei dem standen immer ganz viele Bilder vonne Ines.«

Kai notierte sich jede Kleinigkeit und sprach Röhling an.

»Sie benutzten vorhin den Begriff Spinner, als Sie den Mann beschrieben. Was meinten Sie genau damit? Ich muss mir darunter was vorstellen können.«

»Dat der einfach ein Spinner, ein Sonderling war. Hören Sie. Eigentlich war dat eine ganz ängstliche und feige Sau. Doch ab und zu drehte der auch mal am Rad, wenn er einen sitzen hatte. Dann pöbelte der andere an und bekam dann wat aufe Fresse. Irgendwann is der dann in son komischen Club gegangen und hat diese bescheuerte Kampftechnik gelernt. Danach hat der Pablo auch mal ausgeteilt. Die Kumpels meinten, dat der sich auch bei ner Sekte rumtreibt und so komische Rituale inne Bude abhält. Aber Sie wissen ja, wat so alles erzählt wird, wennse im Suff zusammensitzen. Ich kam mit den Pablo eigentlich ganz gut aus, auch wenn er manchmal seltsam war. Weswegen sucht ihr den eigentlich? Hat der noch bei anderen als mir Schulden?«

»Sie werden das doch sicherlich in der Zeitung gelesen haben«, beruhigte ihn Kai, »dass wir ihn als wichtigen Zeugen in einer Untersuchung zu einem Sexualverbrechen dringend suchen. Wir müssen wissen, wo er sich zurzeit aufhalten könnte. Ihnen hat er nichts gesteckt?«

»Nee, ich sagte ja schon, dass der Saukerl sich heimlich verpisst hat. Wenn ihr ihn findet, bestellt ihm einen Gruß von mir. Der soll mir die hundert Kröten zahlen, sonst hetz ich ihm ein paar Kumpels aufen Hals.«

Bevor Kai losfuhr, stellte er das Gebläse des Wagens auf volle Kraft.

»So kriegst du den Gestank auch nicht aus deinen Klamotten, Kai. Da hilft nur der Sechzig-Grad-Waschgang in der Waschmaschine oder die chemische Reinigung. Bis morgen Früh werde ich wohl nichts mehr essen können. Wie kann man nur so leben? Aber jetzt mal zurück zum Martinez. Was hältst du von dem Gerede?«

Kai startete den Motor und beobachtete den Verkehr im Rückspiegel, bevor er antwortete.

»Ich denke, dass der Röhling viel Scheiße geredet, aber er unseren Mann beschrieben hat. Das passt zu dem, was wir ihm anlasten werden. Dieser Martinez konnte die Untreue seiner Frau nicht verkraften und hat sie bestraft. Das dürfte aber wohl sein Geheimnis bleiben, solange man die Frau nicht findet. Es kann gut sein, dass sich der Wahnsinnige immer noch auf einem Rachefeldzug befindet. Der steigert sich sogar da hinein. Gordon – die Zeit drängt. Übrigens solltest du dich noch umziehen, bevor du zu Denise gehst. Der Appetit kommt bestimmt noch zurück.«

30

Die Gesichtszüge des Mannes ließen keinen Zweifel daran, dass er voller Hass war. Gefährlich langsam legte er die Zeitung zurück auf den Tisch und atmete die Luft aus, die er angehalten hatte. Wieso besaß man dieses Foto von ihm? Niemals hatte er sich ohne Bart und mit gefärbten Haaren fotografieren lassen. Seine Tarnung war aufgeflogen und wurde nun gegen ihn verwandt. Pablo Martinez faltete die Zeitung zusammen und legte sie zurück in den Ständer. Niemand im Lokal schien Notiz von ihm zu nehmen. Alle waren mit ihren eigenen Problemen beschäftigt und redeten durcheinander. Er suchte einen Geldschein und zeigte dem Kellner an, dass er das Geld auf den Tisch gelegt hatte. Er beeilte sich, in der Menge unterzutauchen, die den alltäglichen Geschäften nachging. Seine kalten Augen suchten die Fronten der Häuser ab, bis er endlich das Werbeschild einer Drogerie fand. Schnell entdeckte er das Regal mit Haarpflegeartikeln, in dem sich auch Färbemitteln befanden. Schwarz war sein gesuchtes Objekt. An der Kasse erntete er einen mehr als freundlichen Blick der Kassiererin, der auffallend lange auf ihm ruhte. Er kannte diese Wirkung auf Frauen, da er davon überzeugt war, als gut aussehender Mann wahrgenommen zu werden.

Pablo strich das nun tiefschwarze Haar glatt, das mit dem Dreitagebart einen attraktiven Südländer darstellte. Ein zynisches Grinsen umspielte die fest zusammengepressten Lippen und zeigten einen Mann, der mit dem Ergebnis seiner Umgestaltung äußerst zufrieden schien. Kaum jemand würde ihn nun noch mit dem glattrasierten Mitteleuropäer in Verbindung bringen, der er noch vor einem Tag sein konnte. Seine Hände umfassten das Glas, aus dem ihn ein Augenpaar unablässig musterte.

»Gefalle ich dir? Du musst entschuldigen, wenn ich diese Veränderung durchführen musste. Aber da draußen tut sich etwas sehr Böses. Man will mich von dir wegreißen. Sie wollen verhindern, dass ich meine Aufgabe erfülle. Doch das werden sie nicht schaffen, Ines. Gott hat mich mit dieser Mission betraut. Er wird mir auch die Kraft geben, weiter daran arbeiten zu können. Hast du übrigens schon unsere neue Besucherin gesehen? Sie reicht wahrlich nicht an deine Schönheit heran, doch eine starke Ähnlichkeit kannst du nicht abstreiten. Schau nur, sie wird gleich aufwachen.«

Kaum hatte Pablo den Satz ausgesprochen, als ein leises Stöhnen aus der Dunkelheit des Nebenraumes zu hören war. Vorsichtig hob er das Glas an und trug es vor sich her, um es auf einem Tisch wieder abzusetzen, auf dem er eine große Kerze entzündete. Sofort wurde der Raum in ein karges Licht getaucht, das nur schwach das Holzgestell an der Wand erkennen ließ. Der nackte Körper einer Frau bewegte sich nur schwach. Mund und Augen wurden durch ein Tuch verdeckt. Blutstreifen liefen über den entblößten Körper und zeugten davon, dass diese Frau bereits ein grausames Martyrium hinter sich hatte.

»Siehst du, Ines, dieses Miststück glaubte, dir ebenbürtig sein zu können. Schau sie dir an. Es ist nur eine billige Kopie von dir.«

Pablo erhob sich vom Tisch und näherte sich dem Foltergestell. Mitleidlos riss er das Tuch von den Augen der Frau, die erst jetzt erkennen durfte, wohin sie der so galante Mann verschleppt hatte, von dem sie sich ein aufregendes, erotisches Abenteuer erhofft hatte. So zumindest gestalteten sich die Vermutungen Pablos, der jetzt mitleidlos auf die Wunden blickte, die er diesem Opfer bereits beigebracht hatte. Mit einem kühlen Lächeln bohrte er seinen Zeigefinger in den tiefen Schnitt, den er dieser Frau auf dem Oberschenkel beigebracht hatte. Ihr Schrei wurde vom Knebel unterdrückt, der tief in ihrem Mund von dem Tuch festgehalten wurde. Da sich Schleim in den Nasengängen angesammelt hatte, drohte sie zu ersticken. Verzweifelt zerrte sie an den Fesseln, die tief in das Fleisch schnitten und immer wieder das Blut durchsickern ließen. Die Augen starrten ungläubig auf das Glas, das auf dem schwach beleuchteten Tisch zu schweben schien. Sie glaubte, darin zwei Augen erkennen zu können, die unablässig ihren Körper fixierten. Als sie sich dessen bewusst wurde, was möglicherweise mit ihr passieren könnte, drohte der Verstand auszusetzen. Mit allen ihr noch zur Verfügung stehenden Kräften versuchte sie, den Knebel aus dem Mund zu schieben, was nur dafür sorgte, dass sich ihre Zunge dahinter verfing und die Luftröhre endgültig verschloss. Ihre Lungen suchten nach frischem Sauerstoff, der ihnen jedoch verwehrt wurde. Das Gesicht verfärbte sich von Hellrot zu einem beängstigenden Blau. Nach wenigen Augenblicken zuckte ihr Körper nur noch, um dann endgültig zu erschlaffen. Als Pablo sich ihr erneut zuwandte, war es schon zu spät, um sie zu retten. Wie ein Wilder prügelte er auf den erschlafften Körper ein und schrie sie an.

»Du verdammte Schlampe kannst mir das nicht antun. Es ist zu früh, um in die Hölle zu fahren. Auf ewig sollst du dafür verflucht sein, dass du dich mir ohne Bestrafung entzogen hast. Du sollst das Feuer der ewigen Verdammnis zu spüren bekommen. Oh Gott, das tut mir so leid. Ich wollte sie dir schenken, wenn die Züchtigung vollzogen gewesen wäre. Doch es wird eine andere Frau geben, die ich dir schenken will. Sie leben dort draußen und suhlen sich in Wollust. Gib mir Zeit, oh Herr. Die Rache ist dein.«

Voller Wut riss Pablo ein langes Messer von einem Tisch und stach wie ein Berserker auf den toten Körper ein, schnitt willkürlich Fleischstücke heraus und warf sie weit durch den Raum. Blut spritzte in alle Richtungen und gestaltete den Raum um in ein Schlachthaus. Er hörte erst damit auf, als der Wind einen Fensterladen zuschlug und ihn zusammenzucken ließ. Schwer atmend stand er mit dem Messer in der Hand über und über mit Blut besudelt vor dem geschändeten Körper eines unschuldigen Menschen.

Lange stand Pablo unter der Dusche und verfolgte die Rinnsale, die das Blut-Wasser-Gemisch Richtung Abfluss trieben. Seine Gedanken gingen zurück zu dem Artikel in der Zeitung. Die Polizei versuchte, seiner habhaft zu werden. Er musste unbedingt herausfinden, wer da genau auf seiner Spur war. Niemand würde ihm jemals seine gottgegebene Macht nehmen können.

31

»Was machst du da, Leonie? Wie das Bild da auf dem Schirm eindrücklich unter Beweis stellt, ist Ines Martinez-Gomez eine verdammt hübsche Frau. Schade um sie. Ich finde, dass eigentlich alle Opfer gut aussahen, aber an das Original kommt keine so wirklich ran.«

Gordon sah über Leonies Schulter auf den Bildschirm, der angefüllt war mit den Dateien von vermissten oder getöteten Frauen.

»Du solltest nicht unbedingt bei Ines in der Vergangenheit sprechen. Es ist ja noch nicht bewiesen, dass sie tatsächlich getötet wurde. Kein Opfer – keine Tat. Vielleicht ist sie nur von der Fahne gegangen und er rächt sich dafür an denen, die ihr äußerlich gleichen. Ich habe mir mal die Vermissten-listen aus Deutschland seit dem Verschwinden von Ines angesehen. Über den Gesichtserkennungsfilter habe ich dann aussortiert, was überhaupt nicht infrage kommt. Nachdem ich den Rest noch um die Frauen reduziert habe, die wir tot auffanden, bleiben noch diese Frauen hier.«

Leonie öffnete eine Datei, in der mindestens zwölf Gesichter erschienen, die annähernd das Aussehen von Ines Martinez-Gomez besaßen. Gordon zog sich einen Stuhl ran und setzte sich neben die Kollegin.

»Du meinst, dass ...?«

»Zumindest können wir es nicht ausschließen, finde ich. Wir würden in diesem Fall von acht weiteren Opfern sprechen, deren Verbleib bisher noch nicht geklärt werden konnte. Ich gestehe, dass mir das einen Schauder bereitet. Stell dir das mal vor, Gordon, was diese Bestie dann bereits angerichtet hat. Und dann bleibt da noch diese verfluchte Ungewissheit bei deren Familien. Diese perfide Methode, die Ehemänner zum Mittäter zu machen, scheint erst seit wenigen Monaten zu seinem Repertoire zu gehören. Das beweist einmal mehr, dass diese Serientäter ihre Morde immer raffinierter planen und oftmals hochintelligent sind. Ich glaube noch nicht so recht an einen schnellen Erfolg.«

»Warum bist du so pessimistisch, Leonie? Wir haben zumindest ein Bild von ihm.«

Gordon konnte sich der Argumentation der Kollegin zwar nicht völlig entziehen, wollte allerdings nicht an einen Misserfolg glauben.

»Ich weiß nicht, ob man es Pessimismus nennen darf. Ich sehe nur die lange Zeit, in der er schon unentdeckt wirken konnte. Und dann darfst du nicht vergessen, dass dieser Mann in der Lage ist, Zeitung zu lesen. Er wird sein Bild in den Gazetten erkannt haben und bestimmt nicht abwarten, bis ihn einer erkennt und ausliefert. Du hast mir beigebracht, so zu denken wie unsere Täter. Was würdest du also tun, wenn du an seiner Stelle wärest?«

»Du hast recht«, ging Gordon auf Leonies Gedanken ein. »Er wäre ja verrückt, würde er jetzt nicht reagieren. Natürlich verändere ich mein Äußeres. Aber da sind die Möglichkeiten ja auch nicht unbegrenzt. Haarlänge, Haarfarbe,

Frisur und Bart wären da erwähnenswert. Ich habe mal von einem französischen Serientäter gelesen, der versteckte sich monatelang hinter einer Fassade eines schwerbehinderten Rollstuhlfahrers. Das ist damals mehr durch einen Zufall aufgefallen, als er von einem Auto angefahren wurde und weglief.«

Leonie konnte sich ein Lachen nicht verkneifen und drehte sich ihrem Chef zu. Der wirkte jetzt wieder ernst und nachdenklich, als er seine Gedanken preisgab.

»Ich habe schon wieder Bilder vor Augen, die Menschen darstellen, die sich in für uns unvorstellbaren Situationen befinden. Ich spreche dabei von den Opfern, die hilflos diese unbeschreiblichen Qualen seelisch wie körperlich ertragen müssen. Die verfolgen mich dann besonders in den Nächten.«

»Hast du mal mit einem Psychologen darüber geredet? Das ist doch belastend und wird ja mit der Zeit bestimmt nicht besser«, wollte Leonie wissen.

Als hätte sie ein heißes Eisen angesprochen, schreckte Gordon hoch und legte seine Hand auf ihren Arm.

»Wenn du einmal so lange dabei bist wie ich und in diese Tiefen der menschlichen Seele blicken musstest, werden dich auch ab und zu Bilder und Szenen verfolgen. Aber es erleben und darüber reden, sind verschiedene Paar Schuhe. Wir arbeiten in der Mordkommission. Da musst du so was wegstecken können. Geh mit deinen Problemen mal an die Obrigkeit. Dann wird die Frage sofort auftauchen, ob du grundsätzlich noch diensttauglich bist. Möglicherweise findest du dich anschließend in der Cyberrecherche und dem Fahndungszentrum wieder. Steck so was weg oder du wirst

199

ruckzuck für ungeeignet und nicht belastbar erklärt. Klar – es wird für deine Psyche besser sein, aber der Schaden wurde bereits tief in dir angerichtet und verbleibt dort. Ich will das trotzdem weitermachen, denn ich sehe es als eine meiner wichtigsten Aufgaben an, diese Teufelsbrut von den Straßen zu holen und wegzusperren. Gäbe es uns nicht, würde die Welt um uns herum im Chaos versinken.«

Lange saßen sie sich schweigend gegenüber. Leonie ließ Gordons Beichte sacken, versuchte, diese traurige Erfahrung des Vorgesetzten einzuordnen. Gordon unterbrach ihre Gedanken.

»Vergiss besser, was ich soeben gesagt habe. Ich hätte dir als Vorgesetzter eher dazu raten sollen, den Seelenklempner aufzusuchen, wenn du die ersten Zweifel und schädliche Bilder in dir spürst. Du läufst sonst Gefahr, einen bleibenden Knacks zu bekommen und innerlich zu erkalten. Du siehst irgendwann überall Mord und Totschlag. Und du stellst ja an meiner Beziehung fest, wohin das außerdem noch führen kann.«

»Jetzt mach mal halblang, Gordon. Daran wird wohl nicht ausschließlich der Job die Schuld tragen. Ich denke, dass da noch andere Gründe ausschlaggebend waren. Ihr solltet euch noch einmal zusammensetzen. Verdammt, ihr habt euch doch immer so gut verstanden. Ich finde, dass ihr gut zusammenpasst. Bitte nimm mir das nicht übel, aber jeder von euch sollte eine mögliche Mitschuld ein letztes Mal auf den Prüfstein legen. Mich würde es freuen, wenn ihr wieder zusammenfindet. Allein schon wegen Jonas. Er braucht euch beide – eine Mutter und vor allem einen Vater, der ihm als Vorbild dienen kann.«

Gordon ließ diese Predigt erstaunlich ruhig über sich ergehen, folgte nicht seiner normalen Reaktion, alles weit von sich zu weisen. Die Worte einer unverheirateten Kollegin hatten ihn an einem Punkt getroffen, über den er sich bis heute nicht absolut sicher war. Für ihn bedeutete die endgültige Trennung von Denise einen krassen Einschnitt in sein Leben. Er entdeckte immer wieder diese noch vorhandene Zuneigung zu der Frau, für die er schon immer alles gegeben hatte. Er war froh, dass der Anruf ihn ablenkte und ihm die Antwort ersparte.

»Wer soll das sein? In der gleichen Zelle? Ich komme – bin in einer Stunde da.«

»Was ist passiert, Gordon? Ein Zeuge?« Leonie war die Erregung anzumerken. Sie spürte, dass sich im Augenblick etwas Wichtiges tat. »Verdammt, sag was. Wo willst du hin?«

»Wir haben einen Zeugen in der Gelsenkirchener Strafanstalt, der Pablo in der Zeitung erkannt hat. Er will das nur mir sagen. Ich erinnere mich an den Kerl, weil ich den damals selbst überführt habe. Dieser Luis Rodríguez sitzt wegen diverser Körperverletzungen und Drogenhandel noch für Jahre ein. Meine Vermutung ist, dass er für sein Wissen etwas aushandeln möchte. Hören wir uns das mal an. Du bleibst hier und gibst mir bitte sofort Bescheid, sollte sich was Dringendes ergeben.«

32

Es war das schmierige Grinsen, was Gordon als Erstes auffiel, als der Gefangene in den Verhörraum geführt wurde.
Sofort fielen ihm die unsäglichen Vernehmungen des
Schwerverbrechers ein, bevor man ihm zumindest ein Tot-
schlagdelikt und Drogenhandel beweisen konnte. Elf Jahre,
so fand Gordon, waren viel zu niedrig angesetzt für diesen
Gewaltverbrecher, der niemals wieder den Weg zurück in die
Gesellschaft finden würde. Den Grundstein für sein Leben
legte man schon während seiner Jugend in Medellin. Die
kolumbianischen Verhältnisse übertrug er eins zu eins auf
Deutschland, wo er viele Jahre hindurch den Zustrom von
Drogen mit eiserner Hand steuerte. Das ölig glänzende Haar
hing Luis Rodríguez ins Gesicht, als der Justizbeamte ihn
auf den Stuhl drückte. Die Ärmel der Anstaltsjacke waren
hochgeschoben und zeigten neben den Handschellen auch
die vielen Tätowierungen, die für Eingeweihte die Position
innerhalb der Syndikate zeigte. Wortlos saßen sich die
ungleichen Männer gegenüber, bis Gordon das Schweigen
brach.

»Da bin ich, Luis. Was hast du für mich?«

»Hör zu, Bulle. Ich habe dich nicht anrufen lassen, weil
ich plötzlich meine Liebe zu dir entdeckt habe. Verfaulen

sollst du dafür, dass du mich hier reingebracht hast. Ich hätte da was, für das ich aber eine Gegenleistung einfordere. Hast du mich verstanden? Nichts im Leben ist umsonst. Was hältst du davon?«

Gordon erhob sich wortlos und eilte zur Tür. Die fast kreischende Stimme des Verbrechers hielt ihn zurück.

»Wo willst du hin, Bulle? Ich habe dir was zu sagen. Wenn es dich allerdings nicht interessiert, hau ab. Nur kriegst du dann diesen Penner niemals.«

Gordon wandte sich um und kam einen Schritt auf Luis zu, der ihn frech angrinste.

»Wenn ich dir jetzt sage, dass wir diesen Kerl so gut wie sicher hinter Gitter haben, verrate ich dir nichts Geheimes. Wenn du glaubst, dass es nur mit deiner Hilfe geschieht, muss ich dich enttäuschen. Solltest du mit möglichem Wissen hinter dem Berg bleiben, verzögert sich das nur unwesentlich. Was will ich dir damit sagen? Wenn es nach mir geht, darfst du deine Hinweise gerne wieder mit zurück in deine saugemütliche Zelle nehmen. Dafür habe ich nur ein Arschbackengrinsen übrig. Solange ich nicht bewerten kann, was du zu sagen hast, wird ein Deal nicht zustande kommen. Sag mir, was du weißt, und ich überlege mir danach, ob ich mir überhaupt deine Forderung anhöre. Was ist nun? Nur, bitte vergeude nicht meine Zeit.«

Ein schwaches Aufblitzen in den fast schwarzen Pupillen des Gangsters zeigte Gordon, dass er den Kerl zumindest verunsichert hatte. Mit einer Kopfbewegung forderte er Gordon auf, sich wieder zu setzen.

»Warum wirst du gleich so ungehalten, Bulle? Wenn du wüsstest, wo du den Scheißer findest, würdest du nicht hier bei mir sitzen, hättest du dir gar nicht erst die Mühe gemacht, deinen Arsch hierher zu bewegen. Habe ich recht? Also, hör dir an, was ich dir anbiete. Ich kann dir sagen, wo du diesen Dreckskerl findest. Ich weiß, wo der sich eingenistet hat. Ist das okay für dich? Jetzt sage ich dir aber auch, was ich dafür verlange.«

Als Luis spürte, dass Gordon nicht antworten, sondern nur abwarten würde, fuhr er fort.

»Die haben mich in die Schlosserei gepackt. Ich verstehe nichts von dieser verfickten Arbeit mit Eisen und dem ganzen Schweißkram. Du versprichst mir, mit der Direktorin zu quasseln, damit ich einen Job in der Küche bekomme. Ich wechsel den Job und du kriegst diesen Frauenschänder. Ist das ein Deal?«

»Moment, Luis. Du sprichst bei Pablo Martinez von einem Frauenschänder. Woher willst du das wissen? Der war noch nie im Knast. Wann bist du ihm begegnet?«

Wieder stahl sich dieses überhebliche Grinsen auf das Gesicht des Gefangenen.

»Siehst du? Ich sagte doch, dass ich was für dich habe. Gib mir dein Wort drauf, dass du mit der Direktorin redest und du kriegst, was du wissen darfst.«

»Ich rede mit ihr. Allerdings kann ich dir nichts versprechen. Sie bestimmt die Regeln hier. Leg los.«

Noch zögerte Luis einen Moment, um dann doch den Hauptkommissar mit Informationen zu versorgen.

»Na gut, ich vertraue dir. Pablo gehörte zu meinem Kundenkreis. Ich verrate keine Geheimnisse, wenn ich dir sage, dass man alles bei mir kaufen konnte. Wenn ich alles sage, meine ich damit sämtliche Drogen und Chemikalien, die es gibt. Auf Wunsch hätte ich dir sogar Uran besorgt. Doch zurück zu diesem Schwein.

Ich muss zugeben, dass mir dieser Typ nie so ganz geheuer war. Auf der einen Seite wirkte er wie ein ängstlicher Arsch, ein überheblicher Schönling. Aber er konnte auch anders. Das spürte man deutlich. Der lief oft zu Hause mit freiem Oberkörper rum und machte so komische Übungen. Der Pisser schlief auf dem Boden und peitschte sich selbst aus. Der hatte definitiv einen an der Klatsche. Seine Bude erinnerte mich immer an Satansbeschwörungen. Weißt du, wer stellt schon überall Kerzen auf, wenn man über elektrisches Licht verfügt?«

Interessiert hörte Gordon zu, stellte jedoch zwischendurch die Frage.

»Wieso Frauenschänder? Komm raus damit.«

»Ab und zu hat der Kerl sich was von meinem Stoff reingezogen und wurde dann etwas lockerer. Einmal hat der mir ein Bild von seiner Frau gezeigt. Muss sagen, da hätte ich meinen Kleinen auch schon mal reinhängen wollen.«

»Komm zur Sache, Luis. Für deinen Schweinkram habe ich keine Zeit. Was war mit seiner Frau?«

»Gott, sei nicht so prüde. Also, er erzählte mir, dass er mit der Tussi verheiratet war und dass sie es mit einem anderen Kerl getrieben haben soll. Er hatte so einen Glanz in den Augen, als er mir stolz erzählte, dass er den beiden die Quittung serviert hätte. Mehr hat er nicht verraten. Aber als er über andere Weiber sprach, lief sogar mir eine Gänsehaut über den Rücken. Für die brauchte er die Drogen. Anfangs wollte er immer Chloralhydrat und Barbiturate von mir haben. Ich habe ihm gesagt, dass die bei Überdosierung zum

Atemstillstand führen könnten. Da hat der nur gegrinst. Später habe ich nur noch Scopolamin und Atropin geliefert.«

Gordon wusste, dass es sich bei diesen Substanzen um Bestandteile handelte, die für K.-o.-Tropfen genutzt wurden. Er war schockiert.

»Hat er auch darüber gesprochen, was er mit den Frauen angestellt hat, die er so gefügig machte?«

»Nee, da hielt sich diese Sau bedeckt. Der wusste genau, dass ich auf so was nicht konnte. Ich habe schon viel Scheiße gemacht, aber niemals habe ich Frauen gequält. Irgendwann habe ich den Scheißer aus den Augen verloren. Ich glaube, dass der sich einen anderen Dealer besorgt hatte. Außerdem habt ihr mich ja auch kurz darauf einkassiert. Zuletzt habe ich ihm nur noch ein Tattoo-Studio besorgt, das ihm diese irre Tätowierung auf die Brust knallte. Das habe ich auch noch nicht erlebt in der Szene. Der wollte ein riesiges Bild gestochen haben, wo man einen Apfel sieht, um den sich eine Schlange windet. Total beschmiert, so was. Ich weiß natürlich nicht, ob das jemals angefertigt wurde. Nur so am Rande. Was ist jetzt mit unserem Deal? Alles in Butter?«

Gordon hielt ihm die offenen Hände entgegen. Luis Rodríguez starrte darauf und wieder zurück ins Gesicht des Ermittlers.

»Was ist damit? Warum hältst du mir die Pfoten entgegen?«

»Was siehst du hier, Luis? Sag es mir.«

»Ich sehe deine beschissenen Hände, Bulle. Mehr nicht.«

»Genau das ist der Punkt. Die beschissenen Hände sind leer. Du hast mir gesagt, dass du wüsstest, wo ich den Dreckskerl finde. Also? Ich höre.«

»Ach du Scheiße. Du hast recht. Das hatte ich ganz vergessen. Damit du siehst, dass ich zu meinem Wort stehe, sollst du diesen Raum nicht unwissend wieder verlassen. Hast du eine Karte mit? Oder gib mir ein Blatt Papier.«

Als Luis Rodríguez aus dem Raum geführt wurde, drehte er sich noch ein letztes Mal zu Gordon um und zeigte mit beiden Zeigefingern auf den Hauptkommissar.

»Denk an den Deal, sonst hast du dein Wort gebrochen. Und das mag ich überhaupt nicht.«

Draußen vor dem Tor betrachtete Gordon noch ein letztes Mal die Zeichnung, bevor er den BMW über die Autobahn Richtung Präsidium trieb.

33

Die Abendröte verschwand allmählich über dem Baldeneysee und nahm der Oberfläche den geheimnisvollen Schim-
mer, der zum Spätnachmittag viele Besucher dorthin lockte.
Dafür hatten die Männer der Sondereinsatztruppe der Polizei
kein Auge. Sie hatten sich in Position gebracht, um das Haus
zu stürmen, das auf der Zeichnung eingekreist worden war
und in dem sie den meistgesuchten Serienmörder der Repu-
blik vermuteten. Die letzten Sonnenstrahlen suchten sich den
Weg durch den dichten Wald, der normalerweise den
Menschen in diesem Ballungsgebiet zur Naherholung diente.
Heute war der Schellenberger Wald weiträumig abgesperrt.
Obwohl mindestens dreißig Einsatzkräfte den Ring um das
Haus immer enger zogen, war kaum ein Laut zu hören. Nur
ab und zu vernahm man das Scharren im Laub und das
Knacken von Zweigen, die unter den Stiefeln zerbrachen.
Als würden die Tiere um das Unternehmen wissen, ver-
stummten sie. Sie schienen angespannt zu lauschen. Die
schwarzen Schatten der Polizisten huschten von Stamm zu
Stamm und verständigten sich ausschließlich durch ein-
geübte Handzeichen. Eine tödlich wirkende Maschinerie lief
an und hatte zum Ziel, möglichst ohne Blutvergießen einen
Täter festzusetzen, der vermutlich mehr als zwölf Leben auf

dem Gewissen hatte. Oberste Priorität war es, diesen Mann lebend zu fangen und vor Gericht zu zerren. Trotzdem waren die Waffen durchgeladen und bereit, bei Gegenwehr entsprechend eingesetzt zu werden.

Gordon, Kai und Leonie hatten sich aufgeteilt und den drei Trupps der SEK-Mannschaften angeschlossen. In der Vorbesprechung war festgelegt worden, dass der Zugriff erst bei völliger Dunkelheit erfolgen sollte. Lediglich die Zufahrt zum Haus sollte eine freie Fahrt ermöglichen, da man sich nicht sicher sein konnte, dass sich der Gesuchte tatsächlich im Gebäude aufhielt. Keiner der drei Kripoleute konnte sich ein Bild davon machen, ob sich die Spannung auch auf die Männer des SEK übertragen hatte. Ihre Gesichter waren größtenteils von schwarzen Masken verhüllt. Leonie jedoch konnte sich von der inneren Erregung nicht freisprechen. Diese Situationen waren einfach nicht in der Häufigkeit trainiert worden, wie es bei den Männern um sie herum der Fall war. Für sie schien es reine Routine zu sein. Der Truppführer neben ihr schien ihre Anspannung zu spüren. Seine Hand, die sich auf ihren die Waffe haltenden Arm legte, übertrug eine wundersame Ruhe. Dankbar lächelte sie ihm zu und konzentrierte sich wieder auf das nur noch schattenhaft erkennbare Gebäude, das von Efeuranken fast gänzlich überwuchert war. Kein noch so schwaches Licht deutete darauf hin, dass sich irgendwer in diesem Gemäuer aufhielt.

Pablo lenkte den Wagen mit gemäßigtem Tempo über die Heisinger Straße, die am heutigen Tag erstaunlich ruhig wirkte. Zu dieser Zeit, in der normalerweise die letzten Berufspendler nach Hause fuhren, herrschte hier noch reger

Verkehr. Er besaß den Instinkt eines wilden Tieres. Den hatte er sich angeeignet, da er immer darauf bedacht sein musste, unentdeckt zu bleiben. Gefahren wittern zu können, hatte ihm schon oft die geliebte Freiheit bewahrt. Ohne den wahren Grund erklären zu können, lenkte er den Wagen spontan auf die Zufahrt zum Restaurant Jagdhaus Schellenberg. Im letzten Moment konnte er verhindern, unkontrolliert zu bremsen. Er hätte damit sicher bei den beiden Polizisten unnötig Aufmerksamkeit erweckt, die sich stehend neben den fünf Mannschaftswagen unterhielten. Sie warfen lediglich einen flüchtigen Blick auf den dunklen Lieferwagen, der direkt vor dem Haupteingang des Restaurants einparkte.

Pablo war sich sicher, dass seine Tarnung aufgeflogen war und mit Sicherheit seinem Zufluchtsort die gesamte Aufmerksamkeit dieses Auflaufes zukam. Es war wohl ein kluger Geistesblitz, dass er die Seitenfronten seines Wagens überlackiert hatte, sodass niemand mehr das Wort Spedition beim flüchtigen Betrachten erkennen konnte. Ruhig verließ er das Führerhaus und nahm die wenigen Stufen zum Restaurant. Der Tisch, den er sich wählte, befand sich nicht zufällig an einer Stelle, von der aus er das Geschehen auf dem Parkplatz verfolgen konnte. Der Kellner ließ nicht lange auf sich warten und legte dem südländisch wirkenden Gast die Speisenkarte vor. Als er sich zurückziehen wollte, holte ihn die Frage des Gastes zurück.

»Das ist ja unheimlich da draußen. Wo sind die Polizisten alle hin? Da wird doch wohl nichts passiert sein, oder?«

»Wir haben uns auch schon gefragt, was die hier wollen. Der Chef meint, das könnte eine Übung der Hundertschaften sein, die den Schellenberger Wald für den Nachteinsatz nutzen. Hier ist jedenfalls nichts anderes bekannt. Möchten Sie noch in die Karte sehen, oder haben Sie schon gewählt?«

»Ich nehme das Kaninchen auf mallorquinische Art und einen trockenen Rotwein. Nun ja, dann kann man ja beruhigt schlafen, wenn man so viel Polizei um sich weiß.«

Vier Uniformierte hatten sich bis zur Haustür vorgearbeitet, während der Rest der Truppe weitere Nebenausgänge besetzte. An eine Flucht des Täters war nicht mehr zu denken. Der Elektropicker in der Hand des Polizisten öffnete das Schloss in der Eingangstür in Sekunden, sodass sie geräuschlos nach innen gedrückt werden konnte. Den vier Männern folgte Gordon mit vorgehaltener Waffe. Wie glühende Nadeln stachen die Lichtstrahlen der Taschenlampen durch die Diele und suchten jeden Winkel ab. Sofort fiel Gordon der Geruch von erkaltetem Kerzenduft auf, der auch in allen anderen Räumen auf dieser ersten Wohnebene dominierte. Raum für Raum wurde gesichtet. Auch von oben kam der Standardruf *Gesichert*. Die Männer versammelten sich vor dem Holzverschlag, der höchstwahrscheinlich einen Treppenabgang in den Keller verbarg. Vorsichtig öffnete man die Tür, die ein leises Quietschen von sich gab, was die Männer augenblicklich verharren ließ. Nach wenigen Sekunden des Abwartens wagten die Polizisten einen Blick in die Tiefe, die ihnen nur bedrohliche Schwärze präsentierte. Wieder fuhr ein Lichtfinger einer Taschenlampe über die Stufen, tastete sich weiter den Gang entlang und verlor sich entlang an Holzverschlägen. Diese erweckten nun die Aufmerksamkeit der Beamten.

Gordon nickte, als ihn ein SEK-Mann fragend ansah. Beide versuchten sie nun, möglichst geräuschlos die Stufen hinabzukommen. Erstaunlich leise schafften es auch die anderen Männer über die Treppe, um sich dann vor den einzelnen Türen zu postieren. Gordon zählte von fünf rückwärts, indem er die Finger hochhielt. Bei null stießen sie alle gleichzeitig die Türen auf und ein Höllenlärm erfüllte die Kellerräume.

»Polizei! Hier ist die Polizei!«

Endlich verebbten die Rufe und die Männer versammelten sich wieder im Flur. Gordon und der Truppführer stellten sich zwischen die Leute und baten um Ruhe. Jeder merkte es dem Hauptkommissar an, dass er sich bemühte, seine Enttäuschung zu verbergen.

»Leute, hört her. Es scheint, als wäre der Vogel ausgeflogen. Ich denke aber, dass wir hier richtig sind und dieses Haus einer genaueren Untersuchung unterziehen sollten. Jeweils drei Mann nehmen sich einen Kellerraum vor. Bitte achten Sie auf möglicherweise versteckte Durchgänge und Türen. Wir haben es mit einem sehr durchtriebenen Täter zu tun. Wir dürfen nichts übersehen. Dass sich hier noch vor Stunden jemand aufgehalten hat, beweist schon der Kerzengeruch. Das deckt sich mit der Aussage eines Zeugen, dass der Täter möglicherweise schwarze Messen abhält oder ein Satanist ist. Notfalls müssen wir die Hundestaffel anfordern, die dann das Haus durchkämmt. Also los. Und bitte jemand nach draußen stellen, falls der Kerl doch noch eintreffen sollte. Der muss mit dem schwarzen Lkw unterwegs sein.«

Leonie hielt sich an Kais Seite, da sie sich in diesen Kellerräumen unwohl fühlte. Irgendetwas stimmte hier nicht, was sie an einem Druck in der Magengegend festmachte. Eifrig leuchtete und klopfte sie die Kellerwände ab. Ihre groben Flüche erheiterten die suchenden Männer immer wieder, wenn sie dabei an Nacktschnecken und Riesenspinnen geriet. Kurz vor Ende des Ganges blieb sie stehen und stieß mehrfach mit dem Kolben ihrer Waffe gegen die Steine. Vorsichtig folgte sie mit den Fingern einer Fuge, die auffällig exakt die Umrisse einer großen Öffnung nachzeichnete.

»Ich glaube, ich habe da was. Kann mal einer helfen?«

Kai, der nur einen Meter neben ihr hantierte, kam näher und leuchtete die gezeigten Konturen mit seiner Lampe aus. Er lehnte sich gegen die vermeintliche Tür, woraufhin sich nichts tat. Er spürte die harte Hand des Truppführers an seiner Schulter, die ihn zur Seite drückte.

»Lass mich mal. Ich glaube, ich weiß, wie ...«

Er hatte den Satz nicht zu Ende gesprochen, als sich der Durchlass wie von Zauberhand öffnete. Sofort riss er seine Waffe hoch und betrat vorsichtig den dunklen Raum.

»Seht ihr. Das funktioniert wie bei meinen Küchenschränken. Ganz ohne Gewalt. Das ist eine neue Drückertechnik. Das Schwein ist clever.«

Ihnen schlug ein Gemisch von Kerzengeruch und erkaltetem Blut entgegen. Leonie riss ihr Taschentuch vor die Nase und folgte dem Anführer. Als dessen Lichtkegel auf die gegenüberliegende Wand traf, entfuhr ihr ein heftiger Schrei.

»Verdammte Scheiße. Was ist das denn? Oh Gott, wie kann man so was tun? Lasst mich hier einen Moment raus.«

Gordon, der direkt hinter ihr stand, trat einen Schritt zur Seite und besah sich die Schweinerei, die sich den Männern offenbarte. Über einen langen Tisch hinweg, der an einen Seziertisch der Rechtsmedizin erinnerte, konnten alle die Frau erkennen, die mit ihren Gliedern in Fesseln an einem Holzgestell hing. Ihr Körper war über und über mit Blut besudelt. Mit wenigen Schritten war Gordon bei ihr und drückte seinen Finger auf die Halsschlagader. Sein stummes Kopfschütteln zeigte den beobachtenden Männern, dass hier jede Hilfe zu spät kam. Truppführer Weiting schaltete als Erster.

»Ich will hier Scheinwerfer. Oder sieht jemand elektrisches Licht? Ich denke, dass die Spurensicherung von Ihnen angefordert wird, Rabe? Wir nehmen uns noch der anderen Räume an, bevor wir abrücken. Ich kann mir nicht vorstellen, dass diese Sau noch auftauchen wird, wo sein Versteck aufgeflogen ist. Tut mir leid, Rabe, dass wir den Mistkerl nicht erwischt haben. Aber den kriegen wir noch. Jetzt ist der auf der Flucht und dabei machen die immer einen Fehler.«

34

»Verdammt – welche Wut muss der Kerl in sich gespürt haben, als er die Frau so zurichtete.«

Die eigentlich nur laut gedachte Bemerkung des Mediziners war trotzdem bei Gordon angekommen, der direkt hinter ihm stand und das Tun beobachtete.

»Das ging mir auch schon durch den Kopf, Klaus. Nur ist mir etwas noch nicht ganz klar. Ich sehe eine Menge Verletzungen. Welche davon waren tödlich? Hat der die Frau etwa an der Wand totgeprügelt?«

»Jein, würde ich mal sagen«, versuchte Dr. Lieken seine Äußerung zu erklären, »das Schwein hat zwar wie ein Irrer auf die Frau eingeschlagen und eingestochen, aber das tat er post mortem. Da war sie schon längst tot. Warum tut man so was, frage ich mich? Ich versuche, mir eine Antwort zu geben.

Diese Frau ist definitiv erstickt. Ich habe ihr einen Knebel aus dem Mund geholt, hinter dem sich die Zunge verfangen hat und in den Rachen gepresst wurde. Ich kann mir nur vorstellen, dass das nicht in der Absicht des Täters lag.«

»Sondern?«, fragte Gordon nach.

»Der fühlte sich um seinen Spaß betrogen und hat die arme Frau danach mit Schlägen und Tritten traktiert. Das kann man relativ gut daran erkennen, dass zwar subkutane Hämatome vorhanden sind, jedoch die Fibrinosen fehlen. Sorry, das muss ich dir erklären. Wenn du Hautabschürfungen erhältst, entsteht ein dünner, feuchter Film. Das passiert allerdings nur zu Lebzeiten. Danach sieht der Körper verständlicherweise keinen Anlass mehr, den Heilungsprozess einzuleiten. Ich denke, dass der sich um den Spaß betrogen fühlte und dann wie ein Berserker auf die Frau einschlug.«

Gordon war wieder einmal beeindruckt von dem enormen Wissen des Freundes.

»Diesmal hat er wohl auch deshalb auf das bekannte Ritual verzichtet, ihr was einzuritzen.«

»Moment, Gordon. Das hat der doch bisher nur dann durchgezogen, wenn er sicher sein konnte, dass wir sein Wunderwerk und damit seine Botschaft auch finden. Damit konnte er in diesem Fall nicht unbedingt rechnen. Der macht Unterschiede, wie wir feststellen müssen. Doch auf das Entfernen der Augen hat er nicht verzichtet. Findet die Augen und ihr habt auch die Bestie.«

»Ich werde das Gefühl nicht los, dass wir gar nicht weit davon entfernt sind. Ich lasse die Hütte penibel absuchen. Wahrscheinlich werden wir dann auch die genaue Anzahl der Opfer bestimmen können. Allmählich macht mir der Kerl Angst – so, als wäre der nicht von dieser Welt. Der muss vom Teufel besessen sein.«

Noch Stunden waren die Männer der Spurensicherung damit beschäftigt, jeden der Räume einer Inspektion zu unterziehen. Als bereits das Morgenrot aufzog, stand Gordon neben Kai in der Tür zur Horrorkammer.

»Ich fühle, dass ich dem Geheimnis ganz nahe bin, kann dir aber nicht erklären, woran ich das festmache. Nur so eine Ahnung. Später sollten wir noch mal mit Leichenspürhunden vorbeikommen. Irgendwo muss der doch die Körper entsorgen. Das, was wir bisher fanden, war schrecklich genug, aber doch nur Stückwerk.«

Leonie, die Gordon noch während der nächtlichen Untersuchung nach Hause geschickt hatte, steuerte am frühen Morgen die Aktion der Nachuntersuchung. Das laute Bellen der beiden Leichenspürhunde, die ihrem Einsatz entgegenfieberten, schallte durch den Wald, der noch immer weiträumig für Besucher gesperrt war. Sie zerrten an den Leinen und freuten sich darauf, endlich aktiv werden zu dürfen. Endlich öffnete Leonie die Haustür und gab das entscheidende Zeichen. Ein Beamter übernahm die oberen Räume, die weitestgehend mit Gerümpel vollgestopft worden waren, wogegen im Parterre mit einigem guten Willen von normalen Wohnverhältnissen gesprochen werden konnte. Wohlweislich hatte sich Leonie einen Mundschutz eingesteckt, falls sich bewahrheitete, was alle befürchteten.

Das Haus war plötzlich erfüllt vom Bellen der Hunde und dem Klopfen der eingesetzten Beamten. Als die Tiere sämtliche Räume in den oberen beiden Geschossen durchsucht hatten, drängten sie die Treppe hinunter in die Kellerräume. Es waren möglicherweise zwei Minuten vergangen, als beide Hunde an verschiedenen Stellen an der Wand scharrten und sich dann davor hinlegten. Ihr gleichzeitiges Winseln war für die Hundeführer Hinweis genug, dass man fündig geworden war.

»Hier ist was, kommt bitte runter. Die Tiere haben angeschlagen.«

Leonie hatte das Gefühl, ihr Herz würde für einen Moment aussetzen. Insgeheim hatte sie darauf gehofft, diesen Moment nicht erleben zu müssen, denn bisher hatte sie es noch nie mit mehr als einer Leiche zu tun gehabt. Was sie erwartete, konnte sie in dem Augenblick noch nicht ahnen.

»Brauchen Sie uns noch?«, wollte einer der beiden Hundeführer wissen, »oder können wir wieder abrücken?«

»Ich möchte euch noch zur Vorsicht bitten, die Tiere durch den Garten zu führen. Man weiß ja nie, welche Gedanken solchen Mördern durch den kranken Kopf geistern. Wenn Sie dort nichts finden, können Sie abrücken. Danke für die Hilfe.«

Als die beiden Männer mit ihren Hunden den Kellerbereich verlassen hatten, wurde sich Leonie schlagartig dessen bewusst, dass sie allein in diesem vermeintlichen Sarg war, in dem womöglich etliche Frauen ihren letzten Atemzug taten. Dass ihr der Schweiß über den Rücken rann, empfand sie erst als unangenehm, als sie sich dessen bewusst wurde. Angst hatte ihr Empfinden für einen Moment außer Gefecht gesetzt. Sogar die Stimme wurde zu einem Krächzen, als sie nach oben rufen wollte: »Könnt ihr bitte mal runterkommen? Schaufel und Hacke könnten helfen. Verdammt, jetzt beeilt euch gefälligst!«

Der Erste, der die Stufen herunterpolterte, war Kai.

»Mensch Leonie. Wie siehst du denn aus? Bist du schon einem Opfer begegnet? Sei ganz ruhig, die können dir nichts mehr tun. Und sollten sie es versuchen ...«

Kai hob drohend die Schaufel und seine Augen suchten den Raum ab.

»Mach ruhig deine Scherze, du Macho. Ich gebe offen zu, dass ich Angst habe. Spiel nicht den kampferprobten Green Baret vor mir. Ich werde es wohl sein, der dich nachher stützen muss, wenn du nach Freiheit rufst und die Treppe hoch wankst. Und bevor ihr die Wand aufstemmt, räumt bitte diese beschissenen Kerzenständer weg. Die machen mich ganz raschelig. Und was haltet ihr davon, wenn ihr endlich diese krassen Bilder abhängt und nach oben schafft?«

Leonie war in Fahrt geraten und hatte heftig mit der Hand gegen eines der Bilder gestoßen. Erst als alle Kollegen wie gebannt an ihr vorbei auf das Bild starrten, bemerkte sie, dass es nun von der Wand abstand. Vorsichtig zog sie es komplett zur Seite und stolperte nach hinten. Hätte Kai sie nicht aufgefangen, wäre sie rücklings auf den Boden gefallen.

Etliche Augenpaare, gefangen in engen Gläsern, schienen ihr zu folgen. Sie machten sich lustig über Leonies Missgeschick, lachten sie aus. Doch Augenblicke später drückten sie die Angst aus, die sie vermutlich kurz vor ihrem Tod empfunden haben mussten. Jeder der Umstehenden versuchte sich vorzustellen, was sie dabei gesehen haben könnten. Die jetzt eintretende Stille lärmte in den Ohren der Polizisten. Niemand wagte zu atmen, bis Kai endlich alle aus der Starre holte.

»Scheiße. Du hast gerade das Tor zur Hölle geöffnet. Hoffen wir, dass der Satan nicht zu Hause ist.«

Mit einem Stöhnen drückte er das Bild wieder in seine alte Position und versuchte, den Atem zu beruhigen.

»Ich muss hier raus!«

Leonie stieß zwei Kollegen brutal zur Seite und versuchte, die Treppe hinaufzusteigen. Schon bei der zweiten Stufe verlor sie den Halt und fiel hin. Das eingeschossene Adrenalin verhinderte, dass sie den Schmerz spürte. Schnell rappelte sie sich auf und erklomm die restlichen Stufen. Nach Luft ringend setzte sie sich auf die Stufe, die die Haustür vom Vorgarten trennte. Gordon, der zwischenzeitlich benachrichtigt worden war, traf die Kollegin dort mit in die Hände gestütztem Kopf an. Seine Hand legte sich vorsichtig auf ihr Haar. Sofort zog er sie zurück, als Leonie wild um sich schlug und ihn scheinbar verwirrt ansah.

»Entschuldigung ... man sagte mir, dass du was gefunden hast. War es so schlimm?«

Statt einer Antwort sprang ihm Leonie entgegen und schlang die Arme um seinen Hals. Ihr Körper zuckte, während sie sich einem Weinkrampf hingab. Zögernd legte Gordon seine kräftigen Arme um die Kollegin und schwieg. Stattdessen erreichten ihn Leonies Worte, die sie stockend über die Lippen brachte.

»Ich kann das nicht, Gordon. Das hat mir niemand gesagt, als ich mich zur Mordkommission meldete. Das hat nichts mit dem zu tun, auf das wir vorbereitet wurden. Keiner hat mir damals gesagt, dass ich es mit dem Teufel persönlich zu tun bekomme. Geh runter und du wirst wissen, was ich damit meine. Aber bitte, verlang nicht, dass ich ...«

»Pssst, Leonie. Ganz ruhig. Du musst da nicht mehr runter. Und unser Gespräch bleibt ganz unter uns. Lass uns später darüber reden, wenn wir das Schwein gepackt haben. Setz dich in den Wagen und beruhige dich. Ich werde mir das anschauen und dann sehen, wie wir den Kerl zu fassen kriegen. Er hat seine Basis verloren und seinen Schatz. Jetzt werden wir ihn zu packen kriegen. Das verspreche ich dir. Jetzt geh und finde dich wieder.«

Vorsichtig führte er Leonie in Richtung der Dienstfahrzeuge und betrat mit einem mulmigen Gefühl das Horrorhaus. Staub wehte durch die Strahlen der Scheinwerfer, als die Männer die Wand aufspitzten, vor der die Leichenspürhunde angeschlagen hatten. Jeder von ihnen war darauf vorbereitet, Leichenteile zu finden. Währenddessen beschäftigte sich Gordon mit den Gläsern, aus denen ihn jetzt Augenpaare anflehten. Zumindest empfand er es so. Er glaubte sogar daran, dass sich immer zwei Zusammengehörige gefunden hatten und ihn fragen wollten: Warum hast du uns nicht geholfen? Er wollte damit beginnen, die Paare zu zählen, was jedoch immer wieder dadurch verhindert wurde, dass sie scheinbar die Position veränderten. Schließlich gab er es auf, da er sich sicher war, dass es seine Psyche war, die ihm diesen Streich spielte. Schon wollte er die Gläser in Spezialbeutel stellen, als der Kollege, der in der Mitte der Wand arbeitete, die Spitzhacke absetzte und stumm auf das große Loch starrte, das sich nun vor ihm auftat. Auch die anderen Männer stellten die Arbeit ein und warteten ab, bis sich der Staub etwas gesenkt und verzogen hatte. Alle sahen sie den nackten Arm, der sich ihnen entgegenstreckte, so als wollte er nach ihnen greifen.

Der Verwesungsgeruch, der ihnen entgegenschlug, war unerträglich. Alle fuhren herum, als sie der Schrei aus der Starre riss. Leonie, die auf der untersten Treppenstufe wartete, hatte die Hand vor den Mund geschlagen und trat näher.

»Ich sagte es doch, dass wir das Tor zur Hölle geöffnet haben. Das ist kein Mensch, der so was mit anderen tut. Wir müssen ihn stoppen, bevor er sein Werk weiterführt. Ich helfe euch, Jungs.«

35

Das Ermittlerteam um Gordon Rabe versammelte sich in der Rechtsmedizin, um aus erster Hand die Einschätzung des Fachmanns zu erfahren. Dr. Lieken wirkte erschöpft, als er zwischen den einzelnen Tischen hin- und herlief, auf denen Körperteile nach einem bestimmten Muster abgelegt worden waren. Er zog den Mundschutz nach unten und nahm einen Schluck aus einer Mineralwasserflasche, in der er häufig einen Tee aus Melissenblättern aufbewahrte. Erst dann sah er jeden Einzelnen an und wandte sich schließlich an Leonie.

»Sie sehen reichlich mitgenommen aus, Frau Felten. Ich hörte aber, dass Sie sehr aktiv an der Aktion beteiligt waren. Meine Hochachtung. Dabei hat schon so mancher hart gesottene Kerl die Flügel gestreckt. Doch jetzt zur Sache, Leute.

Nach der ersten und groben Einschätzung haben wir es vermutlich mit sieben Leichen zu tun. Ich bitte um Verständnis, wenn ich vermutlich sage. Ich bin noch dabei, die Körperteile dem jeweiligen Besitzer, besser der Besitzerin zuzuordnen. Es handelt sich ausschließlich um Frauen. Im Augenblick erledige ich das anhand von rein optischen Merkmalen, wie zum Beispiel Schnittflächen der Knochen. Zum besseren Verständnis muss ich erwähnen, dass die Knochen in den meisten Fällen zerhackt wurden. Der Täter machte sich nicht die Mühe, dazu eine Säge zu verwenden. Ich interpretiere das so, dass er sogar darin noch seine Missachtung gegenüber diesen Frauen ausdrücken wollte. Sie waren es wohl in seinen Augen nicht wert, anders behandelt zu werden. Er hat sie lediglich wie Abfall entsorgt.«

Gordon, der währenddessen zwischen den Tischen gewechselt hatte, blieb vor einem stehen und wandte sich an den Freund.

»Du hast mir am Telefon was von einer Überraschung erzählt. Was muss ich mir darunter vorstellen?«

»Geduld, Geduld, Gordon. Ich wäre schon darauf eingegangen. Aber da du gerade vor dieser Überraschung stehst, will ich euch nicht länger auf die Folter spannen.

Wie man unschwer erkennen kann, handelt es sich bei diesem Körper um eine Frau, deren Mumifizierung schon vor längerer Zeit eintrat. Ich habe mir im Eilverfahren eine DNA besorgt. Und siehe da, meine Vermutung wurde bestätigt.«

Hier machte Dr. Lieken eine längere Pause und nahm wieder einen Schluck aus der Pulle. Das Hüsteln des Hauptkommissars entlockte dem Mediziner nur ein Lächeln.

»Darf ich Ihnen vorstellen? Vor Ihnen liegt Frau Ines Martinez-Gomez. Wenn wir von den Augen einmal absehen, ist sie komplett erhalten.«

In diesem Augenblick trat absolute Stille ein. Jeder aus dem Team hielt für einen Moment den Atem an. Ganz langsam versammelte man sich immer noch ungläubig schauend um den besagten Tisch. Leere Augenhöhlen starrten den Beamten entgegen und verursachten allen einen Schauer. Leonie glaubte sogar, ein zynisches Lächeln um den ledrigen

Mund erkennen zu können. Sie drehte sich um und versuchte, den Mageninhalt zurückzuhalten. Ein Blick von Gordon signalisierte Kai, dass er sich um die Kollegin kümmern möge. Der nahm Leonie in den Arm und führte sie zur Tür. Kurz vorher befreite sie sich aus dem Griff des Kollegen und strich ihm mit der Hand über die Wange.

»Danke Kai, aber es geht mir schon wieder gut. Lass uns zurückgehen. Es ist wichtig, was Dr. Lieken zu sagen hat.«

Ohne weiter auf die Unterbrechung einzugehen, fuhr der Arzt in seinem Vortrag fort.

»Ich denke, dass er mit der vollständigen Erhaltung des Körpers ausdrücken wollte, dass er diese Frau zwar mutmaßlich für ihre Untreue bestrafte, indem er sie tötete. Wie er das tat, muss ich in weiteren Untersuchungen herausfinden. Gleichzeitig zeigt er sehr deutlich, wie sehr er sie verehrte. Bisher weist keine Narbe, abgesehen von den entfernten Augen, darauf hin, dass er ihr Gewalt antat. Meine Vermutung geht in die Richtung, dass er sie entweder erdrosselte oder möglicherweise vergiftete. Je nach Art des Giftes ist es hoffentlich auch jetzt noch nachzuweisen.«

Kai konnte die Frage nicht zurückhalten, die alle im Raum bewegte.

»Die Augen. Könnte es sein, dass das die Augen sind, die wir in einem Einzelglas fanden?«

»Die Vermutung liegt nahe. Auf das Ergebnis warte ich noch. Aber da besteht von meiner Seite kaum ein Zweifel.«

Dr. Lieken hatte die Kollegin Felten nicht aus den Augen gelassen, während er die Sachlage erklärte. Deshalb fiel ihm sofort auf, dass sie von einer Frage gequält wurde, sie aber nicht stellen wollte.

»Was möchten Sie wissen, liebe Frau Felten? Ich sehe Ihnen an, dass Ihnen etwas Sorgen bereitet.«

»Ich versuche, in seinen Gedanken zu lesen. Sie wissen, was ich damit meine. Er hat nachweislich Lust am Töten, was diese Leichen in beeindruckender Weise belegen. Warum lässt er dann zu, dass andere Männer ihre Frauen töten? Ich verstehe das einfach nicht.«

An dieser Stelle schaltete sich Gordon Rabe ein und trat einen Schritt näher heran.

»Das tut er ja gar nicht, Leonie. Wenn wir den Tathergang näher beleuchten, müssen wir feststellen, dass die Männer ihre Frauen zwar bestraften, sie verprügelten ... aber keiner von ihnen hat getötet. Spürst du den kleinen Unterschied? Sie haben ihre Frauen eigentlich nicht eigenhändig umgebracht. Das Ergebnis war immer gleich und folgte einem Muster. Die eifersüchtigen Männer wurden durch Intrigen angetrieben, ihre Frauen zu bestrafen. Damit war Martinez auch erfolgreich. Doch das Töten selbst geschah immer auf die gleiche Art: Die verletzten Frauen gerieten am Ende immer in seine Hände. Die Opfer starben stets durch die Hand des Wahnsinnigen. Wie durchgeknallt muss jemand sein, um sich etwas derart Perfides auszudenken? Ich frage mich, ob das bei ihm zusätzliche Lust erzeugte, weil er die ahnungslosen Ehepartner manipulieren konnte.«

»Besser hätte ich es nicht erklären können«, meldete sich wieder Dr. Lieken zu Wort. »Die Männer lieferten ihm die Opfer frei Haus. Er blieb im Hintergrund und wartete nur ab. Ich vermute, dass er die Augen der Opfer verwahrte, um auch später ihnen noch seine Verachtung entgegenzuschleudern. Vermutlich sieht er in den Augen der Toten ein Ein-

226

fallstor in die Seele der Frauen. So konnte er sie immer wieder, je nach eigener Stimmung weiter quälen. Wo sich bei mir noch keine feste Meinung gebildet hat, ist bei der Frage, ob er sich dem Teufel zugewandt hat oder in dem Wahn lebt, die Bestrafung in Gottes Auftrag durchzuführen.«

Alle schienen über diese These nachzudenken, als der Klingelton in Gordons Seitentasche aufschrecken ließ. In Gordons Gesicht zeichnete sich Überraschung ab, die jegliche Diskussion schon im Keim erstickte. Die Zentrale hatte ihm einen Anruf von außerhalb durchgestellt.

»Ich will sie zurück. Sie gehört mir. Verstehen Sie das? Ihr habt mir etwas genommen, was ich niemals aufgeben werde. Niemals. Ich fordere Sie auf, mir mein Eigentum auszuhändigen. Ich will Ines – komplett! Sollte ich sie nicht zurückbekommen, wird jeden Tag eine andere Frau dafür büßen. Hauptkommissar Rabe – ja, ich kenne Ihren Namen und weiß, wo ich Denise und den kleinen Jonas finde – Ihre Familie wird ebenfalls meine Rache spüren. Sie werden sie nicht schützen können. Ich melde mich wieder bei Ihnen und werde bestimmen, wie wir die Übergabe bewerkstelligen!«

Die Leitung war plötzlich stumm und ließ einen schockierten Mann zurück.

36

»Habt ihr den Anruf zurückverfolgen können? Und wen habt ihr zur Bewachung meiner Familie abgestellt?«

»Nun beruhigen Sie sich bitte, Herr Kollege. Es halten sich zwei Beamte in der Wohnung Ihrer Frau auf. Ein Wagen fährt regelmäßig Patrouille.«

Hauptwachtmeister Schöller nahm Gordon zur Seite und bat ihn, sich zu setzen.

»Der Anruf kam von einer unbekannten Nummer eines Prepaid-Gerätes. Allerdings konnten wir den Standort zumindest ungefähr ausmachen. Fest steht, dass der Anrufer ein Fahrzeug benutzte, da wir während des Gesprächs einen erheblichen Ortswechsel registrierten. Endpunkt bei Abbruch des Telefonats war die Witteringstraße. Und bevor Sie sich jetzt grundlos aufregen, sei Ihnen versichert, dass wir Ihre Frau in Sicherheit bringen konnten. Sie befand sich genau zu diesem Zeitpunkt in Connys Frisiersalon, der sich bekanntermaßen genau dort befindet. Klar war das kein Zufall. Ich betrachte das als Nachricht an Sie, dass er genau über Ihre Familie und deren jeweiligen Aufenthaltsort Bescheid weiß.«

»Haben Sie nach dem schwarzen Lkw des Killers in der Umgebung gefragt?«, blieb Gordon beharrlich dran.

»Lieber Kollege, wir sind auch keine Anfänger mehr, sind jedoch in dem Punkt nicht weitergekommen. Der Verkehr ist dort allerdings auch immens. Es hätte mich schon sehr gewundert, wenn sich jemand hätte erinnern können.«

Gordon kam allmählich wieder runter und entschuldigte sich bei Hauptwachtmeister Schöller, der sich wieder auf seinen Posten begab. Mit hängenden Schultern erreichte Gordon sein Büro, in dem schon Leonie und Kai auf ihn warteten.

»Und?«, eröffnete Leonie wortkarg den Dialog und eilte auf Gordon zu.

»Die beiden sind in Sicherheit. Das Schwein hat Denise sogar belauert, war nur wenige Meter entfernt. Ich darf mir das gar nicht vorstellen, was hätte passieren können.«

Kai schaltete sich mit einer Bemerkung dazwischen, die beide Kollegen sprachlos machte.

»Ich glaube kaum, dass es Rücksichtnahme oder eine verpasste Gelegenheit für den Kerl war. Er hat das genauso überlegt, obwohl er auch hätte zugreifen können. Du sollst wissen, wozu er fähig ist. Wir müssen uns sehr genau überlegen, ob und wenn ja wir ihm eine Falle stellen. Er will im Augenblick nur seine Frau, besser gesagt, seine Trophäe zurück. Wir vergeben uns nichts, wenn wir ihm erst einmal den Gefallen tun. Danach können wir ihn immer noch jagen. Das verschafft uns aber etwas Luft. Stell dir mal vor, wie die Medien über uns herfallen, wenn eine Frau stirbt, weil wir uns nicht von einer Mumie trennen wollten. Geben wir ihm, was er will, verdammt.«

»Kai hat recht, Gordon«, pflichtete Leonie ihm bei und verfolgte Gordon, der nun in Überlegungen vertieft durch das Zimmer wanderte. Jeder wusste, wie schwer es für ihn sein musste, in dieser Lage eine objektive Entscheidung zu treffen. Seine Familie und das Leben von unschuldigen Frauen gegen die surreale Forderung eines Serienmörders. Was auch immer er entschied, würde in der Öffentlichkeit Fragen aufwerfen. Das Vibrieren seines Telefons schob die Entscheidung vorerst auf. Beim Blick auf das Display formten Gordons Lippen die Worte in Richtung der Kollegen.

Er ist es!

»Was wollen Sie? Bekomme ich nun den Namen eines neuen Opfers? Haben Sie sich noch nicht ausreichend ausgetobt?«

»Sie sind dumm, Herr Hauptkommissar. Sie sehen die Welt nur durch die Brille der Unwissenden. Alles ist für Sie nur schwarz oder weiß. Sie besitzen nicht den Blick für das Wesentliche im Leben. Für Sie bedeutet Sünde und Untreue nichts Verwerfliches. Warum lassen Sie zu, dass Ihre Frau mit einem anderen Kerl schläft?« An dieser Stelle entstand eine Pause, bevor Martinez weitersprach. »Ja, jetzt staunen Sie, oder? Ich weiß alles über Sie und Ihre kleinen Geheimnisse. Übrigens, bevor ich es vergesse. Sie müssen sich nicht die Mühe machen, den Anruf zurückzuverfolgen. Ich werde Sie alle paar Minuten von woanders anrufen. Bis gleich dann.«

Irritiert betrachtete Gordon sein Display und legte das Telefon wieder auf den Tisch. Er musste geschlagene zehn Minuten warten, bis der nächste Anruf kam.

»Es ist gut, dass es noch die guten alten Telefonhäuschen gibt. Aber zur Sache. Ich gebe Ihnen die Möglichkeit, ohne Verluste an Leben aus der Sache rauszukommen. Legen Sie

Ines in einen Sarg. Sie hören richtig, Rabe. In einen Sarg. Sie hat sich diesen Respekt verdient.«

»Das sagen gerade Sie, der die Frau sogar eingemauert hat? Sie sind doch wahnsinnig.«

»Das war ihr Sarg. Sie war in meiner Nähe. Und nennen Sie mich niemals wieder einen Wahnsinnigen. Das mag ich nicht und ich würde Ihnen das übel nehmen. Ich denke, dass Sie mich verstehen. Behalten Sie immer im Hinterkopf, dass Sie eine hübsche Frau haben. Hören Sie einfach zu. Legen Sie den Sarg in ein Auto und warten Sie darauf, dass ich Sie anrufe und erkläre, wohin Sie mir den Wagen bringen sollen.«

Wieder musste sich Gordon mit dem Freizeichen begnügen, das nervtötend aus dem Lautsprecher schallte. Alle wussten Sie, dass nur ein Fehler des Anrufers zum Erfolg führen konnte. Solange er schwieg, war eine Ermittlung des Standortes unmöglich. Diesmal waren es geschlagene dreißig Minuten, die gewaltig an den Nerven zerrten.

»Ich weiß, dass die Sehnsucht groß war, aber ich musste erst einen neuen Standort wählen. Also Rabe, Sie legen Ines, wie ich schon sagte, in einen Sarg und schieben den in ein geeignetes Fahrzeug. Um zweiundzwanzig Uhr – Sie haben richtig gehört – um genau zweiundzwanzig Uhr fahren Sie los und halten Ihre Telefonleitung frei. Ich werde Ihnen während der Fahrt Anweisungen geben, wohin Sie mir das Auto bringen sollen. Damit wir uns richtig verstehen Rabe. Sehe ich auch nur ein Bullenfahrzeug oder ein ziviles Auto, das Ihnen folgt, breche ich ab und töte die nächstbeste Frau, die mir über den Weg läuft. Unterschätzen Sie mich nicht. Ich bin immer in Ihrer Nähe und erkenne jeden Sie verfolgenden

Wagen, auch wenn ihr euch abwechselt. Sobald ich das Fahrzeug übernommen habe, werde ich mit einem geeigneten Gerät nach einem Peilsender suchen, den Sie am Auto angebracht haben. Finde ich den, sind Sie genauso tot wie Ines.«

Leonie und Kai sahen erstaunt von ihren Bildschirmen hoch, auf denen sie die Kreise verfolgten, die den Standort des Anrufers immer enger eingrenzten. Gordon hatte die Worte wahrscheinlich sorgsam gewählt. Trotzdem überraschte er damit nicht nur den Anrufer.

»Warum tun Sie das?«

»Warum ich diese Drecksweiber umbringe, wollen Sie wissen? Was in Gottes Namen würden Sie tun, wenn Sie von Ihrer Frau fortwährend betrogen würden?«

»Zumindest würde ich sie dafür nicht töten, Sie verdammtes Schwein.«

»Wie können Sie sich da so sicher sein, Rabe? Besitzen Sie kein Ehrgefühl?«

Gefährlich leise gab ihm Gordon die Antwort, die Martinez allerdings nicht gefiel.

»Weil ich ein Christ bin, der fähig ist, anderen Menschen zu verzeihen.«

Das Lachen des Mörders konnten sogar die Kollegen hören, die mindestens drei Meter entfernt der Diskussion folgten. Längst war der Aufenthaltsort auf dem Schirm erkennbar. Dennoch entging den beiden diese Tatsache.

»Ein Christ, Sie elender Wicht, verzeiht die kleinen Sünden. Doch Untreue ist eine Todsünde. Gott bestraft diejenigen, die das sechste und neunte Gebot brechen. Sie werden mit dem Tode bestraft, so war es vorherbestimmt.«

»Dass Sie dabei das fünfte Gebot brechen, das besagt, Du sollst nicht töten, scheint Sie nicht zu stören. Zumindest reduziert es nicht im Mindesten Ihre Mordlust.«

Gordon hatte sich auf eine längere Diskussion bereits eingerichtet, als er wieder dieses verdammte Freizeichen vernahm.

»Haben wir ihn endlich?«

Innerlich noch aufgewühlt kam er zum Schreibtisch und betrachtete den nun blinkenden Kreis um einen Punkt auf der Alfredstraße.

»Der Kerl war nur ein paar Hundert Meter von uns entfernt und ihr starrt Löcher in die Luft? Sofort alles absperren lassen. Ich werde verrückt. Bewegt euch!«

37

Geduldig ließ sich Gordon das Mikrofon in die Ohrmuschel einsetzen und verfolgte das Anbringen der Kabel entlang der Hemdnaht. In seiner obligatorischen Jeansjacke fiel der dünne Draht kaum auf. Bewusst verzichtet hatte er auf das Schulterholster, da er fest damit rechnete, dass Martinez ihn auch auf Waffen untersuchen würde. Er gab sich nicht der Illusion hin, dass er ihn einfach so wieder freilassen würde. Sicher war sich Gordon nicht, ob sich dessen Mordlust nur auf Frauen beschränken würde. Er rechnete mit dem Schlimmsten.

»Ich sage euch noch einmal, dass erst im äußersten Notfall geschossen wird. Ich will den Bastard lebend vor Gericht zerren. Ein schneller Tod wäre zu gnädig. Denkt mal darüber nach, wie lange möglicherweise die Frauen leiden mussten. Nur wenn ich das Codewort nenne, wirst du den Befehl zum Schießen geben, Kai. Verstanden?«

»Ja, ja, wie oft muss ich mir das noch anhören? Erwarte aber nicht von mir, dass ich zusehe, wenn der dich abservieren will. Dann knall ich dem höchstpersönlich die Birne weg.«

»Siehst du, Kai? Genau deshalb wiederhole ich mich gerne. Ich weiß, dass du ein guter Scharfschütze bist und eine Höllenwut in dir spürst. Aber wir müssen uns wie Profis benehmen. Das verlange ich von euch. Wir haben es zwar mit einem Irren zu tun, aber verwechselt das bitte nicht mit einem Idioten. Der wird nicht lange fackeln, sollte er eine Falle wittern. Entweder erledigt der mich sofort oder er verschwindet. Beides ist scheiße.«

Leonie stand schweigend daneben und verfolgte die Unterhaltung der Männer, denen sie jemals wirkliche Sympathien entgegenbringen konnte. Alle anderen kamen in ihrem Leben einfach nicht vor. Angefangen von ihrem Vater, dem sie die Alkoholsucht bis heute nachtrug, bis zu dem Schulfreund, der sie vergewaltigen wollte.

»Seid ihr jetzt endlich fertig mit euren Kriegsvorbereitungen? Wenn es nach mir ging, würde die Geschichte ein schnelles Ende finden. Dann könntet ihr den Kerl direkt zu seiner großen Liebe in die Kiste legen und die beiden für ein Osterfeuer zur Verfügung stellen. Die ewige Hölle wartet sowieso auf den Kerl. Aber auf mich hört hier ja mal wieder keiner.«

Gordon schüttelte mit einem Lächeln auf den Lippen den Kopf und drückte Leonie spontan an die Brust.

»Ich weiß zu schätzen, dass ich mich zu hundert Prozent auf euch verlassen kann. Das Gefühl gibt mir auch die Kraft, das hier durchzuziehen. Sollte mir was zustoßen, dürft ihr den Scheißkerl von mir aus häuten und vierteilen. Und eine Bitte habe ich noch an euch. Sollte heute was schiefgehen, wäre es toll von euch, wenn ihr zu Denise gehen würdet und ihr sagt ... ach scheiß, ich sage ihr das selber. Ihr stottert nur wieder rum und versaut alles. Es wird Zeit. Nur noch zehn Minuten, bis ich losfahre. Meine erste Fahrt mit einer

Mumie auf der Ladefläche. Wenn ich in eine Polizeikontrolle komme, werden die Augen machen.«

Die Atmosphäre wirkte bedrückend, als die drei in den Fahrstuhl stiegen und schweigend nach unten fuhren, wo bereits das erweiterte Einsatzteam auf sie wartete. Mit feuchten Augen betrachtete Leonie den großen bärtigen Mann in seinem traditionellen Jeansanzug. Sie überlegte, ob sie ihn jemals ohne diesen gesehen hatte, erinnerte sich jedoch an einen Empfang beim Polizeipräsidenten. An dem Tag hätte sie ihren Chef im dunkelgrauen Anzug fast nicht wiedererkannt. Sie musste zugeben, dass sie die Idee, sich dem Killer auszuliefern, idiotisch fand, wollte das jedoch nicht offen zugeben. Für sie war das Vorhaben, lediglich mit einer kleinen Pistole an der Wade bewaffnet vorzugehen, eine Harakiriaktion, die aus einem beschissenen Actionreißer hätte stammen können. Doch Gordon war nicht so cool wie Clint Eastwood, er war ... er war verletzbar.

»Es ist zweiundzwanzig Uhr, es geht los. Jeder weiß, was er zu tun hat. Wünscht mir Jagdglück.«

Der lange Mercedeskombi glitt leise in die Nacht hinaus und verschwand zwischen den wenigen Fahrzeugen, die auch den Weg Richtung Alfredstraße suchten.

Der Anruf erreichte Gordon schon kurz, nachdem er auf der B224 Richtung Süden abgebogen war.

»Schickes Auto, Rabe. Ich hoffe, dass der Passat, hundertfünfzig Meter hinter Ihnen Sie nicht weiter begleiten wird. Das würde bedeuten, dass wir die Aktion abbrechen und ich mich dem Plan B zuwende. Wäre schade drum, da dann Menschen durch Ihre Dummheit zu Schaden kämen. Sagen

Sie also den Leuten hinter Ihnen, dass sie sich verpissen sollen.«

»Wie soll ich das mitteilen? Ich habe keine Verbindung.«

Die Stimme von Martinez erhielt eine gefährliche Schärfe, als er antwortete.

»Beleidigen Sie nicht meine Intelligenz, indem Sie mir den folgsamen Bullen vorspielen. Ich kenne eure Tricks und weiß, dass Sie verfolgt werden. Ich vertraue Ihnen jetzt was an, das Ihnen vielleicht bei Ihren Entscheidungen hilfreich sein könnte. In meinem Wagen befindet sich bereits eine Frau, die Ihre falschen Spielchen zu spüren bekommen wird. Glaubt nicht, dass ich mich unbewaffnet in eure Hände begeben werde. Sterbe ich, stirbt gleichzeitig diese Frau. Sollte Ihnen das egal sein, lassen Sie den Passat weiter folgen. Ich habe Zeit.«

Die Hände Gordons pressten sich um das Lenkrad, da er davon überzeugt war, dass Martinez seine Drohung ernst meinte. Er beendete das Gespräch und ordnete über das Mikrofon an, was der Mörder wünschte. Kurz darauf sah er im Rückspiegel, dass der Passat abbog. Allerdings wusste er, dass ein anderes Fahrzeug übernehmen würde und auch bald wieder abgelöst wurde. Doch ihn beschäftigte die Möglichkeit, wie Martinez davon erfahren konnte. Es konnte nur bedeuten, dass er den Mercedes stets im Blick haben musste. Seine Anordnung war dementsprechend.

»Der Kerl beobachtet mich. Stellt fest, ob mir ein Auto oder womöglich auch ein Motorrad folgt. Er muss sich in der Nähe aufhalten, also in Sichtweite.«

»Alpha 1 hat verstanden. Wir lassen uns etwas zurückfallen.«

Kaum war die Durchsage verhallt, klingelte wieder das Telefon.

»Sie müssen nicht zwingend das Gespräch unterbrechen, Herr Rabe. Ihre Anweisungen können Sie auch in meinem Beisein weitergeben. Ich finde, wir beide sollten uns einmal persönlich kennenlernen. Was halten Sie davon? Egal. Fahren Sie bitte in fünfhundert Metern ab und parken Sie den Wagen direkt vor dem Turm der Regattastrecke am See. Ich werde Sie dort treffen. Allein. Das würde ich Ihnen raten.«

Gordon verzichtete darauf, die Nachricht weiterzuleiten, da er wusste, dass die Mannschaften mitgehört hatten. Er bog ab auf die Freiherr-vom-Stein-Straße und hielt den Wagen an, als er den Turm erkannte. Nur zwei Fahrzeuge befanden sich zu dieser Stunde auf dem Parkplatz, die allerdings dort für die Nacht zurückgelassen worden waren. Keine Bewegung zeugte davon, dass sich jemand dort aufhielt.

»Was hält Sie ab, Herr Hauptkommissar? Zeigen Sie Mut und besuchen Sie mich.«

Die Stimme, die aus dem Telefon erklang, ließ Gordon zusammenfahren. Er hatte vergessen, dass die Verbindung zum Killer immer noch bestand. Immer noch fragte er sich, wieso der Mann das alles wissen konnte, ohne dass ihn jemand bemerkte. Die Lösung dieser Frage servierte ihm der Satan prompt, als Gordon den Wagen verließ. Erst jetzt erkannte er den schwarzen Lkw, der kurz hinter der Einfahrt zum Parkplatz im Schatten eines großen Baumes parkte. Mit katzenhaft gleitenden Schritten näherte sich Gordon ein schlanker großer Mann, der eine erschreckende Ähnlichkeit mit Gordon selbst aufwies. Beide waren von gleicher Statur, fast identischer Haar- und Barttracht. Selbst die Kleidung hatte der Gegner angepasst. Der Jeansanzug ähnelte dem des Hauptkommissars. Allein die harten Augen machten den Unterschied aus, die Gordon ohne Unterlass musterten. Sein Lächeln, das die Augen nicht erreichte, zeigte deutlich, wie sehr seine Selbstgefälligkeit ausgeprägt war. In drei Metern Entfernung blieb er stehen und hob die Hand, in der er einen blinkenden Stab hielt.

»Kommen Sie gar nicht erst auf die Idee, etwas Dummes zu versuchen, Rabe. Wenn ich den Finger von dem Knopf nehme, macht es bum und die Karre fliegt in die Luft. Das dürfte meiner Besucherin kaum gefallen. Ich sehe, dass Sie nicht ohne Geschenke gekommen sind. Wir werden jetzt freundschaftlich zusammenarbeiten. Das hätten Sie sich auch nicht träumen lassen, dass wir das einmal tun würden, habe ich recht? Aber das Leben hält immer wieder Überraschungen für uns bereit. Packen wir es also an.«

»Was soll dieses dumme Gerede, Martinez. Glauben Sie wirklich, dass ich auch nur einen Finger für Sie rühre?«

»Oh doch, das werden Sie«, beharrte Martinez und trat näher an den Mercedes heran. »Sie möchten Ines doch nicht enttäuschen, oder? Sie soll endlich ihren Frieden finden. Und das kann sie nur bei mir. Wir werden nun gemeinsam umladen. Sie fahren Ihren Wagen rückwärts an meinen heran und in wenigen Augenblicken ist die Arbeit getan.«

Gordon rührte sich nicht von der Stelle, als Martinez den Deckel des Kofferraums öffnete und fast zärtlich über den Sargdeckel strich. Er versteifte sich, als Gordon gefährlich leise seine Weigerung begründete.

»Wir werden nun einen Deal machen, der nach meinen Regeln abläuft. Das Leben ist ein Geben und Nehmen. Sie bekommen die Mumie, ich die Frau. So läuft das, Martinez.«

»So, so, glauben Sie wirklich an diese Regel, Herr Hauptkommissar Rabe? Sie scheinen vergessen zu haben, dass es von jeder Regel eine Ausnahme gibt. Sie müssen sich jetzt entscheiden. Ich möchte Ihnen zuvor meine Vorgehensweise erklären.

Sollten Sie sich weigern, werde ich Sie an Ort und Stelle exekutieren.« Wie durch Zauberhand lag plötzlich eine Pistole in der freien Hand. »Das würde normalerweise zur Folge haben, dass einer Ihrer Kollegen, die mittlerweile von der gegenüberliegenden Böschung mit Präzisionswaffen auf mich zielen, mir das Licht auspustet. In diesem Fall stirbt aber auch die Frau im Wagen.«

Demonstrativ hielt er die Hand mit dem Auslöser in die Höhe.

»Sie merken also, dass Ihr Tod völlig überflüssig wäre und eigentlich von mir nicht geplant ist. Schieben Sie alternativ den Sarg in meinen Wagen, bleiben Sie am Leben. Wir würden gemeinsam fortfahren. Allerdings würde ich Sie zuvor von der Last der Ortungsgeräte und Mikrofone befreien. Wir wollen doch unter uns bleiben, was Sie sicher verstehen werden. Irgendwann und irgendwo lasse ich Sie beide raus. Sie sind frei. Verstehen Sie, was ich gerade gesagt habe? Frei! Mir liegt nichts an Ihrem Tod – er wäre sinnlos und nicht von Gott gewollt. Zwingen Sie mich nicht, mich gegen dessen Willen zu stellen. Es würde mir wirklich leidtun. Was ist nun? Können wir anfangen. Die Kollegen dort hinten wollen sicher ins Bett.«

Jedes dieser Worte schlug bei Gordon ein wie eine Bombe. Der Mann hatte recht und befand sich in einer besseren Position als er. Seine Gedanken überschlugen sich, suchten nach einer praktikablen und schnellen Lösung. Sie blieb jedoch aus. Gordon entschied sich dazu, das Spiel mitzumachen und eine passende Gelegenheit abzuwarten. Der Illusion, dass Martinez ihn tatsächlich laufen lassen würde, verfiel er allerdings nicht. Er musste handeln, sobald sich eine passende Gelegenheit bot. Er spürte plötzlich den Druck der Waffe an der Wade und fühlte sich besser. Langsam näherte er sich dem Mercedes und schloss den Deckel.

»Gehen Sie mir aus dem Weg. Ich werde den Wagen rüberfahren. Doch verraten Sie mir bitte vorher eines Ihrer Geheimnisse. Woher wussten Sie von den verfolgenden Wagen und womit ich fahren würde?«

Das Lächeln im Gesicht von Martinez verstärkte sich.

»Bitte noch einen Augenblick Geduld, Rabe. Ich werde Sie noch früh genug mit meiner Genialität beglücken. Fahren Sie los. Bitte seien Sie vorsichtig. Ines ist nicht mehr so belastbar wie früher.«

38

Nur schwer konnte Gordon die Angst in den Augen der Frau ertragen, die ihn aus dem Dunkel im Innenraum der Ladefläche entgegenstarrten. An Händen und Füßen gefesselt lag sie auf dem nackten Boden und versuchte, die Rückenlage beizubehalten, damit die Sprengvorrichtungen zur Decke zeigten. Gordon versuchte, den Mechanismus zu analysieren, um gegebenenfalls schnell reagieren und alles unschädlich machen zu können. Ganz bewusst sprach er laut aus, was die Kollegen am anderen Ende wissen sollten.

»Sie sind sich doch wohl darüber im Klaren, dass Sie sich selbst in die Luft jagen, falls Ihr Finger vom Auslöser rutscht? Muss ich gleich fahren, damit Sie weiter den Terroristen spielen können?«

»Ach, ich vergaß«, antwortete Martinez stattdessen und kam näher. Seine freie Hand fuhr durch Gordons Haar, durch den Bart und einer seiner Finger fuhr in die Ohren.

»Sieh an, sieh an, Hör- und Sprechgerät in einem.«

Mit geübtem Griff riss er das Gerät aus Gordons Gehörgang und hielt es sich vor die Lippen.

»Die letzte Meldung des Tages. An dieser Stelle bedanken wir uns höflich für die angenehme Zeit, die wir miteinander verleben konnten. Von nun an werden wir Sie nicht mehr durch die Nacht begleiten können. Wir verabschieden uns hiermit mit einem ...«

Den Kollegen an den Empfängern servierte der Killer abschließend ein lautes Krachen in den Kopfhörern, als er Gordons Gerät auf dem Boden mit dem Absatz seiner Cowboystiefel zertrat. Der wusste in diesem Augenblick, dass jegliche Verbindung mit dem Team unterbrochen war und er nur noch auf sich selbst gestellt war. Für den kräftigen Hauptkommissar bereitete es keine große Anstrengung, den Sarg aus dem Mercedes in das Lieferfahrzeug des Killers zu schieben. Panik stand jetzt in den Augen der Frau, als ihr Verstand registrierte, was da gerade neben ihr abgestellt worden war. Die Tränen liefen in Strömen über ihre Wangen, wobei der Blick immer wieder wechselte zwischen dem Fremden und dem Sarg. Gordon war sich nicht sicher, ob seine Worte ihr einen Teil der Angst nahmen.

»Ich bin von der Polizei. Sie werden gleich wieder frei sein. Sie müssen noch eine Weile sehr stark sein. Alles wird gut.«

Zurück blieb eine angsterfüllte Frau, als die beiden Hecktüren zuschlugen und sie allein mit der grausamen Fracht im Dunkeln blieb. Martinez schob Gordon zur Beifahrertür, hielt ihn aber zurück, als er einsteigen wollte.

»Halt, mein Freund. Wir sollten noch etwas Wichtiges tun, bevor wir uns auf die Reise begeben. Die Beine weit auseinander und die Hände an die Tür. Das kennt man doch aus amerikanischen Filmen, oder? Ein Typ wie du wird sich nicht unbewaffnet in ein solches Unternehmen stürzen.«

Während Martinez das im Plauderton von sich gab und immer noch den Zünder in der Hand hielt, tastete er Gordons

Körper Zentimeter für Zentimeter ab, so als hätte er nie etwas anderes getan.

»Oh, schau mal einer an, ein Arminius HW 3. Den hatte ich auch früher für die Jagd. 22er Kaliber, 8 Patronen und Combatgriff. Gute Wahl. Auf kurze Distanz richtet die Knarre großen Schaden an. Das Versteck an der Wade ist allerdings etwas einfallslos. Dann hätten wir wohl alles beisammen. Handschellen haben wir ja auch. Dann kann es ja losgehen. Einsteigen und her mit der linken Hand.«

Gordon blieb im Moment keine andere Möglichkeit, als den Anordnungen zu folgen. Der Zünder in der Hand des Mannes sprach eine zu deutliche Drohung. Zwischen Gordons Hand und dem Haltegriff der Beifahrertür entstand eine feste Verbindung. Immer mehr lösten sich Möglichkeiten zur Befreiung in Wohlgefallen auf. Bezog man die Tatsache in die Überlegungen mit ein, dass die Verbindung zum Team gekappt worden war, verblieben nun so gut wie keine Lösungen des Problems. Ein siegessicheres Grinsen des Mannes bewies Gordon, dass auch Martinez die gleichen Gedanken hegte. Er sicherte den Auslöseknopf an der Zündvorrichtung und legte diese neben sich in die Türablage. Als der Entführer gerade losfahren wollte, fiel Gordon der kleine Kasten auf, der sich im Fußraum des Fahrers befand. Mit Kennerblick identifizierte er das Gerät als Fernsteuerung.

»Mit einer Drohne haben Sie das erledigt? Ich muss gestehen, dass ich diese Methode nicht auf dem Schirm hatte. Clever gemacht, muss ich zugeben.«

Ohne das Lob des Polizisten weiter zu kommentieren, fuhr Martinez los und beschleunigte den Wagen, um zur Villa Hügel abzubiegen. Erstaunlich zügig beschleunigte der schwarze Wagen die steilen Wege hinauf, um dann plötzlich unter einer riesigen Rotbuche angehalten zu werden. Martinez schaltete die Zündung aus. Still stand das Fahrzeug in der absoluten Dunkelheit. Geschützt von etlichen halbhohen Gehölzen wurde der Wagen für jedes vorbeifahrende Auto unsichtbar. Martinez musste das einkalkuliert haben, als etliche Fahrzeuge des Ermittlerteams in rasender Fahrt vorbeirauschten und neben dem riesigen Herrenhaus der Kruppfamilie zwischen den Bäumen verschwanden. Die Ruhe, mit der Martinez das registrierte, war beängstigend. Jeder Moment war von ihm mit allen Varianten durchdacht. Der Moment rückte näher, in dem selbst Gordon nicht mehr daran glaubte, lebend aus dieser Nummer herauszukommen. Wie dämlich hatten sie sich alle angestellt, als es hieß, den Serienkiller dingfest zu machen. Leonies Vorschlag, einen Peilsender im Sarg zu deponieren, hatte er aus Sicherheitsgründen abgelehnt. Er musste jetzt die erste sich bietende Gelegenheit nutzen, um einen Befreiungsversuch zu unternehmen. Nicht nur sein Leben hing davon ab.

Der dunkle Wagen passierte gleichzeitig mit einigen Spätheimkehrern die Werdener Brücke und fuhr mit mäßigen Tempo in die Laupendahler Landstraße, um irgendwann Essen-Kettwig zu erreichen. Mit stoischer Ruhe steuerte Martinez das schwere Fahrzeug durch die kurvenreiche Strecke, die links von Wald und rechts von der schnellfließenden Ruhr gesäumt wurde. Das jetzt schwarz wirkende Wasser war eigentlich nur zu erahnen, da sich die mondlose Nacht über das Flussbett gelegt hatte. Immer wieder suchte Gordon nach einer Gelegenheit, die Flucht zu unterbrechen.

Schon lange war ihnen kein Auto mehr begegnet, was dem Hauptkommissar zusätzlich Sorgen bereitete. Sollte ihm wirklich das kleine Wunder gelingen, sich und die Frau zu befreien, würden sie Hilfe benötigen. Hier waren sie jedoch auf sich allein gestellt.

Die sehr enge S-Kurve setzte bei Gordon das Signal zum Handeln. Der Killer musste die Geschwindigkeit drosseln, um nicht aus der Kurve getragen zu werden. Aber genau das wollte Gordon erreichen – koste es, was es wolle. Er wirbelte einmal um die eigene Achse, um die dann freie rechte Hand benutzen zu können, und griff dem Mann in das Lenkrad. Mit aller Kraft hielt er gegen den Versuch des Killers, das Steuer wieder herumzureißen. Mit einem donnernden Getöse rammte der schwere Wagen die ersten, jedoch jungen Bäume, um dann einen Abhang hinunterzustürzen. Beide jetzt miteinander kämpfenden Männer sahen das von Seerosen bedeckte Wasser auf sich zurasen. Verzweifelt riss Pablo Martinez die Arme schützend vor das Gesicht, wobei Gordon mit dem Hinterkopf gegen die Windschutzscheibe geschleudert wurde. Für einen Moment glaubte er, die Besinnung zu verlieren, während das Wasser vor die Frontscheibe schlug, sie zerbrach und in das Führerhaus eindrang. Verzweifelt zerrte Gordon an der Handschelle, die ihn immer noch in der tödlichen Umklammerung festhielt. Martinez war damit beschäftigt, seine Tür zu öffnen, die jedoch jedem Versuch standhielt. Immer weiter sank das Fahrzeug in den Schlamm, der sich am Flussufer angesammelt hatte. Es entstanden schaurige Geräusche, wenn einzelne Stiele der Seerosen mit einem lauten Knall rissen und der letzte Halt des Autos immer mehr verloren ging. Das

Gesicht des Mörders, das sich jetzt dicht vor Gordons befand, war von Entsetzen und Hass zur Fratze entstellt. Er versuchte nun, den Weg über seinen Gefangenen durch die Beifahrertür zu nehmen, wobei es ihm völlig egal war, dass er dabei Gordon immer tiefer ins Wasser drückte. Der wiederum war damit beschäftigt, den Griff seiner Tür abzutreten. Die tödliche Verbindung mit dem langsam absinkenden Wagen nahm ihm jede Chance, sich zu befreien. Er spürte plötzlich den Stiefel des Mörders in seinem Gesicht und griff dem Flüchtenden mit aller Gewalt in die Hoden. Der Schrei war ohrenbetäubend, sorgte jedoch dafür, dass der Wahnsinnige endlich die Tür aufdrücken konnte, sodass auch Gordon mehr Platz nach oben bekam. Während Martinez mitten in die Seerosen sprang, drückte Gordon seinen Fuß mit aller Gewalt gegen den Haltegriff der Beifahrertür. Mit einem mächtigen Knall brach endlich das Plastik und gab den linken Arm frei. Mit letzter Kraft stemmte sich Gordon nach oben, wo er eine Luftblase am Himmel des Führerhauses vermutete. Seine Lungen drohten zu platzen, als er endlich die lebenspendende Luft einsaugen konnte.

Etliche Meter entfernt vom Ufer entdeckte er den Mann, der wahrscheinlich seinen und den Tod der Frau im Laderaum geplant hatte. Pablo Martinez versuchte immer wieder, den Kopf aus den dunklen Fluten der Ruhr zu heben, was jedoch die unter der Oberfläche verflochtenen Stiele der Seerosen verhinderten. Sein Schreien war nervenzerfetzend.

»Hol mich hier raus, Rabe! Ich krepiere hier im Wasser. Du musst mich retten. Hast du mich gehört? Du musst. Du kannst mich nicht einfach verrecken lassen. Du bist ein Bulle.«

Gordon, der selbst nach Luft rang, erschrak, als sich der Wagen erneut weiter ins tiefere Wasser bewegte. Er klammerte sich an jedem noch so kleinen Vorsprung des Wagens fest, um nicht ebenfalls von den Pflanzen eingefangen zu werden. Er hatte das Gefühl, dass Stunden vergangen waren, bis er das Heck des Fahrzeugs erreicht hatte. Mit aller Kraft zerrte er an den beiden Türen, die sich schließlich vor ihm öffneten. Seine Augen hatten sich längst an das Dunkel gewöhnt, sodass er relativ schnell die Frau an der Trennwand zur Fahrerkabine entdeckte. Sie schaffte es nur noch mit letzter Kraft, den Kopf über das steigende Wasser zu halten. Ihre Augen zeigten einen letzten Hoffnungsschimmer, als sie Gordon gegen den nächtlichen Himmel erkannte. Der schob den auf dem Wasser schwimmenden Sarg zur Seite und beeilte sich, die Frau zu erreichen, deren Hände immer noch auf dem Rücken gefesselt waren. Gordon legte seine starken Arme um die schnell atmende Frau und hielt sie für einen Moment des Luftholens über Wasser. Panik schoss in ihm auf, als sie das Atmen einstellte und die Augen sich in grenzenloser Angst weiteten. Ihr Blick richtete sich auf etwas hinter ihm. Kampfbereit warf er sich herum, um sich gegen den Killer wehren zu können. Er riss die Fäuste instinktiv vor das Gesicht, als er in das ledrige Gesicht blickte, das ihm zu sagen schien: Endlich bin ich frei von ihm. Ines Martinez-Gomez wurde vom Flusswasser langsam abgetrieben. Es hatte für Gordon den Anschein, als würde Pablo Martinez sie mitnehmen wollen in sein nasses Grab.

39

Die Gläser klirrten, als sie zusammengestoßen wurden. Ausgelassen hatten sie den Abschluss des Falles in Gordons Wohnung gefeiert, wo er sich schon seit zwei Tagen erholte. Sein Gesicht zeigte noch kleinere Blessuren. Schlimmer waren da schon die Verletzungen an der rechten Handfessel. Kai und Leonie verabschiedeten sich in die Küche, wo sie die letzten Leckereien für ein Abendessen vorbereiteten. Dr. Lieken wirkte trotz des Erfolges sehr nachdenklich, als er durch das Fenster auf die Straße blickte.

»Ich muss immer wieder an die arme Frau denken, die du befreien konntest. Die hat sich dieser Irre wohl willkürlich irgendwo aufgegriffen. Zumindest hat sie nicht diese Ähnlichkeit mit den anderen Opfern. Der Ehemann begreift das alles nicht und hockt fast rund um die Uhr mit der kleinen Tochter im Krankenhaus. Wir wollen hoffen, dass die Mutter dieses Trauma unbeschadet übersteht. Die Neurologie ist in dem Punkt noch sehr zurückhaltend mit der Prognose. Und wie geht es dir, mein Freund? Wie siehst du den Fall heute?«

Mit den letzten Worten wandte er sich wieder Gordon zu, der ebenfalls nachdenklich sein halb volles Glas betrachtete. Er zögerte noch seine Antwort hinaus.

»Wie soll ich dir das erklären, Klaus? Ich würde lügen, wenn ich dir sagen würde, dass mir das Ganze am Arsch vorbei geht. Fast hätte mir der Kerl das Licht ausgeblasen. Mit einer Kugel hatte ich immer mal gerechnet, die mich abruft – aber ersaufen, nee. Das ist ein erbärmlicher Tod. Wie oft geht das noch gut? Zwei Kugeln aus dem vorletzten Fall hätten mich schon fast geschafft – jetzt das. Ich überlege schon, ob ich besser zur Sitte gehe. Weitaus ungefährlicher, heißt es.«

Dr. Lieken setzte sich wieder und ließ den feinen Cognac in seinem Glas rotieren.

»Nein, Gordon. Ich glaube, dass du in der Abteilung schon gut aufgehoben bist. Du kannst auch beim Fensterputzen auf die Straße fallen. Das Leben ist nun einmal lebensgefährlich. Mich lässt das Ganze unbefriedigt zurück. Die Taucher suchen jetzt schon den dritten Tag nach dem Kerl. Diese verfluchte Strömung muss den weit abgetrieben haben. Am Sperrwerk haben die noch nichts gefunden. Irgendwann wird man seinen Leichnam in irgendeinem Wurzelwerk am Ufer finden. Dann sieht der aber noch schlimmer aus als seine Ines. Aber selbst die Mumie ist verschwunden, als hätte die Hölle beide verschluckt. Lass uns essen gehen. Die beiden werden schon aufgetischt haben. Was gibt es zur Feier des Tages? Ich hörte davon, dass es ...«

Dr. Lieken stoppte mitten im Satz, als es klingelte.

»Lass nur, Gordon, ich mach das schon. Was hast du angeordnet? Ich soll nichts an der Tür kaufen! Richtig?«

Dr. Lieken konnte am besten über eigene Witze lachen, was er in diesem Fall auch tat. Gut gelaunt öffnete er und blieb wie angewurzelt stehen.

250

»Ist er zu Hause? Warum guckst du so, Klaus? Ich möchte nur meinen Mann besuchen. Und der Kleine will seinen Vater sehen. Würdest du uns bitte reinlassen?«

»Aber sicher ... natürlich Denise. Wie geht es dir, mein Freund? Mensch Jonas, du bist ja schon fast erwachsen. Wir haben ganz toll gekocht. Rein mit euch! Papa wird sich wahnsinnig freuen.«

Kein Gesichtsmuskel verriet, ob Jonas es verstanden hatte. Er steuerte zielsicher auf das Wohnzimmer zu. Seine Hände steckten tief in den Taschen seiner Jeanshose, als er seinem Vater gegenübertrat.

– Nachwort –

Liebe Leserinnen und Leser, hat Sie auch dieses Buch wieder gut unterhalten können und die erwartete Spannung geliefert?
Weitere Romane aus meiner Feder finden Sie im Anhang.

Wir Autoren wären oftmals relativ hilflos, wüssten wir nicht diese wichtigen Helfer im Hintergrund, die vor der Veröffentlichung eines Buches den strengen Blick auf die Texte werfen.

Meinen Dank richte ich dabei an fünf großartige, von mir geschätzte Frauen:
Sonja Kindler, Andrea Schmidt, Stefanie Stoltenberg, Heidemarie Rabe und Anne Philipps.

Persönliche Anmerkungen und ein Feedback können Sie mir gerne unter h.c.scherf@gmx.de zukommen lassen.
Sie erhalten garantiert zeitnah eine Antwort.

Ihr H.C. Scherf

Weitere Thrillerreihen und Einzeltitel des Autors

ISBN 978-3734726316
Band 5 aus der Reihe Liebig/Momsen

Als Taschenbuch und E-Book in allen
Buchhandlungen und Online-Shops.

Inhalt:
Nichts ist vergessen. Die Zeit der Vergeltung ist
gekommen.

Die Frauen besitzen alle das gleiche Äußere. Doch das ist nicht das einzig
Gemeinsame. Sie sterben alle einen grausamen Tod. Der Serienmörder
foltert seine Opfer bestialisch, ohne auch nur die geringste Spur zu
hinterlassen. Er macht den ersten Fehler, als einem Opfer die Flucht aus
dem schrecklichen Kerker gelingt. Doch die Ermittler Rita Momsen und
Peter Liebig erleben eine tiefe Enttäuschung, als sie auf die Hilfe des
Opfers und erste Spuren setzen. Der geheimnisvolle Mörder bleibt nicht
nur weiter ein Phantom, sondern wird selbst für sie zur tödlichen
Bedrohung.

ISBN 978-3749497850
Band 4 aus der Reihe Liebig/Momsen

Als Taschenbuch und E-Book in allen
Buchhandlungen und Online-Shops.

Inhalt:
Das Ziel ist Rache - das Ergebnis ist Selbstzerstörung

Niemand kann zu diesem Zeitpunkt erahnen, welche
Opfer ein Rachefeldzug noch fordert, als man die erste schrecklich
zugerichtete Leiche findet. Die Frau wurde hingerichtet von einem Täter,
der damit eine blutige Spur durch die Strafverfolgungsbehörden
ankündigt. Dass er keine Spuren hinterlässt und sein Motiv Rätsel aufgibt,
macht es dem bekannten Ermittlerteam um Peter Liebig und Rita Momsen
nicht einfacher. Seine Todesliste arbeitet der Killer unerbittlich ab. Das
Grauen findet seine Fortsetzung, obwohl sich Puzzlestücke
zusammenfügen. Der Tod jedoch hat die sympathischen Kripobeamten
längst eingeplant.

ISBN 978-3749452163
Band 3 aus der Reihe Liebig/Momsen

Als Taschenbuch und E-Book in allen Buchhandlungen und Online-Shops.

Inhalt:
Das Feuer reinigt und lässt nur Asche zurück - Doch das abgrundtief Böse hat es auch für sich entdeckt.

Während die tapferen Einsatzkräfte der Feuerwache ihr Leben aufs Spiel setzen, um Menschen vor dem Tod zu bewahren, lebt ein Psychopath seine kranken Leidenschaften aus, folgt dem Trieb, unvorstellbar grausam töten zu müssen.
Immer mehr verdichtet sich der Verdacht, dass dieser Wahnsinnige nicht nur medizinische Grundkenntnisse besitzen muss. Nein - es könnte ein Feuerteufel sein, der sogar aus dem engeren Umfeld der Feuerwehr kommt. Jeder ist plötzlich verdächtig. Ein Psychokampf beginnt und gefährdet Freundschaften. Das Ermittlerduo Liebig und Momsen steht vor dem bisher rätselhaftesten Fall, der sie selbst in tödliche Gefahr bringt.

ISBN 978-3738622706
Band 2 aus der Reihe Liebig/Momsen
Als Taschenbuch und E-Book in allen Buchhandlungen und Online-Shops.

Inhalt:
»Die Qualen der Zelle liegen hinter ihr –
Doch die Hölle der Freiheit erwartet sie bereits«

Sieben Jahre teilte Daniela die Zelle mit Psychopathinnen. Totschlag war ihr Verbrechen, für das sie lange sühnte. Nun steht sie vor dem Tor der JVA und einer Freiheit gegenüber, die keine ist. Unerbittlich begegnet ihr die Familie mit Ablehnung. Als sie in einen Strudel aus Gewalt gezogen wird, sehnt sie sich zurück in den Regelbetrieb des Strafvollzugs.
Ein perverser Serienmörder und ein brutaler Zuhälter reißen sie in den Vorhof zur Hölle.
Ausgerechnet ein Ermittler steht ihr zur Seite, den die Vergangenheit mit den Taten des perfiden Mörders verbindet.

ISBN 978-3749410620
Band 1 aus der Reihe Liebig/Momsen

Als Taschenbuch und E-Book in allen Buchhandlungen und Online-Shops.

Inhalt:
»Du bist stärker als deine Angst! Sie spürt es und wird nachgeben.«

Die geflüsterten Worte sollen Sarah beruhigen, ihre Höhenangst endgültig besiegen. Ein Psychopath nutzt die Urängste der Menschen, um sie in den Tod zu treiben.
Sein perfider Plan geht bei den Schutzbedürftigen einer Selbsthilfegruppe auf, die ihre Phobien bekämpfen möchten.
Wird Peter Liebig, Hauptkommissar im Essener Morddezernat, die Pläne des Wahnsinnigen durchkreuzen können?
Der Täter hinterlässt keine Spuren. Erst als der erfahrene Beamte in die Hölle des Killers hinabsteigt, entdeckt er dessen Geheimnis.
Ein Psychoduell beginnt, das zwei völlig verschiedene Welten aufeinanderprallen lässt.

ISBN 978-3752892178
Band 5 aus der Reihe Spelzer/Hollmann

Als Taschenbuch und E-Book in allen Buchhandlungen und Online-Shops.

Inhalt:
Der Frieden ist nur Schein - hinter ihm lauert der Tod

Eine ganze Region zittert vor ihr, obwohl sie Schutz versprach. Eine schöne Frau regiert nach dem Tod des Don unnachgiebig eine italienische Region. Nur einer durchschaut ihr Intrigenspiel, kennt ihr Geheimnis, das sie angreifbar macht. Geduldig wartet er auf den Tag der Abrechnung.
Ein grausamer Mafiakrieg, in den die Gerichtsmedizinerin Karin Hollmann, Hauptkommissar Spelzer und ein Serienkiller unaufhaltsam hineingezogen werden. Sie versuchen, Unschuldige zu schützen.

Obwohl die Handlungsabläufe in sich abgeschlossen sind, empfiehlt es sich, die Bücher in der Reihenfolge zu lesen.

ISBN 978-3752877953
Band 4 aus der Serie Spelzer/Hollmann

Als Taschenbuch und E-Book in allen Buchhandlungen und Online-Shops.

Inhalt:
»In mir hat der Satan ein Zuhause gefunden. Tust du
nicht das, was ich von dir verlange, wirst du genau
ihn von seiner fantasievollsten Seite kennenlernen.«

Die Drohungen treiben dem korrupten Polizisten kalte Schauer über den
Rücken. Während Doktor Karin Hollmann und Oberkommissar Spelzer
einen Satanisten verfolgen, der im Ruhrgebiet seine Opfer sucht und
findet, versucht der Serienmörder Pehling, an seinem Zufluchtsort neue
Gegner abzuwehren.
Aber nur, wenn sich die so unterschiedlichen Weggefährten
zusammenschließen, haben sie eine verschwindend geringe Chance. Sie
müssen verhindern, dass ein Satansjünger seine Visionen vom Reich des
Antichristen verwirklichen kann.
Der Weg dahin fordert einen blutigen Tribut, denn der Gegner scheint
nicht von dieser Welt.

ISBN 978-3752834215
Band 3 aus der Serie Spelzer/Hollmann

Als Taschenbuch und E-Book in allen
Buchhandlungen und Online-Shops.

Inhalt:
»Da unten ist die Hölle«

Die Taucher der Essener Wasserschutzpolizei
müssen weit über ihre psychischen Grenzen
hinausgehen, als sie das Depot eines Killers in der Tiefe räumen.
Welcher Wahnsinnige versteckt die Toten im Essener Baldeneysee?
Wieder einmal stehen Rechtsmedizinerin Karin Hollmann und ihr
Freund, Oberkommissar Sven Spelzer vor Mädchenleichen, die ihnen
viele Rätsel aufgeben.
Wie weit geht ein skrupelloser Gangsterboss, um den gewaltsamen Tod
seines Bruders zu rächen? Zwei scheinbar unabhängige Fälle bringen die
Ermittler selbst in Lebensgefahr. Ein friedliches Naherholungsgebiet
entpuppt sich als Spielwiese für einen irren Mörder.

ISBN 978-3746055879
Band 2 aus der Serie Spelzer/Hollmann
Als Taschenbuch und E-Book in allen Buchhandlungen und Online-Shops.

Inhalt:
»Der ist definitiv ertrunken. Die haben ihn noch lebend ins Wasser geworfen, dabei nicht mal seine Hände gefesselt.«
Die Aussage der Rechtsmedizinerin Karin Hollmann ist klar und deutlich. Sven Spelzer, mit dem sie schon den Serienmörder Pehling zur Strecke brachte, weiß von Anfang an, wen er für diesen Zeugenmord zur Verantwortung ziehen muss.
Die Soko wurde gebildet, um den ›SERBEN‹, wie sie den Gewaltverbrecher nennen, nach Jahren der Erfolglosigkeit, endlich zur Strecke bringen zu können. Brutalster Drogen- und Menschenhandel wird ihm zur Last gelegt. Mögliche Belastungszeugen verschwinden meist spurlos. Doch wer ist der unsichtbare Helfer im Hintergrund? Gibt es einen Maulwurf in den Reihen der Polizei?
Wieder werden die beiden Ermittler in einen Einsatz hineingezogen, der sie, wie schon im ersten Band dieser Reihe, an die Grenzen treibt. Als sie bereits an den sicheren Zugriff glauben, hat der Teufel längst die Falle gebaut.

IBN 978-3746067858
Band 1 aus der Serie Spelzer/Hollmann
Als Taschenbuch und E-Book in allen Buchhandlungen und Online-Shops.

Inhalt:
Der Wald rund um die Ruine der Essener Isenburg - eine Oase der Ruhe und des Friedens. Das ändert sich mit dem Fund einer ersten, grausam zugerichteten Leiche.
Kommissar Sven Spelzer, als erfahrener Leiter der Mordkommission, begegnet einem Serienkiller, der präzise seine unvorstellbaren Taten plant. Der Täter preist seine Morde als Kunstwerke.
Wenn bisher ein System sein Wirken steuerte, so ist es die Gier Außenstehender, die eine unfassbare Lawine der Gewalt auslöst.
Gemeinsam mit der Rechtsmedizinerin Karin Hollmann begibt sich Spelzer auf die Suche nach dem Wahnsinnigen. Sie ahnen nicht, welche Hölle die Bestie schon für sie vorbereitet hat.
Kalendermord - der erste Fall für dieses Ermittlerteam, der sie sofort an ihre Grenzen zwingt.

ISBN 978-3744869997
Als Taschenbuch und E-Book in allen Buchhandlungen und Online-Shops.

Inhalt:

Seit Jahren verschwinden Prostituierte im
Ruhrgebiet. Keine Leichen. Keine Spuren.
Nichts kann den Killer aufhalten. Die erst 10-jährige
Andrea Lesbe und ihr gleichaltriger Freund leiden
schon in der Schule unter Mobbing. Die Mitschüler
machen ihnen das Leben zur Hölle. Was die Kinder
zu diesem Zeitpunkt nicht wissen können: Ein Hurenmörder beginnt
gleichzeitig sein perfides Werk. Unaufhaltsam verbindet sich ihr
Schicksal mit dem des irren Killers.

Als Andrea als Erwachsene wieder in ihre Heimatstadt Essen zieht, trifft
sie nicht nur auf den einstigen treuen Freund. Sie begegnet auch einem
geheimnisvollen Fremden, der sie magisch anzieht. Hauptkommissar
Schlicht ermittelt mit seiner Soko seit 16 Jahren erfolglos im Fall eines
vermissten Kindes und der beängstigenden Mordserie. Erst als der Killer
die Abstände seiner grausamen Taten verkürzt, finden sich erste Spuren.
Damit das Geheimnis um den Serienkiller gelüftet werden kann, müssen
die Beteiligten in den Vorhof zur Hölle hinabsteigen. Erst dort begegnen
sie der grausamen Wahrheit.

»Ein Thriller, der die schmale Kluft zwischen Normalität und dem
menschlichen Wahnsinn spannend beschreibt.«

ISBN 978-3752856873
Als Taschenbuch und E-Book in allen Buchhandlungen und Online-Shops.

Inhalt

Als sich die Zellentür für Dirk Rasper nach vielen
Jahren vorzeitig öffnet, ahnt Hauptkommissar
Klare nicht, welche Welle der Gewalt er damit
auslöst. Nach seinen Recherchen saß der Mann
über sieben Jahre unschuldig hinter Gittern.
Ein geheimnisvolles Versprechen aus der
Vergangenheit band Rasper daran, die ihn möglicherweise entlastende
Wahrheit zu verschweigen.

Als der Gefangene aus der Hölle des Strafvollzugs entlassen wird, treibt
ihn die Liebe zu seiner kleinen Tochter und der Wunsch nach Rache an.
Es mehren sich Zweifel daran, ob die Entscheidung, den Mann zu
entlassen, nicht ein weiterer Fehler war.

Das Grauen findet einen neuen Anfang und endet im überraschenden
Showdown.

ISBN 978-3741275203
Als Taschenbuch und Ebook in allen Buchhandlungen und Online-Shops.

Inhalt
Täglich gibt es in Deutschland etwa vierzig Fälle von Kindesmissbrauch. Die Dunkelziffer ist jedoch höher, denn viele Opfer und ihre Angehörigen schweigen, aus Scham, aus Angst. Heilt die Zeit diese Wunden? Kann der Mensch erlittenes Leid vergessen? Tina muss sehr bitter erfahren, was es bedeutet, wenn Gespenster der Vergangenheit lebendig werden. Wohlbehütet aufgewachsen, begegnen ihr plötzlich Grausamkeiten, die sie sich nie hätte vorstellen können. Die Gräueltaten eines Sexualtäters verknüpfen sich unaufhaltsam mit dem Schicksal ihrer Familie.
Ein Thriller, der nicht loslässt. Er nimmt den Leser mit in eine Welt, die direkt neben uns existiert. Eine Welt, mit der viele Menschen selbst Erfahrungen sammeln mussten und es aus unterschiedlichsten Gründen totschweigen.
Der Autor möchte mit seiner Geschichte nachdenklich machen und zu Diskussionen anregen. Gibt es hier nur Schwarz und Weiß, nur Gut und Böse?
Eine Geschichte, frei erfunden, doch grausam nah an der Realität.

ISBN 978-3741226458
Als Taschenbuch und Ebook in Online-Shops und im Buchhandel
Inhalt:
Als Nicole Manfred Kirchner begegnet, glaubt sie, den Richtigen für ein bleibendes Glück gefunden zu haben. Als das Monster die Maske fallen lässt, ist es schon zu spät. Nicole muss einen sehr hohen Preis bezahlen: Sexueller Missbrauch, grausame Misshandlung und kriminelle Machenschaften treiben Nicole fast in den Freitod.
Ihr Weg kreuzt den eines älteren Mannes. Nun erfährt sie, dass es auch Menschen gibt, die Hilfsbereitschaft und Freundschaft über ihre eigene Sehnsucht nach Liebe stellen. Doch Manfred Kirchner ist nicht der Mann, der sein Opfer so schnell aus den Klauen lässt. Das Schicksal treibt ein makabres Spiel und zwingt zwei Menschen an die Grenze des Zumutbaren.
Wird Nicole sich befreien können? Erkennt sie das wahre Glück und greift danach? Kennt das Glück wirklich kein Erbarmen?
Der Autor lässt den Leser wie schon in seinen beiden vorangegangenen Romanen tief in die dunklen Seiten des menschlichen Zusammenlebens eintauchen und bietet viel Stoff für Diskussionen.

ISBN 978-3741299056

Als Taschenbuch und Ebook in allen Buchhandlungen und Online-Shops.

Inhalt:

Alfred Reimann, dreiunddreißig, Single, gut aussehend, Jungfrau.
Bis heute lief das Leben des liebenswerten Finanz-
beamten und seiner Teddydame Bienchen in geordneten Bahnen. Noch
weiß er nicht, dass sich dieser Zustand mit dem Einzug der süßen Nachbarin Verena ändern wird. Ein glücklicher Umstand führt sie zusammen.
Seine Mutter ist davon alles andere als begeistert, denn in ihren Augen
wollen junge Frauen wie Verena nur das Eine. Und dieses Chaos wird sie
zu verhindern wissen!
Mithilfe von Verena und dem kauzigen Pfarrer Hollerberg stolpert Alfred
in das eine oder andere Abenteuer. Ob er auf den Reisen sein Glück
findet, bleibt abzuwarten ... Ein rasanter Liebesroman mit dem gewissen
Schmunzelfaktor.

ISBN 978-3741261534

Als Taschenbuch und Ebook in Online-Shops und
im Buchhandel

Inhalt
Vera und Peter Sobier genießen mit ihrem
zwölfjährigen Sohn Patrick ein sorgenfreies
Familienglück. Das endet abrupt, als der
erfolgreiche Rechtsanwalt einen folgenschweren
Verkehrsunfall verursacht. Patrick erleidet ein
Schädel-/Hirn-Trauma und fällt in ein Koma. Peter Sobier kommt mit
leichten Verletzungen davon und sucht verzweifelt einen Weg, mit seiner
schweren Schuld leben zu können. Die Liebe zu Vera wird auf eine harte
Probe gestellt.
Die härteste Zerreißprobe ihres Lebens fordert den Eltern alles ab, denn
das Schicksal kann grausam sein. Verzweiflung, Glaubenskonflikte und
Hoffnungslosigkeit zerfressen den Geist des Vaters. Außergewöhnliche
Signale, die der Sohn aus seiner finsteren Welt aussendet, verändern die
Sicht aller Beteiligten.
Wird die Liebe der Eltern den vielen Prüfungen standhalten?
Hat Patrick eine Chance, jemals wieder zurück ins Leben zu finden?